有一种生命，在鲁院！

有一种感动，叫青春；

有一种美好，叫回忆；

有一种力量，叫文学；

鲁迅文学院·百草园文集

# 风在兹土

刘从进

◎著

FENG ZAI ZI TU

知识出版社

时光易碎，忽成昨天。
山村人、海边风、故乡童年事，
沉淀成记忆中的底色。

**图书在版编目（CIP）数据**

风在兹土/刘从进著. --北京：知识出版社，
2017. 1

（鲁迅文学院百草园文集）

ISBN 978-7-5015-9386-6

Ⅰ．①风…Ⅱ．①刘…Ⅲ．①散文集-中国-当代
Ⅳ．①I267

中国版本图书馆 CIP 数据核字（2017）第 013610 号

# 风在兹土

| | | |
|---|---|---|
| 出 版 人 | 姜钦云 | |
| 责任编辑 | 易晓燕 | |
| 装帧设计 | 游梽渲 | |
| 出版发行 | 知识出版社 | |
| 地　　址 | 北京市西城区阜成门北大街 17 号 | |
| 邮　　编 | 100037 | |
| 电　　话 | 010-88390659 | |
| 印　　刷 | 北京一鑫印务有限责任公司 | |
| 开　　本 | 787mm×1092mm　1/16 | |
| 印　　张 | 14.75 | |
| 字　　数 | 280 千字 | |
| 版　　次 | 2017 年 2 月第 1 版 | |
| 印　　次 | 2020 年 2 月第 2 次印刷 | |
| 书　　号 | ISBN 978-7-5015-9386-6 | |

定　　价　39.00 元

# C目录
## ontents

# 童年的小桥

走过一片麦田，翻过山岭，夕照下的那个村庄就是我的故乡。

今年春节我回到故乡。年三十的下午，带着女儿在山野游荡。正累的时候，发现了一座爬满老藤的小桥，弯弯地架在一条小溪上。女儿抢先跑上桥头，捡起小石子掷到下面的溪水里，咚咚地响，然后又跑出去玩了。她的这一举动猛然勾起了我的一段乡村往事，没想到无意间我又来到了那座小桥。

原来，连接小桥的那条路走旧了，山路改道了，小桥无用了，留在溪上凄迷独立，时光走过，斑驳苍老，成了似有还无的风景。寂寞的溪水声撞击着布满苔痕的老桥基；山蜘蛛的网交织在桥面的荒草上，像神秘的古文字。这是我小时候经常玩的地方，玩伴是隔壁女孩。

童年像个隐形人，默不作声地站在我的身边。小小的溪流，小小的桥，仅容两个人擦肩而过。我们常常坐着，捡起小石子扔向溪水，我的发出"扑通"声，你的总是"咚咚"的。每次捡来一堆小石子，或者直接扔到溪水里，或者打到桥面的石块上反弹后掉进下面的溪水里。扔完了，又到下面的溪里找石子。就这样度过一个个发白的下午，安闲的时光。或者我们去地里挖来一堆泥，捣烂捣柔，成一团温婉的带着体香的泥。做一个像碗一样的泥泡泡，用力猛地倒扣到桥面上，泡泡的底就会裂出一个窟窿，然后相互用自己的那团泥补对方的窟窿。每次总是我赢，你就伤心。我许你，以后造一个泥做的宫殿，让你在里面住。你就笑。那个时候我们在小桥上嬉戏，全不知人间伤心事，闲适、甜蜜得无所事事。我们就这样一直玩到十五岁。我外出求学，你一直待在故乡。我外出的那一年，你在桥头徘徊张望了一整年。不要说十五岁的人不懂心事，十五岁的我比现在的我更高尚更有抱负。

我坐在古老的桥头，闻着泥土的芳香。冬天的阳光，陌生而又熟悉，安详得似半山上那座黄色的小庙。白色的风，吹得故乡露筋动骨，似森森老人。这个白色的下午，我在抚摸一只手，一只白得可以采菱的手。

时光是个魔术师，这些年，我在何处，你又在哪里？命运让我成了政府小吏，终生为吏。你则在乡村里成了村姑，成了村妇，现在是三个孩子的母亲了。你嫁在邻村，过年时要回家看看，我们有几年都碰到了。你的脸又红又黑又粗糙。我则皮肤白皙，戴着眼镜。每次碰到，你总是很小心很谨慎地说一句："回家过年了。"然后就把脸别到一边去，匆匆走过。相认的瞬间并没有让我感到甜蜜。也许你的心事只在把孩子带大，为他们造房娶妻，再没有别的想法。

是的，我们本无意，少年心事只在玩，少年情思总是纯。你不会怨我没有为你建成泥做的宫殿，我的心却成了寂寞的城。

你一直守着故乡，守着土地，活得有些笨重，笨重得有些隆重。我则一直生活在城里，活得有些轻飘，轻飘得像风前絮。这些年我在城里走，独自在自己的世界中流连，没有旅伴。

就在今天，我坐在老桥上突然想起，曾经的我们是怎样的幸福，一起度过的童年是怎样美好的时光。这是一份失落了又被重新找回的童年。要是能在这样的午后，再找你一起到桥上坐坐，往溪里扔些石子，那该多好啊。然而这想法实在荒唐，实在是没有可能。

坐在沉默的桥头，我望着天空，两手空空。当初那个让我离开故乡的人是谁，他是一位下毒者！

什么样的力量把我们分开，又有什么样的重逢在把我们等待！若想回到过去，只能等到未来，我们的老年。等我们都老了，彻底地老了，无用了，完全地无用了，人世的责任尽完了，重负卸下了。那时我回到故乡不再是小憩，而是永远的回归。那时才有可能与你一起重新迈上小桥，坐坐，再享受一番小小的乡村中那天人合一的时光。

许多事情得趁早，趁现在，趁年轻，趁你还未老，但有一种感情只能等你老后才有可能。此生若有老，定然回村与你再坐小桥。

# 红叶小船

阿都，假如你没死，生活不会是这样的，我们还会一起去寻找美丽岛……

那时候，光阴富足，日子盆满钵满。每一个阳光斑斓的日子里，我们走在芳草鲜美的江边，长长的江，长长的下午，无所事事的我们甜蜜得有些腻歪。日子太富裕了，一扔就是一大把。

江叫沿江，没有尽头也没有码头。一只小船停靠在臂弯似的江边，没有帆。这是一条废弃了的、不再出航的小船，红底蓝边，斑驳陈旧。船边一丛芦苇一片芒草，岸上一棵枫。这条被大人废弃了的小船，成了我们的乐园。在这只无帆的船里，我们年复一年，见证了江水从绿到蓝，从肥到瘦；见证了一棵芦苇从生到死的种种姿态。

春天里，我们把牛放到山里，然后到江边摘食蚕豆，鲜嫩的豆荚，让我们像母驴一样直想打喷嚏。我们抱回一堆放到船舱里，然后趴着钓鱼。春水翻滚，水草摇动——那是最撩拨心房的时刻，鱼儿上钩了。每每是水草正在摇，线儿还半弯着，我就抢上去收钓。"扑通"，一条正在啃钓的杜望掉下去，跑掉了。你在边上两手一摊一摊地遗憾，还不够，又踢我一脚——很痛的，你知道吗？鱼儿上钩了，我又去收了，它又跑掉了，你又踢我了。

夏天里，我们游泳、摸鱼。然后爬回船上，脱下短裤，晒在船帮上，把两个光光的身体放在火一样的太阳底下烤，还彼此拿对方的身体打趣。

秋天，记忆里最好的日子是秋天。海边的秋天总是很辽阔，很空旷……它的边缘挂到了水天连接处。时间在秋天里寂寞地开花，岸上的老枫树红了，枝上的枫叶老了，"哗哗卟卟"唱着挽歌，离开枝头。先是血红的叶子，再是多了一个个紫褐色的斑点，斑点一圈一圈地扩大，慢慢地叶子全洗成了白色。秋深的时候，一夜之间，红叶满船。我们躺在船舱里，看枫叶片片飘落。枫叶装饰了我们的船，装饰了我们的身体，又装饰了我们的梦想。海外面有一座岛，一座美丽岛，大人们都这么说。大人们说过就扔了，却被我们牢牢地埋在心中。我们密谋着要驾船出航，寻找美丽岛。我们从家里偷来橹和桨，偷来刚收割的谷子，搬来泥土，拿来破锅、碗筷……我们要在船上生活，我们像大人一样种田煮饭，装模作样地摇橹划桨。我们要远航，寻找美丽的岛。

我们总是盼望秋天，盼望红叶满船的迷人景致。这样的秋天，我们就有了远航的梦想——陌生的海洋，美丽的岛。

上学了，我们更是相互黏得紧。同桌上课，同床睡觉。作文，以彼此为榜样；相骂，以对方的母亲为对象；犯错，写在同一张黑板上。有一个学期，我的脚踝恶狠狠地生了疮，你弓着稚嫩的背天天背着我上学，却把我伏在你背上骂女老师的话报告给了她，害得我的耳朵肿了好几天。

时光像一把刀，一把杀人不见血的刀，一刀就把我们的童年切走了，伤口都无处寻找。不知不觉，那样的时光就过完了，不在了，我们走上了人生的分车道。我带着科学家的梦想外出求学，你一直在家乡种棉花。从此，在各自长长的一生中，再没有交会。

但从此我的生命里便多了一份等待。江水一直流在我的血管里，小船一直停在身体里，红叶一直没有变色；当然更不会忘记我们共同的秘密——寻找美丽岛的梦想。

你是家里的老幺，兄弟五个，你最小。父母给哥哥们娶妻，娶了一个又一个，娶着娶着老了无力了，还没等你娶上，自个儿先走了。你一直种着棉花，到四十岁都没有成家。直到几年前，你与一个有两个孩子的寡妇成亲了，并且又有了一个自己的孩子。

我偶然回家，你就过来坐。你说城里好。其实城里并不好，城市最繁华，终究是他乡。对于一个离乡的人，无论过成怎样，都是一个失败者，生活结束时，都将是一个被放逐者。如今我的人生已过半，日子越来越瘦，看得见瘦骨嶙峋的自己。这把瘦骨里浸染着一江的绿波和满船的红叶，就像血管一样清晰可见，这是画在身体里的故乡的地图，越老越清晰。我想回家了！这些年，故乡在变，可你一直没有变。眼前的你很笨重，笨重得有些隆重。我战战兢兢，每每想跟你说红叶小船，说寻找美丽岛的梦想，话到嘴边又咽回去了，怕你觉得不是矫情就是太孩子气了。

　　没有说，不等于在心里放弃，反而越来越执着。人说思念故乡不是为了寻找故乡，而是怀念童年。让我回到故乡，让我们继续玩吧。正在我为这一切做着准备的时候，去年，我去一个海岛出差，母亲打来电话说："昨天船沉了，阿都死了。"我的后脑勺像被人打了一记闷棍，嗡嗡地响，这几天我似乎有着他要出事的预感。母亲又说："他这几年一直没赚到钱，家里有孩子，日子苦，去年就去给别人捕鱼，那是很苦的活。"母亲还说："去年过年，他来到我家里问：'进什么时候退休？退休了还回来住吗？我们小时候常在江边小船里玩，红叶、美丽岛……等他回来，我们再一起玩。'笑得像孩子一样。"

　　我的眼泪"哗"一下爆满了眼眶，金色的童年立即摇曳在眼前——阿都，你死了？你真的死了吗?! 没有我的同意，你怎么可以死呢？你这一死，把我的故乡也一起埋了！阿都，你在船上看到美丽岛了吗？

　　今年冬天，我又走在故乡的江边，走得很艰难。江里淤积的黑泥映衬出一片灰暗的水色，小船不整了，剩下一个骨架和几块烂了的船板，苍老的枫树依然飘着它的红叶，芦苇还有几根，不如先前的活泼和招摇了。江边的荒地上长满了美丽的狗尾巴草，一个孩子在跑。我坐在江边，默念着范成大的诗——红叶无风落满船，心境像老僧一样凄清孤寂，无喜无悲。很多时候，人是一瞬间变老的。

　　飘零的我是否还该回故乡，驾着那艘无法远航的小船独自出航，去寻找美丽岛。当船上长满稻谷，停满小鸟的时候，应该很像一座美丽岛——或许我们的船本身就是那座美丽岛。

# 百合花开深山中

海边，群山起伏，地、田和村庄都藏在山的怀里。

八月，农忙既歇，水车犁耙的声音没了，村子忽然静了。吃过午饭，父亲靠着门坐在一张小矮凳上抽着旱烟，一边往外望。他望的是日头，时已夏末，阳光悠悠晃晃的像拉长了的线，变得温和了，洒在地上的不再是火，但仍然烫。这样的日子，人都跟牛啊狗啊还有村庄一起在悄悄地休息。

父亲抽完烟，把旱烟管往凳脚上敲了几下，看我一眼，说："去挖百合吧。"像是自言自语又像是对我说。我那时读初中，十四五岁，刚跟着父亲忙完农活，没几天身子又轻了，便很高兴地说，好。

父亲与我各拿一把锄头和一个编织袋，戴一顶草帽就出门了。山在村子的东边，连绵起伏，弯弯相连、杳杳相望。我们先到东南山，在满眼的青黛苍绿的柴草里寻找百合。八月，是百合的花期，我们正是循着百合那清亮洁白的花寻找它的。百合花很美丽，很特别，它与山中其他的花全不一样，开的是唯一的洁白的花，并且一枝茎只开一朵花，亭亭玉立，像圣洁的天使，在这山野里太招人喜爱了，每发现一棵我都很开心。找到后，用锄头连根挖起。百合的根是一种球状的鳞茎，可入药，收购站会收的。百合在山中零零落落地长着，不很多也不难找。从东南山到坐骑坑、火烛坑再到杨排岭、中央岗，一山一山地翻过去。开始的时候，我们是一起的，找到一棵百合，若是父亲挖，我则在不远处寻找，有了，就挖。父亲挖完这棵，往我的前面走不远，又挖。就这样，我们总在对方视线范围内。山里空旷无人，我们彼此不说话，就用目光相互关注着。

越往里走，山越来越深，柴草越来越长，百合那洁白的花隐现在柴草之间，越难发现了。有时俩人就在旁边，却要找好一会儿，才能看到人。有时看不到人，只能听到锄头的"嚯、嚯"声。我们之间的照应有些困难了。忽然，我发现了前面一块巨大的岩石下，繁茂的草丛中一朵非常洁白的百合花，挺在高高的茎干上，一枝独秀，非常优美。我被这嫩嫩的洁白的花朵迷住了，靠近它，用手抚摸着花瓣，细细地看。它开在这深山沟壑里面，要不是我发现了它，怕是再也不会有人欣赏它了。我既高兴又心疼，小心翼翼地开始挖它。我要把它完整地挖下来，不伤及它一丝的根须。等我挖出这棵美丽的百合花后，抬起头来看，父亲呢？看不到了。再仔细去听，也听不到声音了。我随口叫了一声，没回音。慢慢地一种异样的感觉涌遍我的周身。整座山变了，变得死一样的沉寂，一种可怕的肃穆正在袭击我。我发出颤抖的呼叫："爸爸，爸爸……"山谷里传来可怕的回音，周围却更肃静了。

我突然感觉失去了什么，再看这山、这树、这柴、这草都不一样了，变得陌生和疏离了。内心的充实和宁静一下子丧失了。我把父亲丢了，我与世界的关系改变了，变得不牢靠了，整个世界都摇摆起来了。我只好强作镇定，克服害怕，独自一人在深山里走着，没有方向地走着，百合花对我已经不重要了。我用眼睛搜索，用耳朵倾听，父亲却像蒸发了一样，没有丝毫的踪影。这时候每吹来一阵风都让我惊悸，脚下不知怎么的又不断地绊着岩石和柴根，山里发出的一点点声音都很清脆，让我毛骨悚然。我在山里不停地转，越转越深，越走越远。在一片茂密的林子前，我停下来，不知道再往哪里走——我迷路了！闯入了深山老林中。

我吓懵了！怎么办呢，此时的我无依无靠，我终于冷静下来，只能靠自己了。我站到一个山崖上辨别方向，寻找远处的参照物，然后七拐八拐，终于走出了深山。

站在山口，才知道自己的手和脚都被柴草划得血肉模糊了，根本就没觉得疼。回头看山，依然是那样的沉静和惊悚。我走过一间小茅屋，沿着一片庄稼地赶紧回到了家里。父亲并没有回家。直到天暗了，父亲才扛着一袋百合花回到家里。

奇怪的是，父亲好像根本就没有发生什么事一样，这让我很委屈也很纳闷——这么大一个事，他都若无其事，这是怎么啦？但倔强的我也不提起，只把它一直藏在心底。直到有一天，我再走进这片深山的时候，我的心底忽然敞亮了，我一个人走在大山里是那样的自然，那样的踏实。我在山里待了一整天，倍感亲切，我已是大山的儿子了。

忽然明白，那天父亲是故意把我扔了的。

# 听妈妈讲那过去的事

大年初一的午后，阳光好，乡下的老屋出奇地静，屋前的空地里种满了蔬菜，还有一棵枣树，这会儿剩下光秃秃的枝丫。我们坐在小屋门前，小声地聊。

妈妈老了，七十九岁了，我牵引着话题，她慢慢地说起了过去。

您结婚那阵子，正值土地改革，家里穷，没有新房。老屋门前那间牛栏房，挑了牛粪，就作了新房。夏天去塘地里劳作，没有鞋，光着脚。天热，地上像下了火，脚底烫得不行，就跑几步，再跑几步，最想双足腾空。

大哥读书好，却时值"文化大革命"，没钱上学，抵了家里的劳力。二哥得了一场怪病，抱到镇里卫生院，医生说眼神定了，人也凉了，死了。刚好县里的一个医生在那验新兵，您去求他，医生说我给你点药，你煎了吃，试一试。医生给了药，还借给煤油灯，给了煤油，煎了吃下就转气了。又给了几副药，嘱咐回家煎服。三哥溺水，差点死了。

我小时候经常得病，镇上医院远，要走几十里路，翻几座山岭。每次您和爸爸带着凉饭团轮流背着我上医院。中途在路边的小桥头吃点冷饭，继续赶路。九岁时脚上得一种病，走不了，差点瘸了。在医院开了刀出来时，刚好一天一次的班车经过。您怕车子抖动厉害，我会疼，于是又饿着肚子背。路上又下了一场大雨，跑到路边的小庙里躲了一个多小时，回到家天都黑了。我落下了一个多月的课，脚好一些后，您就天天背着我上学。

那一年，春暖花开的时候，您正怀着妹妹。天气暖和，挺着肚子依然到海里抓蟹，结果在海涂上生产了，双胞胎。乡亲把您抬回家，然而两个妹妹都没有活下来。

中年以后，您本可以歇歇了，可那时正在联产承包，加上父亲身体不好，您还要继续劳作，一直苦到七十岁。

不知不觉间您就老了。是的，都快八十了。您生于1936年，一生经历了国家从抗日战争、解放战争、土地改革、三年困难时期、"文化大革命"、改革开放到农村产业结构调整等一系列翻天覆地的变化，有些与你有关，有些与你无关。

您诉说着，没有悲苦，就像说别人的往事一样。是的，人老了，就意味着不再对往事感到害怕。过去的事最苦，到了今天都成了故事。

乡村的时光完整得无人打破，安静得连风都不来打扰，像曾经的门口碧蓝的老菱湖一样，看得见湖底肥美的水草，像村前温暖的小河一样缓缓地流淌。

妈妈，您老吧，您有资格老了，就像这个大年初一的下午一样慢慢地老。来年春节我再回家听您讲那过去的事。

# 阿叔的清明

今年清明，预报说晴天、高温，可是到了清明这天早晨，雨却早早地下了。不是一点一滴地下，而是模模糊糊地筛下来，像雾。模糊的雨，下在村庄、山野上，迷迷蒙蒙的，仿佛大地上升起的缕缕哀思，这就是清明时节的雨吧。你捉不到它在哪里，但它就下在你的身上，撑着伞也挡不住它。

山路上有一个人，团起来像一个球，缓慢地移动着，全身沾满了雨丝，那是我阿叔。阿叔每年清明都佝偻着走在这条山路上，比别人来得早，回得迟。

阿叔是我们刘姓人中辈分最高的长辈了。那个时代不实行计划生育，很多人家都多子多女，也有的接连生了五六个女儿，但最后总要生个儿子才肯罢休。阿叔是倒过来，第一个生了儿子，接下来连生了五个女儿，就没有再生了。他的儿子也就是我的堂哥，先生了一个女儿，又生了一个儿子，那时已实行计划生育了，有儿有女算很完美了。因为堂哥是单传，他的那个儿子就显得格外地金贵，单取一个字叫威。

家里宠着爱着，威慢慢长大，二十四岁了，一表人才，家里忙着给他张罗对象。那年秋天，阿威到宁波看望在那里种地的父母，可就在那天的凌晨三点竟意外猝死了。堂哥说半夜里听到隔壁房间的床上敲了几下，发出很响的声音，他喊了几声，没人应，就过去看，只见儿子口吐白沫，脸色铁青地僵在床上。送到医院后，医生说人已经死了。也不知道是什么病，反正人已经死了！这无异于天塌了！！人世间的很多悲剧都是瞬间降临的，苍天不仁啊。

不管怎样的不甘心，最后还是送到了火葬场。坟就造在阿叔的父母（我的爷爷奶奶）的墓旁，好让他傍着祖宗不孤单。那是阿叔唯一的亲孙子啊。阿叔迅速老了，身子团成臃肿的一团，脸虚浮，眼睛肿大，总是半闭着。阿叔的手哆嗦，嘴也哆嗦，整个人不利索，说话缓慢含糊，行动也缓慢含糊，反应更是缓慢含糊。不管身边发生什么事，多大的事，他似乎都没有反应。他再也不做别的事，只放着几只羊，很多时候只对着泛着尘埃的时光发呆。

过了年，清明了，堂哥来上坟。别处都不去了，就趴在儿子的坟前哭，打开一箱啤酒放在坟前，点燃了香烟插在坟头……他的儿子许是喜欢喝啤酒，也会抽烟的。

转年，堂哥清明不回家了，又转年，还是没回，再后来的清明，他一直没有回家……

给阿威上坟的事就留给了阿叔。阿叔混杂在上坟的人流中，没有人注意他，他也不注意别人。上完祖坟后，阿叔就来到这里，这里有他的父母和唯一的孙子。阿叔坐在威的坟头边呜呜地哭。我们也都会去阿威的坟头放一束花。我安慰阿叔，不要太难过了。他哭得更大声了，说："他奶奶去给他'讲魂'，说他在地狱里受折磨，被鞭打……她当场就扑通跪下了。"

我说不是这样的。阿威是天上的童子，是白胡须老神仙身边的童子。在白胡子神仙打盹的时候，他跑到人间来，找了一户好人家过上一段凡间的日子。老神仙醒了的时候，他就要回去了。人间二十四年正好是老仙人打盹的时长。他回到天上去了，他在天堂看着你们，希望你们过得好。你有一门天堂的眷属不是很好吗？阿叔抹着泪眼说，"是的，他妈说他上天堂了。"

说着，阿叔又哆哆嗦嗦地从口袋里摸出一包中华烟，拆开，一支一支抓出来，摆成一排放在阿威的坟前，然后哆哆嗦嗦地点。他哆嗦的手点燃那么多烟，要很长时间，他的侄孙，也就是阿威同龄的堂兄过来帮他点。他在一边看着，喃喃自语："我前阵子打开的饮料，点着的烟都还在。"阿叔平时有空的时候就带上柴刀，来到这里，砍去他父母和孙子坟前坟后的荆棘杂草，年年如此。都以为悲伤是有时限的，原来世上有些悲伤是没有时限的，它会伴着你漫长的一生，甚至比一生还要长。

阿叔从另一个口袋里掏出一包烟，抓出一支递给我。见我推托，他的手一抖一抖地朝着我努力了三四次，希望我能接他的烟。接着阿叔说了一句让我震惊的话："我叫不出你的名字了。"那可是我唯一的亲叔啊。他说这话的时候有点难为情，然而亦很坦然，然后自嘲，什么事总是转身就忘。我想，他的心中除了孙子，已经装不下别的事了。阿叔又说了一句："我五岁的时候就跟着小哥放牛了（他说的小哥就是我的父亲）……"

上完爷爷奶奶的坟，阿叔就催我们走，去看你们的父亲吧（阿叔两个哥哥都走了）。然后他一个人待在这里，任由悲伤蔓延，像春天里漫山遍野的草。油菜、麦苗、映山红……山野是一片灿烂而湿润的风景，山下那个搬走了的村庄，没几年就不见痕迹了。阿叔内心的伤痕又到何时能平复呢？

阿叔今年七十六，我们都明白阿叔的日子不会长久了。也许不用几年，阿叔也会走了，那时阿叔的思念也就停止了吧？

# 逮鸡过年

年前，忽然想起那个荒凉的山村，过年了，它咋样呢，会是另一番景象吗？

到了村里才发现跟平时一样。只有几个人匆匆地来，在家里看一眼老父老母后，又匆匆地走了，急切得就跟这短暂的年一样。山村除了几个羸弱的老人煤球似的团着，就是一群鸡狗，鸡飞狗跳，它们反成了山村的主宰。

走过一处老屋，柴门开着，门前的道被打扫得很干净。哦，这里还住着一户人家。老头站在马路上，眼睛睃巡着前方，老太在门口拨弄杂物。

忽然老太说："喏，又来了！"

老头低声说："来是来了，但抓不到，打倒是能打着。"

我顺着老头的目光看到前面的乱石堆上有一群鸡，那只高大的公鸡昂着头，红红的鸡冠抖动着，特别地显眼。我当下明白，要过年了，老头是要抓这只公鸡，宰了谢年。这一下子勾起了我儿时的回忆，在小时候的农村太常见了，我们一帮小伙伴总是争着帮大人逮鸡，那是过年的欢乐之一。

已是下午二三点钟的光景，他们应该对峙有一阵子了。

老头说："再给点米。"

老太说："还给米，都差不多吃一升了。"

老太一边嘟囔，一边又进屋里拿米。回到门口，老太右手扬起，黄灿灿的米粒在指缝里飘飘洒洒地落下，还打着弯拐出优美的弧度，慢慢地落到地上；一边在嘴里"鸡鸡鸡鸡"地叫着。每一颗稻米的飘落对鸡都是致命的诱惑，那些鸡又伸长脖子回来了。老母鸡们肆无忌惮地围在一起啄食，它们心里明白，这个时候没有它们的事，可以放心地吃。那只大公鸡则不紧不慢地跟在后面，踱着方步，把头抬得高高的，对周围保持了高度的警戒，只在外围小心地啄食着米粒，啄一口就抬起头来左右看，丝毫没有因进食而放松警惕。老太专心致志地扬着手中的米，老头装作若无其事地看前方的断壁残垣。就在老太手中的米快要扬完的时候，公鸡"嗖"一下冲出去老远，跑走了。老头提着老腿紧追几步，终于越追越远，无望而停步——"偷"鸡不成蚀把米！

过年时，那些漂亮的大公鸡就知道被宰的命运在等待着它们。某一天，当主人莫名其妙地表示出反常的亲密，不惜拿大把的米喂食的时候，它们就知道自己的厄运到了，总是显出十二分的警惕。

公鸡跑得远远的，跑到田野上去吃草了。如此三番五次，公鸡差不多吃饱了，米粒的诱惑也少了，再喂它干脆就不来了。

见机密败露，老头原形毕露，公开地拿着竹竿提着网兜四处去追。公鸡见老头撕破脸皮来追，就躲进柴垛荆棘丛中，然后跳到乱石堆上，昂着的红鸡冠示威似的一耸一耸地抖动，还眨巴眨巴眼睛——你来，来吧，你来啊。

老头又气又恼，气喘吁吁地回到家门口，又被老太数落一顿。

老头闷声不响，垂头丧气地站着，站了好久，木桩似的。

这时，公鸡似乎忘记了前仇又走到老头的跟前了。老头阴着脸猛地提起网兜又去追，还是没有追上。他恼羞成怒，拿起一块石头狠狠地掷向公鸡。

逮鸡本是简单而有趣的事，现在却变成一场持久的拉锯战，老头明显处于下风，看上去取胜的可能性还很小。

夕阳快要下山了，老太又嘀咕了："怎么还没抓到呢? 天都暗了。"

他们还剩最后一招，天黑了，如果能把公鸡哄进窝，到时还有一个再决输赢的机会。

谢年是山村里家家都要举行的祭祀活动——祭拜天地祖宗，祈求五谷丰登，保佑岁岁平安。总能看到一只宰好的大公鸡红红地被放在祭祀的桌子上。

现在山村年轻的人都搬走了，只剩下一些老人，也很少再举行谢年这类活动了。我感动于老头老太依然顽强地保持着乡村的古风。

明天就是腊月二十八，是谢年的日子了，本来那只公鸡一早就要被放到祭祀的桌上的。然而这场人鸡大战却因力量对比的变化而变得诡异而略带些黑色的幽默，根本无法确定谁输谁赢了。谢年的事也就难说了。

# 牛尾塘，我黄朗朗的乡愁

西汉时，山东曲阜孔宅的一段围墙意外毁损，结果一卷古文书写的《尚书》和大批竹简重见天日，从此引发了中国文字学的第一波热潮，许慎据此写出了《说文解字》，这是历史上著名的"鲁壁出书"。今天，在三门湾畔沿江村东边有一个美丽的海湾，被人看中，要在此建造船厂，为此开辟了一条四公里多长的海边盘山公路。因了这条公路，昔日黄沙朗朗的牛尾塘，掀开了她神秘的面纱，让世人得以一睹她的容姿。

牛尾塘是一个弧形的沙滩，像一把打开的纸扇，一片黄朗朗的沙，有木杓沙滩两倍大。周围被起伏宕跌的青山怀抱着，外面就是大海了。

这里曾是一个村庄。三十年前，我读初中，每年放假的时候，都要穿过现已消失了的下岙村，翻上中央岗，沿着颤巍巍的山岗小心地走，脚下滔滔海浪，白花花地轰响。约莫两个多小时后，眼前出现了一片神奇的土地，黄灿灿的，那就是牛尾塘。那时除了爬山，另有一条路就是坐船从海上来。

我来牛尾塘，是因为当年二哥在此捕虾。眼前的半山腰上独自优雅地坐落着黑瓦白墙的一间小屋，那是二哥他们住的地方。山脚下是一片黄朗朗的沙，中间一道差不多十米高的沙风，里边是黄澄澄的沙地，外面是黄灿灿的沙滩，棉花一样厚。一来我就喜欢上它了。

大人们有他们的事情，整天悠闲度日的是我。我每天听着鸟叫声醒来，巡视村庄。茂密的树林，连阳光也挤不进去，丰茂的百草，比棉被还软。有两种鸟成天伴着我，一种是画眉鸟，叫声悠扬悦耳：谷谷谷谷谷……画眉吊吊……"一种是谷金鸟，叫声短促有力：谷谷谷谷谷……谷金谷鸟……"我学会了它们的叫声，常常跟它们彼此应和。山中还有雉鸡，我常常在它们孵蛋时，在草丛中飞身把它们扑住。

沙地里种着一望无际的花生，碧绿的碎叶下开满了小黄花。我喜欢蹲在地上翻起叶片看这些小黄花，等着这些小花谢了，变成一根根细细的针，扎进沙土里就会变成胀鼓鼓的花生荚。还有成片的苞谷，高大的茎秆，组成了一个巨大的迷宫，我常钻进迷宫，弄得倒垂的阔叶哗哗啦啦地响。这个迷宫能迷惑全世界的人，却迷惑不了我，这里进去，那里出来，从不发生一点差错。

每天吃的都是大人们从海里捕来的鱼，玉鱼、鲳鱼、海马……拣一些肉质上好的鱼混一起煮了，放一口大面盆里，大家一起吃。吧唧吧唧，津津有味。

他们共四个人，有一个年轻的，就大我五六岁吧，喜欢运动。有闲的时候，拿一幅太极拳的挂图摊在沙滩上，跟我一起在那里练，每次弄得衣服嘴巴都是沙，练了几招三不像。兴致勃勃的时候，我就在沙滩上跑步，或像蛤蟆一样四肢一张一趴，直把自己弄成一个沙人。风大的时候，我站在雄壮威武的三眼斗门的岩石上，敞开胸膛，让呜呜的海风穿膛而过。这是何等英雄的事情。冬天的时候，我们拿一点敌敌畏、乐果之类农药拌谷炒熟，一小堆一小堆撒在山脚下，过几天就能在草丛中找到很多死野鸡，味道鲜美（当然现在是不能这样做了的）。

每天傍晚，我都要来沙滩上踩着浪花玩一会儿，到沙滩躺一会儿，或手支下巴凝望海面翻滚的浪花。海水一浪一浪轻轻地拍打在沙滩上，发出"沙沙沙沙"悦耳的声音，我踩着脚下松软的黄沙，伴着晚风，这边走来，那边走去，落日余晖里，拖着身旁一个长长的影子，很寥廓。这时候我常在沙滩上捡贝壳，有鬼见怕、观音手、大海螺等各色各样的。我特别喜欢一种叫困虫的小贝壳，有指头那么大，圆形，表面光洁，灰白色，卷起来的地方有齿纹。从沙滩这头走到那头，就会装满身上所有的口袋。传说，海边的渔民常夫妻双双出海捕鱼，留下孩子在家里没人照看，把困虫用线串起来，戴在孩子的手腕上，孩子就会不吵不闹，睡得香甜。

有一年，村里有个来此运沙的人，在沙滩上捡到两只手镯，画着龙、凤的图案，也没有什么东西串着，就这样在黄沙与潮水的交界处放在一起。有个神秘的人看了龙凤的图案后，说这是皇家的宝物，古时民间是不许画龙凤图案的。后来运沙人把一只手镯卖了，造了两间三层的楼房，还剩下很多钱。不料就在这时，他生病了，腿开始腐烂，很严重。于是四处求医，等到把卖镯所得的钱花光了，他的病也好了。有的人说他不该得这个宝，也有说他不该卖掉一只。后来人们不停地在此挖到各类陶罐等物，非常精致，有的大罐套小罐，小罐还套小罐，因不是手镯或金子，就把它们全部敲碎，以发出的响声博取一时的快乐。是啊，对于渔民来说，家里有一只盛饭的碗就够了，要这些破东西有什么用。有人说，这里是古皇宫，也有的人说是古航道，有皇家的船队经过时，沉没了。这里充满了各种神奇的传说。

沙滩海浪、花生野鸡、斜阳传说……让我在这里的生活快乐而富足。三十多年过去了，我一直想着它，多少次梦回，终因路途不便而没有成行。这里成了我的乡愁，我的黄朗朗的乡愁。

不停地挖沙运沙，终于让牛尾塘承受不住了，黄灿灿的沙滩挖没了，露出下面的黑泥，高高的沙冈挖没了，黄澄澄的沙地挖没了，露出赤褐的岩石和板结的沙板，沙板下面还有沙，人们就拿来炸药炸开沙板，继续挖下面的沙……牛尾塘的沙不知造了多少房子、铺了多少马路，如今再也没人来挖了。

被掘地三尺的牛尾塘今天展现在世人面前的是一片荒芜的模样，让我心痛万分。我应该永远都不要再回来的。可就是眼前这样一幅景象仍然让朋友们对它心醉神迷。没有了沙的沙地，被人圈起，种了葛藤。那道被挖没了的高高的沙岗下面爬满了粗大的老藤，似乎要守护它不再被伤害。沙滩里裸露出一块块铁一样坚实的沙板，灰褐粗粝，成就了别样的风景，有的像鳄鱼，有的像海龟，有的前部尖凸，状如战斗机，更像一排排穿着铠甲的武士威严地守卫着这片海域。沙滩东西两边还各有一块细沙组成的小沙滩，东边还有一个小小的卵石滩。两边的岩石上，各养着一湾的海螺、牡蛎等贝壳类生物。西边的三眼斗门，最是威武雄壮，像军舰一样保持着战斗的姿态，守护着这里。

在那个黄昏，忽然传来鸟声，哦，原来谷金鸟也还在。再看路边，野花也还开着。细一想，岁月沧桑下的牛尾塘真的是别有一番风姿，她看上去成了一个筋骨外露的干瘦老人，但仔细看了，仍然有着她的妩媚灿烂和勃勃生机。她是一个贵族，以她高贵的气质坚守了无数寂寞的岁月。

牛尾塘的两边延展出去，各是一个一个的海湾，西边就是牛头门百岛湖。今天，那条宽阔的盘山公路可以让你一直把车子开到牛尾塘的门口。但是我建议你，要是来了，就在寨门的山口下车，步行四公里到牛尾塘，沿途的百岛湖风光会让你惊喜不已的。

古希腊有个巫师，写了一套书，献给国王，索价万金。国王嫌贵，不要。他烧掉一册，仍索万金，国王不理。又烧一册，只剩最后一册，还要万金，国王奇怪，买之。打开一读，后悔万分，想要前两册，却已经没有了。不过好在还有一册在，聊以安慰。牛尾塘就是这样的一本好书，现在已经失去两册了，就让我们保有它这最后一册吧。

# 舢板上的岁月

　　家在海边。儿时，一种叫舢板的小船在一湾湾浅水与一座座小岛间摇晃，载着老家悠闲的岁月。然而不知何时舢板悄然退出了人们的生活，就像流过的水一样消失得无影无踪。今年春节，坐在荒凉的旧码头，不经意又看到了一只舢板。回城后天天想着，竟至于要再去坐一坐这舢板，并让它为我领航，前往那个宁静的世外之家——扩塘山岛。

　　择一个不错的日子，来了。码头藏在芦苇丛中，很旧，很小，小得连名字都没有，然而至今没有废弃，联结着小岛与它身后的大陆。经年累月，总有零零落落的人打此过往，把一种古老的生活延续着。

　　我来到码头，小舢板正在江心。心里急，挥着手，可是没用，它一步一摇的，就这速度。终于近了，看清了船上的老艄公了。小小的舢板就像一朵浮萍，我踩着乌黑的石头小心地上了船。

　　小船出了内江，进入白带门水道。水道不宽，200米的样子。可是在我儿时的印象中，它是宽阔无比的。小伙伴们吹牛，总是比画着说，某某像白带门一样宽！一叶小舟开始漂洋过海了。老艄公问我，去岛上旅游吗？我只含糊其辞，是，去看看。他不会想到，坐他的舢板本身就是我的目的。

　　舢板由三块木板做成，长两米多，宽不过半米，两头尖，中间略大，隔了两道横档，分成三节，像一个长了三颗豆的蚕豆荚。木板有些旧，漆都剥落了。我小心地坐在船帮上。船尾有一个圆圆的凸起的橹勃，光光亮亮的。一支橹，橹柄圆，橹尾扁平，像古人耍的大刀。老艄公拿起橹套在橹勃上，双手用劲一摇，小船掠着水面——"哗"一声出去了。

随着艄公不紧不慢有节奏地摇橹，小船远离了码头。海面上没有风，平静如镜。水面下好像有坚实的土地托着，小船左晃一下右晃一下，很轻柔又很有节奏。小船就在这一摇一晃中缓慢地行进着，船尾发出一串橹声，那是一种古老的叹息声。这样坐着，一种被海水淋过的湿湿的心情漫过全身，让我生出一份岁月的恍惚来。

很怀念以前的金艄公，七十多岁，身板清瘦，淡泊安详。那时的码头，青草二三处，阳光一小勺，海风、斜阳，满是闲情逸致。常常是一支橹横在舡板上，他提一杆旱烟，倚着船帮，似睡非睡，"吧嗒吧嗒"地白日生烟。他摇的船走得既稳当又贴心，似乎人在走，又似乎船在走，人与船合二为一了，让你感觉很踏实。坐在树叶一样的小舟里，稀薄的阳光淋在身上，我放弃了荒凉的岸，也忘记了要去的小岛，穿梭于古老的时光中，一动都不想动。看着橹摆捞起的水滴，听着橹声，那是一种很慢很慢的生活，很旧很旧的时光。如今越来越快的节奏让我们的生活变得支离破碎，情绪变得鸡飞狗跳。是啊，世间万物都在悠闲中度日，唯有人每天奔忙。船到江心，他还会唱起清扬的号子，只可惜当时没细听，更没有记下来。那时坐一次二元钱。一次我给他钱时，他开心地说，老酒钱来了。忽然想起了某君的一首短诗：不求富贵不求有，但愿海水化作酒。有闲与君海边坐，一朵浪花一口酒。人世有缘分这东西，我想我们是有缘的。我跟他相约，再摇二十年，等我退休了来接他的班，然后我们一起坐在老鼠峙那个乌黑的小码头上，一朵浪花一口酒。他不多言，会心地笑。不幸的是，没几年他就走了，让我心痛不已。

在一路的轻梦和橹声中，小岛渐渐清晰了。看得见岛上的树和码头上的三四间房子以及周围的青草野花了。小船从一条隐秘的小港拐进去，在一座房前靠了岸。阳光下，路边的一簇簇爱情草向我点头致意——别来无恙啊。

# 我有龙塘无须天堂

人的一生会到达许多地方，大部分都被快速遗忘，但总有几个地方会在我们的心沉淀着色，让我们终生难忘。龙塘岛就是这么一个地方。

三门县外面有一片海，叫三门湾，三门湾口有一座岛叫龙塘岛。龙塘岛因其独特的地理位置和迷人的岛屿风光，又被称为三门岛。这让我想起了一个叫阿卡迪亚的地方，那里风景优美，地理位置优越，是世界的中心。传说当人类的互相压迫、剥削消失时，这里将再次变成人间天堂。有人发现一座墓碑上写着一句死神的话：我也在阿卡迪亚！使之更加扑朔迷离。

龙塘很美丽，然而人们却不经常听到它，就连老家在浦坝港镇的我之前也没有上过龙塘岛。如果没有这一次的采风，我这辈子或许就错过了龙塘岛，想起来真让人惊恐万分。

其实龙塘我并不陌生，而且还相当熟悉，它就在我的故乡浦坝港镇沿江村东面的那片海上，现在我知道龙塘岛离我们村的海岸大约就十多公里远。小时候经常听村里人说起龙塘，好像这座岛就长在自家的后门口一样。我们村靠海，好多人过着向海洋要生活的日子。其中有一种方式叫"张捕"，意思就是在海洋里张网以逮鱼鳗蟹虾，以此换钱谋生的一种行当。龙塘应该是个张捕的好地方，去那里的人特别多。人们去龙塘，一去就是十天半月的，要经历一面潮水（从小水潮到大水潮的一个周期，就是半个月），然后回来，带回很多鱼虾，整篓整篓的，分一些给邻居，再分门别类处理后拿到集市上去卖。我就吃到过好多邻居送来的鱼虾，也因此对龙塘留下了深刻的印象。那时不知道"龙塘"两个字怎么写，也不知道它处于哪个位置上，只是觉得龙塘就是笼糠的意思，充满了稻粱味，因为我体会到的就是美味的海鲜。小时候就一直想去那儿，却从来不曾去过。跟大人们提要求，他们只是一笑而过，不当回事。这让我觉得龙塘这地方似乎近在眼前又远在天边，后来也去过三门湾的一些岛屿，但就是一直没有到过龙塘，好像这是个传说中遥远而美丽的岛屿，人是很难到达的。

那时候我的伯父在龙塘张捕，他有个儿子也就是我的堂哥从小就跟着他。后来伯父老了，不出海了，而堂哥还是在龙塘，娶了老婆后，夫妻俩就在那里张捕，一直过了好多年。再后来，那一片海的鱼虾少了，日子艰难了，他们离开岛，回到陆地上。然而由于长年在岛上生活，天性朴实，纯真厚道，离岛后竟然难与人相处。到外面打过工，种过菜，日子总是不顺。又回到家乡，常常站在海边，眺望龙塘岛，还是想着当年的生活，还想回到那个岛上去。这几年这一片海似乎又有些生机了，他们就买了一条小船，在那个海湾里，捕点小鱼，重新过上了向海洋要生活的日子，但终于没有回到龙塘岛上去。

就这样，龙塘一直在我心中，可是直到今天才第一次踏上这座岛。岛上现在没有人住了，人们把它还给了海洋，没想到它竟是如此的美不胜收。

龙塘的美首先在岛的位置和结构。三门湾一湾三地，龙塘岛正处在那个非常重要的出海口上，处于这片海的肚脐眼上，向里正对着浦坝港的牛头湾，向外就是大海了。它是三门湾的门，由龙塘山岛本岛和龙头屿、燕坤山三角相向组成。龙头屿与龙塘山本岛潮退相连，潮涨分离；燕坤山与龙头屿隔岸相对，像一艘浮出水面的潜水艇。三个主岛像打开的三朵莲花，中间由一些小岛礁相连，周围还有三礁和丁桩等小岛，像是佛祖撒在海上的朵朵花瓣，优美宁静。

龙塘山本岛上有一个布满青灰色小乱石的乱石湾。这个乱石湾是当年张捕的村民进出的地方，当年小船进进出出就停靠在这个小港湾。翻开石块，下面留下了他们太多的足印，礁石上也布满了生活的擦痕。半山腰上是两间相邻的破败的小屋，其中一间或许就是我的堂哥留下的。那间小屋依然完好，只是窗户掉了，黑洞洞的。它静默地端坐在大海里，时光里，无声无息，但是它依然有体温，我能够触摸到它曾经的生活。当年堂哥在这里吃饭睡觉补网，更多的时间则在整理捕捞上来的鱼虾，又在屋后开荒种菜，屋前埋缸接水。破碎的窗户在殷勤地向外探看着海面上的小船。我只是远远地看着，便心痛不已。老房苍老了，它挽着徐徐落下的天堂之光，照在山坡上，山坡上应该有野花、美酒和童话的。岛的顶部有一个废弃了的灯塔，它标志着这里曾是重要的航道，当年它亮着灯，指引着四面八方的船从它的身边经过。明时海上丝绸之路就曾经过此地。如今废弃了的灯塔，再无亮光，留下孤零零的残躯，耸立在岛的最高处。

岛上的野草都有一百代子孙了，而那间小屋，那个青石滩，那个灯塔非但没有生出后代来，自己还越来越老了。我与龙塘岛一样，都是劫后余生，这里或许正是我一直寻找的家园。

龙塘岛的美其次在龙头屿的海鸥。船经五指岛的鸟岛时，船夫对我说："看，那还有鸟在飞，现在不多了，以前很多的。"我没有看见过鸟岛鸟飞的盛况，但从别人的描述中得知，那时候鸟真的很多。今天我只看见几只鸟在飞，我便沉默了——这，又是人类频繁活动的恶果，海鸟们应该永远坚持在大海上孤独的飞翔，任何寻求与人类为伍的想法都是非常危险的事情。然后他又跟我说，到前面的龙塘岛，还有海鸥翻飞，龙头上有鸟蛋。我想，有，也就几只吧。

然而一到龙塘，我真的没有想到，这里会有那么多飞翔的海鸥，以前也从来没有人跟我说过这里的海鸥盛况。我就在隐隐怀疑，以前这里是没有那么多海鸥的，很可能是别处的环境不好了，海鸥才来到这里。海鸥是夏候鸟，现在是五月，正是海鸥繁衍孵化的季节，于是它来到了龙头屿。龙头屿像一条伏地的游龙，龙头处是一个断崖式的峭壁，张开大大的嘴巴，海水海风都可以从它的嘴巴里吸进去，也可以从嘴巴里吐出来，它蹲坐在三门湾口，是三门湾子民的守护神。岛上灌木杂草丛生，野花烂漫。礁石赤褐灰白，与海天构成一色，富有太平洋深处岛屿迷人的异国情调。海鸥在此飞翔、停泊、思考、呢喃，在海面上随波逐流，远离人类。我希望海鸥们从此不要离开龙塘岛。

我从来没有这么近距离地看到这么多飞翔的海鸥。海鸥的身姿十分迷人，中等个子，背灰，肚白，脚爪红红。海鸥是龙塘岛的精魂，它在缓慢地绕岛飞翔，就在我们的头顶上。它像一个绅士一样打开翅膀，自由地飞翔，把自己的优雅展示给大海和岛礁；它像一个思想家一样，站在一块尖尖的礁石上，孤零零地独自思考；它像一个充满爱心的人，把那块尖细的礁石分一半给自己的伴侣站，然后彼此梳理对方的羽毛；它像一位哲学家，在海面上随波逐流，随波逐流实在是一种最妥当的人生态度。就让我们像海鸥一样低飞，不要什么鸿鹄之志，鸿鹄之志是我们人生痛苦的深刻根源。

在这个最晴朗的日子里，天空下，阳光、微风与海鸥在小岛上调情，这是一个温柔之乡。正是这个飞满海鸥的龙头屿让整个龙塘岛充满了活力，让这个岛看上去更有天堂的味道——风和日丽，无忧无虑，没有烦恼，没有风暴。坐在龙头屿，我有一种温暖，一种找回自我的、非人世的温暖；一种周围站满了人又不见人的温暖。在这里，我对别人无所求，别人对我也无所扰。我还有什么可以与人世斤斤计较的呢？就让我一个人住在龙塘吧，有了鸥鸟，从此可以不与人交。

也许柏拉图是对的，在我们的理念世界里有绝对的美，但我们说不出来，只有当实景出现的时候，我们才会说，哦，这就是我要找的地方。我无法描述龙塘岛美景之万一，但我愿意留下身后多年的时光，走向这个尘世的最后地方。

# 半山村，一个未被打开的村庄

　　老旧的青石路廊，门廊石墩被历史的风雨吹打得寥廓清寂。迎着微寒的穿堂风，脚下乌亮的碎石，的的笃笃，叩开了一段远去的岁月。一个负笈赶考的学子，独行在那条半山古道上。突然，历史断裂了！正是北宋走向南宋的那个时间节点。裂成两半的王朝的伤痛烙在了每一个读书人的身上，功名无望，于是他放下担子，在路廊边修筑草屋，耕读为家。亦用草屋温黄的微光为过往的旅人点亮一盏心灯。那一年正是公元1126年，半山村建立的日子。

　　那一天，我来来回回穿过这个路廊，每次都有风吹来，绿色的山风带着的孤独催生我的困顿和睡眠。我成了那个潦倒的旅人，推开边上那扇宋朝的小门，里面写满了村庄的历史，静静地堆放着一些旧物，院子里蓄满了阳光，照在黑褐色的墙壁上，带着一份沉默。我在寻找那个被忘却了的旅人的脚印。

　　黄永古道，半山路廊。半山村，是黄岩区那个深山小镇富山乡里的一个村庄。史载：半山岭是古代台、温之间的门户。黄永古道（黄岩至永嘉），势若游龙，穿村而过，遂成商旅要道。它一直与古道、竹海、山溪、梯田、巨石、古树等闲散地融在一起，以一种似乎不存在的方式存在着。隐秘的村口就让我们来来回回找了好几次。

　　古道无言，默默地爬向山的那一边；溪水绵长，低诉往日衷肠。四面青山上铺满了翠竹，竹梢上住着风，摇荡着天空。有多少人走过路廊，有多少脚步和体温失落在半山。走的人走了，留的人留着。山村渐渐就成了目前这个样子。在这个浮动的山腰上，老房错落有致、伏地坚守，木门、石墙、黑瓦和低矮的木栅栏都浸染了时光的米酒，在橙黄的阳光下散发着蓬松的香气。

小村有好几处老旧的四合院，一堆人在山村避灾点的院子里，挤在蓄着更多阳光的墙旮旯里窃窃私语，直到太阳下山，人还是那拨人，只是转了一个方向。可见古风还在。

一个中年人赶着三头黄牛悠悠地从一座小桥上走过，拐到山上去了。可爱的小牛，小心翼翼地踩着细碎的阳光，生怕踩碎了自己的影子。我倚着老墙发呆，突然一个红红的果子"扑通"一声扔到老桥下面的溪水里。仰头一望，才发现那垛老墙边还默默地站着一棵老柿树，在冬日里早已掉光了叶子，光秃秃的树枝上却依然挂着几个火红的柿子。

村庄上片那棵古老的苦槠树上，分别在三个方向安了三个喇叭筒，让我心醉神迷，油然而生一股爬到树上对着空旷的山村作一场无人倾听的报告会的冲动。

老桥头有一棵上了年纪的红豆杉，桥下一棵粗榧树，静默地守着古桥，它们的树皮老得像种了又种的土地一样粗糙。阳光透过树荫照在水面上，斑斓成画；四只老鸭在那潭碧水里画着圈子。站在老桥头，又有风了，远古的风吹拂了千年，依然和美。看着桥那边的路，我仿佛端坐在生活的窗边，任灵魂默诵着唐朝的诗歌，流浪的念头又开始萌发。

傍晚时分，我走向村后的山野。旷野的风在光滑的树枝上摇晃着白色的冬季。刚刚收割的田野上一片空旷，留下一茬茬枯黄的稻桩，一片鲜嫩的紫云英幼苗，长得模糊而又富有生机；还有那一堆堆金色的稻草垛。山野的黄昏是没有欲望的安详时刻，儿时，这样的时候常常是忘了回家的时刻。忽然就想伸手点燃稻草垛照亮远处寒山石径上疲惫的旅人，然后独自在空无的稻田上度过一夜。

山村渐渐挂起了黑夜。我们回到那个筑有晚清台门的院子里，吃过竹笋、萝卜、土猪肉和米酒组成的晚饭后，躲进小楼唱歌跳舞。那个夜晚，我们就像一群厌倦了都市生活的年轻人，学着薄伽丘的

《十日谈》轮流讲着各自的故事，也刚好是三男七女。小村故事多，我们还请来村长、书记和老村长、老书记。那个时代故事繁多，我们在寡言的老人嘴里抠出几个关键词，串联起一个风干千年的故事。这个夜晚注定被留存，它将构成小村故事的一部分，被后人反复讲述。

清晨，我站在半山上的小屋前，等待日出。"鸡声茅店月，人迹板桥霜，"又想起了那个早起的旅人。如今山村的鸡起得晚，懒懒地叫几声，这就够了，再也无须早起了。鸡声之后，东面耀出一缕缕白刃刃的微光，山村清雾缭绕。一会儿，太阳从山头升起，孩子一样眨巴眨巴刚睡醒的小眼，白色的光变成了红光。太阳被山顶的巨石和大树像武士一样托举着。有些涩有些羞的红光，照在小屋门楣"旭日东升"的横批上，照在溪水、老屋、古道上；也照在我的身上，我忽然感觉到一股暖意。红光又在菜地上扶起一棵棵耷拉着脑袋的白菜、芥菜、花菜和葱，同样温暖着那片刚刚收割的空地。早起的老人坐在自家门前，反关上门，背靠着门板晒起了初升的太阳。山村掩映在一片彤红的祥光里，有一种宗教般的宁静和喜悦。

"半是风景旧，半是日月长。"半山村，是那本未被打开的经典小说里的神秘山庄。昔日它是远行的旅人停泊的驿站，今天它是游子思归的心灵家园。

# 黄色的山村

　　山坡上，我流连于一片竖立的黄色之间，那是金光灿灿的黄泥墙，是黄色的冬天里，黄色的山坡上那一朗朗出类拔萃的黄。

　　墙里人家墙外路，山村就是这一垛垛黄墙砌起来的。竖着的墙，躺着的路，穿行其间的人。

　　我在村里转悠，先在空荡荡的晒谷场上转了一圈，又在几处无人居住的老屋门前的檐阶下坐坐。村庄已然很荒凉，人基本上搬到山外去了，就剩下四五户老人了。只有那些老屋、土路和黄泥墙还在顽固地坚守着古老的岁月，而最让人惊心的自然就是这一垛垛黄墙。风吹日晒，渐渐地露出血肉筋骨，也展示了它最好看的一面，看上去，黄灿灿的很新鲜很正宗，与别处的全不一样。那些黄墙是用山里的黄泥加捣烂的干稻草搅拌后砌起来的，坚固有韧劲，多年风化以后露出毛茸茸的黄草屑和富有质感的一颗颗泥粒，阳光下，散发着阵阵香气，让我想起儿时吃过的饼干和烧饼，金光油亮，黄灿灿、脆生生的，还有那锯齿状的边缘。这样的黄泥墙让我觉得很亲切，想上去抱着它，抚摸它，跟它说话，于是，我干脆就坐到路边的黄墙下晒起了太阳。

　　村庄里也还有鸡、狗、猪、鸭，这些古老的动物在山村里都还有。这一天是假日，山村里来了一个孩子。老婆子带着孩子的父母到后山的竹林里挖冬笋去了，狗习惯性地跟着主人去了，"呼呼"地在路边地头跑。跑出一程又回到主人的身边，然后一同没入竹林里，竹深不知处了。

小孩一个人无事，就玩着鸡。鸡在门口收割后的空旷的稻田里觅食，孩子先是用小石子掷鸡，然后拿一个小竹棒在稻田里追赶。这样的村庄里大概没有人跟鸡玩了，鸡一边跑一边咕咕叫，飞过一个稻草堆，孩子绕过去追；穿过一个野草丛，孩子也钻过去……最后，孩子玩累了，不追鸡了，顾自来到田边的一处房屋边，房门扣着半身高的栅栏。他坐在一个曲尺状的弯起来的墙根旁那一堆金黄的稻草堆上，晒着太阳就睡过去了。那只被追赶的公鸡却慢慢地踱着步来到他的身边，围着他流连。每走一步，好像都不知深浅，小心翼翼地试探着脚下的土地，不时地把头转到这边又转那边，红红的鸡冠一耸一耸的；细小的眼睛一会儿张开，一会儿又闭上一半，不知是藐视他还是为了更加清晰地看清他，更大的可能是挑逗他，来呀，为什么不追我了啊。最后，它大概确认孩子睡着了，竟蹲在他的身边，打开翅膀，拉下来，像折断的机翼一样，试图盖住小孩。

此时斜阳向隅，茅舍无烟。此时村里就一个孩子和一只鸡，还有一个闯入者——我。黄黄的稻草像一堆软黄金，在阳光的照耀下散发出特有的香气。吾爱这深山黄土，尽情地沐浴在阳光与老墙之间。

已是半下午了，院子里蓄着比别处更好的阳光，扛不住诱惑，我走了进去，坐在廊前泛着层层暖意孤独地等待主人的竹椅上。乜斜了一眼太阳，又要把头勾下来的时候，老婆子回来了。我觉得顾自闯入别人的院子是不礼貌的，歉意地说，晒会儿太阳。她笑着回了一句，大致是一种接受的态度吧。一会儿，她从屋里捧出一杯热茶，笑着递给我。茶很清口，略带甘苦味，很醒人的味道。老婆子指着对面的山坡说，自家种的，又问我中饭吃了没。她很友善，坐下来，与我聊天。我们说着各自的方言土话，连蒙带猜，嗯嗯啊啊的也蛮有意思。聊了一会儿，要走了。老婆子说，走啦，以后再来啊。这一回，她说的是普通话。

山村叫上泄上，很特别的名字，天姥山深处的一个村庄。

# 独坐深山看落叶

秋天一寸寸侵入肌肤的时候，我迫不及待地逃离闹市，藏身深山，这是我每年的功课。

今天，我走进湫水山，在一个小山坡上坐着，原以为享受一下山里的安静就够了，却不想耳边传来"叮叮咚咚"的流水声。循着林间小路，找到水潭边，那是一个清凉动人之地，心头豁然开朗。

水潭很小，在小路边，上下连着山谷里一条浅浅的水沟，流水淙淙，清凉悦耳，这在初秋时节尤显悠远。水潭上布着一个绿蜘蛛的网，小蜘蛛正张网以待它的午餐。潭边两块相依的石头，不那么规则，石头的边上是两棵单薄的小树。这是一片丛林，由三角枫、栲属青冈栎、杉树、松树以及大小灌木和野蔷薇等组成。我小心地用手取水喝了几口，然后调整位置坐到那块石头上。

林间土地潮湿，空气凉爽。阳光透过树顶漏下来，一斑一斑地落在我的身上、岩石上、水潭上、小路上，已然有光无热。微风绕树穿叶，缓缓似无。我这样坐着，像一个自我免职的国王，身轻无事。无意间注目于一束缥缈的阳光，阳光很淡，它把林间的清泉、凉风和馨香的泥土调成了一杯酒，很醇。浅浅地斟一杯，杯口含着一朵小野花，杯里落下一片枫叶。我像老子，独自在秋天的山林举行一场野宴。最贫寒的你，路过的樵夫都可以来赴宴。

丛林里的主角还不是我，是落叶。路上已经铺了一层枫叶和水青冈的落叶，林间不时传来"哔哔卟卟"的掉落声。叶子的飘落是秋天里最华美的舞蹈。

枫树的叶子慢慢失水卷曲，轻了，风一阵又一阵地吹，叶子在枝头相互摩挲，"沙沙沙"作最后的告别。世上最深刻的离愁从来不是伴着悲哀，而是爽朗的笑声。总是在爽朗的笑声中，在你不经意的一个转身中，叶子"卟"一声剥离了母体，从枝头剥落下来，飘过来荡过去，依然在空中作着种种告别的姿态，或者不舍地落在枝丫上，最后看一眼养育它的母体，再无声地归于大地。

比枫叶的死更动人心魄的是水青冈叶子的死亡。这是一种栲属植物，它的叶子坚硬细长，像线条优美的瓜子脸。它不等自己死净，在失水失色之前，"啪"一声折下自己，然后挂在树枝上飘荡。在微风中不停地打转旋舞，似乎被蛛丝吊着，似乎是自身与母体的最后一个丝线连着，又似乎凭空无所依，对着阳光，转、转、转，不停地转，转过来又转过去，充分展示着优美的体态。既然命运不可更改，就留下最后的能量作生命中最华美的告别。很多叶片都被小虫子吃了，留下一条条叶脉，像一面面镜子或镂空的天窗，天空是什么样子的，得趁最后的时刻把它摄下来，回头慢慢地向大地母亲细说。我一直看着一个叶片转了十多分钟，转得既优雅又惊心动魄。就在我无意间的一眨眼或一转身，它掉落了，掉到落叶丛中再也找不到了。

地上的落叶展示了它们死亡的不同阶段，从边缘向中间一点一点地死去，每一个阶段都非常惊艳凄美。先是边缘失水枯萎，叶肉叶脉还是色泽丰富饱满，层次分明，渐渐从绿到红到黄到枯，速度越来越快，最后迅速燃烧，卷起来像一片鹅的脚掌。有许多落叶两片两片连在一起，紧紧地黏合着，像死死握住的两只手。搞不清原因，也许它们在树上耳鬓厮磨，已经相恋了一辈子，像《孔雀东南飞》里说的："枝枝相覆盖，叶叶相交通，"秋天未到的时候就约好缘定生死，相互吐出黏液粘在了一起，同体飘落了。

一片落叶里藏着千里山脉。我闭了眼，解开身体，让落叶成衣。

枯坐深山看落叶，这也是一种生活，只是我们平日里整天呆坐城中，忽略了另一种生活罢了。

# 外岗埠头

　　它称不上码头，只是一个小埠头。如今已被卸去了翅膀，伏地不动，像一艘沉默的废弃的旧船。

　　那片临海的山湾，那条隐秘的山路，那几个静默的村庄，是我近年最喜欢去的地方，曾经徒步也曾开车路过。那次我也是沿路而来，从一个不起眼的路口拐进去，一头栽在这里，此处便成了我永久的疗养地。

　　这是外岗村与长沙村之间的一个简易埠头，如今修了一条可以通车的水泥路，然而这里依然只走着默默的村民，也不见有车来。人们还是习惯从古老的草绳一样晃荡的山路上回家，让这条水泥路一直空空荡荡的，寂寞得要死。外岗村在一个小山头上，全裸着，远远就能看见门口坐着的老人，长沙村在那个山脚下，隐蔽在一片树林里，无声无息，走到跟前你都不知道这里有一个村庄。两村之间那个山湾向外耸出一个小山头，埠头就在它的颈部，外面是一片海涂。

　　小埠头是村民讨小海下海和上岸的地方。曾经每天人们都在此来来往往，下海之前将衣挽裤，提桶带箩，上岸后，歇息抽烟，闲聊碎谈，是一个热闹温暖、欢声笑语的场所，那是海边人的日常生活。如今村民大多外出，村里剩下的人寥寥落落。这片海涂也寂寞了，长满了大米草。那条小船进出的内江也只留下约略的影子，偶尔有一两个村民从此上下，形影相吊，让人心疼。

　　我来的时候，这个小埠头已经被平整过了，把两边的山削进去一些，整出一块大平地，拐三个大弯下到海边，都浇了水泥地，礁石边还有两个水池，供下海的人洗刷用。已经少了人的埠头被这么一整，更显得空旷忧伤了。当然还是有人来的，他们下海放鱼笼，徒手抓青蟹，偶尔还跟坐在路边的我聊几句。海涂上那片绿色的大米草，挽着奄奄一息的村庄。潮汐抚摸着身体，不再惊心动魄。

边上有一个荒芜了的黄礁村，那块黄色的礁石，传说是海龙王女儿的黄裙子。有一天，东海龙宫的宰相趁东海龙王外出访友的机会，逼龙女成亲。龙女外逃，来到这片海滩上，昏厥过去，化成了一座小岛，天天在眺望，大海啊，我的故乡。那块金黄的礁石就是她的裙子。想起这个故事，悲伤溢满埠头。

海涂上有一座孤零零的小圆山叫青士豆。不知什么时候起，上面栖满了白鹭。五六月繁殖的季节，呱呱叫着，最是好看。白鹭们在落日的余晖里翱翔，翅膀载着微风在飞翔，一片一片的白，一点一点的雪，不再匆忙，它们不再是时光里的白鹭。那呱呱的叫声，表明这是它们的恋爱繁殖季。在此看白鹭，当是黄昏最好的享受之一。

突然想起，这里曾是我年轻时工作过的地方。当年工作时，就在山的西面。当年区政府、镇政府的所在地都在那里。我就在那个镇上工作。那时候，经常有人告诉我山的这一边是海，海边住着人家，还有一些神奇的故事，然而我就不愿意过来，只愿生活在山那边。如今，我厌倦了凡尘，四处漂泊，想找一个地方遁世。没想到，就在年轻时工作的地方找到了这么一个比码头更远的埠头。

小埠头与风为伴，它的周围异常沉默，我坐着，看见了时间是如此的美丽，我仿佛听到了希腊歌队悠扬的乐章。

苏轼说："小舟从此逝，江海寄余生。"我还做不到，我只是蒲柏笔下那个海边玩耍的孩子，只在有空的时候来，偶尔看看埠头外的一两只小船，还有绿的大米草、白的鹭鸶，听听潮涨的声音。当然我愿意成为外岗埠头外的一条小船，轻轻地摇着时光，不再远航；我更愿意在此坐成一个老人，成为小埠头的背景。

# 我的秋夜

　　鲁迅的秋夜是两棵树，我的秋夜是一条路。

　　这条路在城市的另一边，翻过两座山就是。那里有作物、泥土、栏肥的气息，偶尔一二声狗叫。我住在城里，却常常走在这条路上，特别爱在早秋的夜里。

　　这是一条田间的路，两公里多长。路边花乱开，草乱长。夜幕降临的时刻，远处山峰如老僧，淡然入定。暮色从山里漾出来，一圈又一圈的，裹起一个生动的秋夜。月光下，狗尾巴草向着对面的野草招摇，却不过市。瘦的风吹在我走失的单衣上，带着蓝色的忧郁。

　　夜，毛茸茸的，飘着浓甜的稻香。稻子就是在这静谧的夜里被晃动的草丛煨熟的，稻香一阵阵地弥漫，浮动在身体的周围，此刻除了鼻子，整个身体都浸满了稻香。如如的风伴着馨香的夜，稻香是喂大我们的来自田间的第一缕香。

　　田野上飞舞着繁多的星光，画着不规则的曲线，鬼魅似的照着波动的夜。萤火虫在寻找温暖的回忆，却成了这秋夜的冷眼。你一不小心撞在了夜的眼上，身上一闪一闪的是一片片莹白的光源。

　　秋夜的最外层是声音，很多秋虫在鸣叫。对于细微的声音，路无动于衷，将我淹没于无边的寂静里。空静的世界，魔幻的路上，我在走，来来回回地走，贪婪地呼吸着弥漫的稻香。锁着门的小庙，坐在路边，冷不丁吓我一跳，我回过神来，又深深地喜欢上了它。一种清冷，远离了人间欢场，也远离了屠刀落下。

野径尽头是小村。村子尽管小，但我觉得比城市还大。走累了，我就坐在村口的那块碾石上。这里是村野，我可以在树下打盹。"哗啦"突然一片秋天一般大的落叶，打在我的肩上。树长一夏，秋来无非一片落叶。我也一样，也是一棵会落叶的树啊。

一钩新月，是夜的耳环。月光流淌的夜里，有影子在晃动，影子与影子撞在一起，具有一种变幻的魔力。影子原是一个老农的身影。他常在夜里走，走在这条路上，无声无息。每与我碰面，亦不打招呼。他是来闻稻香的吧。时间被他埋在一片稻田下，秘不示人。他或许对我怀有敌意，其实我很可能就是你的儿子，老伯。这条路有我小时候的味道，我闻得出。某一天，我也想来此做一个山村遗老。

常有蒙蒙的雨丝，不知从哪里飘来，离情别绪会突然袭来。想起电影《性、谎言和录像带》的结局：安说："快要下雨了。"葛伦抚摸着她的手说："已经下了。"人不慌，雨也不急，周围依然是一片寂静的虫鸣。夜雨恍惚，时间恍惚。我们都是可怜的路上人，允许人间有爱情吧。

不经意间，夜成为一个过道，突然而至的无源的探照灯聚焦于这夜路上。一道白光从横里霍霍地扫来，把夜色折成了一半。然而光照亮的东西十分有限，夜立刻落入更深的黑暗中，显示出它强大的力量。

我总觉得这里的秋夜有一个核，一个本质的东西在，但是我不知道它是什么，也不知道它藏在哪里。

想起来，我与这条路没有什么差别，白天充斥了毫无意义的活动，夜晚才回归自我。不同的是我有一颗人类的灵魂，多了一份万物不为我所左右的苦涩之感，路没有，路不管这些。然而从本质上看，这一点又似乎无关紧要。我们最好由本能驱使着生活，不要去思考、理解和分析，静静地将田野欣赏、凝望，这就够了。

我在这条扔在田间的路上看到了冷清寂寥的美妙。我不能说，秋夜里，这条路拯救了我，但它可以让我摒弃一部分东西，包括一些让人痛苦得要死的东西。

# 一条青鲢鱼

山湾连绵，乡中学依山而建。像大多数乡村一样，有一条美丽的河流从山前穿过，一头奔向大海。河水肥绿，河里多鱼，鲫鱼、青鱼、鲢鱼、鳗鱼、鲥鱼等，还有各种叫不出名的。鱼多鲜活而肥美。

河上游的那个山弯里，有一座工厂，是县化肥厂。那个年代没人关心环保问题，化肥厂每生产一大批化肥后，都要往河里排放上百吨的废水，也没有人管。废水臭，还有毒，一排到河里，鱼儿就浮到水面来，张开嘴巴吧嗒吧嗒呼气，晕晕乎乎地转着圈，游不动的样子，有的甚至乳白的肚皮朝天，痛苦地挣扎着。

对乡中学的学生来说，化肥厂排废水是一件让人开心的事，可以到河里抓鱼了。那时我上初一，班里有个同学叫道儿，家里很穷，人也瘦小，但读书很好，门门功课优秀。他沉默寡言，除了老师喜欢他，平时同学和他不太往来。由于他上学要经过我家门口，我们常常一起上学，一路上有一搭没一搭地说几句，我的母亲很喜欢他，大概是同情他家里穷，有好吃的常常给他一点，每次他都很感激的样子。

有一天，化肥厂排废水了。中午一放学，我们俩回家扒几口饭，立马拿出网兜奔向河边捞鱼。我们挽起裤脚，慢慢探到河里，站在没在水下的石头上，慢慢探身出去，伸出网兜去捞浮出水面的晕晕乎乎、痛苦挣扎着的鱼。那些鱼也奇怪，看着半死不活的，可当你去捞它的时候，它却会尾巴一扇，用力冲出你的网兜，有时候会打着旋子，就是让你捞不着。道儿很兴奋，但由于个小手短，总是捞不着。

他一边把身子探得更出一些，一边用一只手抓着身边的水草，看上去很惊险。很快，一个多小时过去了，马上要上课了，我们得回去了。我一共捞了八条，还有一条一斤多重的青鲢鱼；道儿只有三条，都是小鱼。这时道儿看着我的网兜，嗫嚅了好一会儿对我说："我只有三条小的，拿到家里也不够一碗，你能否把那条青鲢给我？"我犹豫了一下，摇着头，顾自回家了。他却站在那儿没动，一会儿又重新走进河里去了。那天下午道儿没来上学。我放学路过河边时，那里围满了人。道儿淹死了，人们已把他的尸体打捞上来，他的双手还死死地掐住了一条青鲢鱼的腮。道儿的继父赶来了，痛哭流涕，说："道儿啊，是我害了你啊，我不该跟你说我想吃青鲢鱼的……"原来道儿的继父生着重病，曾在几天前跟道儿的母亲说，自己很想念小时候吃过的青鲢鱼，可家里哪有钱买鱼啊，而这话被道儿听见了。

我失魂落魄地回到家里，母亲看我反常，问这问那，我什么也没说。夜里我梦见了道儿向我要鱼的那个乞求的眼神，还看到了道儿一个人在河里捞鱼——他左捞右捞，捞了很长时间什么也没捞着，正在焦急的时候，突然前面浮上来一条大大的青鲢鱼，全身乌亮，泛着翠绿，嘴巴吧嗒吧嗒地吸气。道儿立刻两眼放光，趋身过去，可是网兜刚一碰到青鲢时，它呼地往前游了几十厘米，道儿又慢慢向前，刚要够着，青鲢又转身一弹，奋力游出去了。这样来来去去的四五回，总是就要够到了，却总是没捞到。这一次道儿涨红了脸，屏住了呼吸，使劲一出手，却不料脚下的石头一松，道儿滑到河里去了，一下子离青鲢近了，让我吃惊的是，道儿竟然扑了上去，用双手死死抓住了青鲢鱼。他忘记自己掉进河里了，他慢慢地滑向了深渊。我大叫："道儿，道儿！"我被吓醒了，出了一身的冷汗。

道儿下葬那天，他的继父说："就让这条青鲢鱼陪着道儿吧。"

从此我不吃青鲢鱼，一看到就心痛。

# 那年十八岁

　　这年十月，她刚从师范毕业，来到一个海边小镇教书。时值秋天，小镇给她的印象是那红红的橘子。这里除了少许水田外，大片大片的全是橘子，漫山遍野地红，更有四五个、七八个欢快地抱在一起的大红橘球，带给她一种难以掩饰的跳动着的喜悦。

　　"你几岁?""十八。""你呢?""我也十八。""呵呵。"彼此笑一笑。小小的房间里就两个人。他在干活，她帮着接递一些东西。这是女孩的房间，他在帮她布置。

　　她前一天刚报到。晚上，早一年毕业的同学，带着几个人来看她。站在十来平方米的小房间里，看着悬在房中间的电灯泡发着红彤彤的微光。同学说，"明天先把电线接一下，接上床头灯、台灯什么的。"她说，"我不会啊。"这时同学指着他说，"喏，他明天没事情，让他帮你接。"他说，"是的，我明天有空，可以帮你接。"看着他穿一身制服，样子挺和善的，她愉快地默认了。

　　就这样，他来了。两个人一起用了一个上午的时间把个小房间布置得漂漂亮亮的。彼此就算相熟了。此后闲时他就来她这里坐坐，她热情相待，了解关心他的工作。但他不怎么说话，坐一会儿就走。他是城里来的，也刚参加工作，被派到小镇里收税。工作不忙。

　　一天下午，她休息。他来，约她到海边走走。他们来到一个废弃的旧码头。

　　海风吹来空气里特有的咸腥味，让他倍感亲切。他深情地注目于海的那一边，对她说，他的老家就在海那边的对岸。他带着她顺着海边的岩石来到一个沙滩，轻柔地漫步在松软的黄沙上，教她辨认一个个光滑美丽的贝壳。他缓缓地向她诉说关于海的故事——打渔船、大黄鱼、海浪、沙滩、贝壳、山村、斜阳、传说……絮絮的仿佛从远古走来的哲人。这天她一直紧紧跟着他，像一只温顺的小羊羔在沙里漫步，在石间跳动，一直到斜阳西下。原来他很能说的。她的心开始跟他贴近了。

过几天，他又来她房里坐，还是这么坐着。可是她的表情有点怪，不热情不自然，对他爱理不理了。他不解。

他还来。那次带个朋友来。朋友聊了几句，说有事走了，临走不经意地把门拉上了，半关着。她一看，马上过去把它开到极限。他迷惑，她不冷吗？看看门，看看她。心里想去关，手上不敢。轻轻的门，此刻究竟有多重，谁也不知道。他说着不着边际的废话，本来他的废话就不多，这时就更少了。她应着。不冷又不热。他想，她不欢迎他了？！

很快入冬了，他犹豫着又来了。这次她很高兴。他心里的石头落地了，带着她到田野上走。田地被老农整理得干干净净的，一畦一畦青葱的油菜苗在风中瑟瑟摇曳，像一个无助的孩子一样让她很心痛。她说，"油菜长在这寒冷的冬天里太苦了。"他说，"油菜是春化作物，必须经过一定的低温阶段才能开花结果。"这话听起来很专业，她心里佩服。

回到她的房间里，她顺手把门开着。北风呼呼的，扫着回堂风，刮得房间里的帘子哗啦啦地动荡，可是门依然没有表情地开着，样子有点冷酷。他很冷，看着门，又看看她。她看看门，回头看着他。他小心地问，"你不冷吗？"她忽然就变了脸，狠狠地说，"冷！"他不明白她的心思。他想，这会儿门要是自己能关上，那该多好啊。他在心里盼望着，可是门依然开着，它不会自己关上。帘子不住地掀动着，似乎在掀动着他们似熟还生、谁也说不清楚的关系。她突然生生地说，"我累了，你走吧。"

然后，他发现她喜怒无常了。有时，好好的，突然说，"我不舒服，你走吧。"过几天，他一去，她又很热情。她这是怎么啦？他不懂，心理压力越来越大了。

不久，他要回城里参加考试。小镇往城里的客车一天就一班，早晨六点就出发了。那天早晨五点多，很冷的天，黑咕隆咚的。他发现她一个人在车站边徘徊着，像散步又不像。他说，"我要走了。"她说，"小心，几时回。"他说，"三天后。"

来年春天，油菜花开了。他又带她去看油菜花。她喜欢早晨的油菜花，金灿灿的，含露带笑，接叶迎风，青涩的阳光下鲜亮亮地充满了朝气。

几个月的收税工作马上就要结束了。那天晚上，他来到她的房间。他买了一些礼物送给她。小收录机、小闹钟、狗尾巴草，还有几盒磁带，那时正流行一首歌：《小芳》。她很高兴，把玩着。他看看门，看看她；她看着他，看着门。门依然开着，它不会懂得主人的心思。他说，"我要走了。"她不说话。沉默了好一阵。他颤颤地说，"我……"她盯着他，"你什么？"他说，"我……我明天要走了。"她低垂眼帘，一脸失落，突然高声说，"你走吧，我要睡了。"他一看小闹钟，才八点呢！他还是站了起来。他永远记得那个夜黑风高的夜晚，好几次差点把自己走进路边的臭水沟里。

他走了，再没回来。从此两个人都在彼此的生活中消失了，就像从来就不曾认识过一样。

二十年后的春天，他来到小镇。意外地发现她也站在田边，痴迷地看着油菜花。

他们彼此笑笑，一同走向她以前住的小房间。学校早已撤并，没有人了，院子荒了。她以前住的小屋破败了，没了门，剩下光秃秃的四面墙。狭小的房间很疲倦，空洞洞地对着无物的天空。空气懒洋洋的，没有要动一下的意思。地上满是瓦砾，瓦砾上长出了几棵野蔷薇，绿色的叶子泛黄带红，默默地生长着大约有些年头了。他指着那个小窗台，说："喏，这是你放镜子的地方，当年我送你一枚镜子的。"她点一下头，说："这是我的床头，看，墙上还有我的泪痕呢！"竟自苦笑了一下，又像说错了什么似的赶紧说，那是雨水。她问，"你有过初恋吗？"他沉默一会儿，说："有，那年十八岁。"她急促地问："谁？"他说，"你。"她的眉毛扬了一下，眼里积蓄起生辉的流波，然后发出了艰难的笑声。笑得很破碎。

他走后，她很绝望，第二年就调走了。可是从那以后，她每年都来此看油菜花。她说，"我一直记得你说的那句话：'油菜是春化作物，必须经过一定的低温阶段才能开花结果。'"停了一下，又缓缓地说，"很像青春。"他在心里说，是的，青春是残酷的，不离开它，你看不懂它；等你懂了，它已远了。

回到田间，田野上的油菜花黄亮亮地开在春风里，像一簇簇火把，燃烧着。路的尽头是一片杂草丛生的乡村墓地。

# 相聚，送别

夏日中午，一个初中同学来访。他姓方，是我的同桌，很要好的。他敲我办公室的门时，声音有点急。开门一看，变化不大啊，胖了点，敦实了些。他 1996 年离开三门县去了路桥，1998 年我结婚的时候见过一面，此后就没再见过，至今有十五六年了，只是偶有电话联系。这次也是他母亲生病住院，他才顺便过来看我的。

没有热烈的招呼，夸张的动作，甚至连握手都没有。他顺过来坐下，我们就坐着聊天。聊些不着边际的话。办公室怎样，前面的大楼怎么样……一会儿，他站起来看看办公室前面。我说，那是心湖公园，那是保罗，那是中国青蟹城……忽然他说，看——天上云在飘。他还说到以前从乡下上来，偶尔被人带去跳舞打牌什么的。说到有一个同学，人很聪明，性格很怪，开车总是自己开自己的，从不让人，也不拐弯。有一天，终于撞了，躺医院里去了。这样聊着，瞎子摸象似的，摸到耳朵就说扇子，摸到大腿就说像柱子，至于你的生活像扇子还是像柱子并不能了解多少。我知道他也是不会说话的人，说的话总是憨憨的，但是很让人放松，我喜欢。见面只是为了见面，笑一笑，看一眼，谁又管它聊了什么呢，关键是感情沉淀下来了。

下午两点时，似乎都有点累了，我说躺一会儿。他在沙发上，我在行军床上。躺着又聊，他说想去看看另外两个同学。打电话给罗，关机，估计出远门去了。等到三点上班后，去了蒋那里。他很忙，我们坐一会儿就走了。本要留他在此过夜的，他却一定要走，就不留了。我估摸着他不喜欢在外面吃吃喝喝什么的，也不知道他身体咋样，年轻时有一阵子身体不太好。这一些我都没问。

我开车把他送到西站。西站早就不在了，只是他说有，我也以为还在的。其实就是从客运中心出发经高速去椒江的客车路过这里。问残疾车司机，说就在对面的路边等。我们走到那个路边的时候，忽然一个中年妇女在叫——椒江黄岩。原来在此上车的也还有，她就是蹲在路边叫卖车票的售票员。边上搭了一个铁棚子小卖部，小卖部前几个小孩子来来去去的拉着小凳子玩。唉，这里成了一个路边小站。想起古人送别时长亭外、古道边，很感慨。年轻时，二十岁上下，这样的送别是很普遍的。也在这个车站，就有过很多次送别。寒冷的早晨，送到车站。临别的话早已说过很多遍了，可恨的是客车还没来，或者开车的时间还早。就这样站着，看看车站，看看人流，看着水泥地，看看空气，拉一下身边的行李，瞟一眼墙角的厕所，时间凝滞着……终于上车了，要出发了，赶紧又把临别的话再说一遍，挥一挥手。一声沉重的喇叭声响过后，车开走了，留下空荡荡的车站和空落落的自己。今天，我又碰到了这样的送别，虽也看天、看马路，却没有了年少时那种青草般鲜嫩的带着露水的情感。毕竟岁月走过，身体和情感都粗糙了，留下的只是仪式和程式。即便心中有伤感，也都掩盖在淡淡的笑声里了。这样等了二十分钟，客车来了，把他送上车，他站着，回头招手，我也招手。我站在下面好一会儿，车还没有开，就绕过客车前往自己车子的方向走去。又看着车里，他又站起来，原来他也一直在看着我呢。我们又相互招手。客车终于启动了，他走了。

这是一场最原始的同学相会，最古老的送别。随着生活方式的改变，车站送别的场景已经很少见了，不久就会像唐人折柳相送一样消失在岁月的长河里，就我这短短的一生肯定也碰不到几次了。

我们是聚也布衣，散也布衣。1984年初中毕业，到现在已经三十年了，别的人都变了，有些变化很大，他几乎没变，朴实敦厚。大概是1996年调到路桥，一直在那里上班。一周上班五天，钱赚得不多，工作压力大。业余时间也没什么爱好，生活十分简单。妻子是独女，在家赋闲。岳父家条件不错，但现在也没什么钱给他花。以前岳父捕鱼，他甚至还要凌晨三点半起来给他卖鱼。一个女儿读小学四年级，不太听他的，读书也不十分好。

虽然我们老家在同一个乡，过年都要回家的。平时偶尔打电话，也都说今年过年回家小聚，却总没有聚。都是沉默寡言、不善交往的人，虽然心中念念，但相见很少，实际上一辈子也见不到多少次的。但这不会影响我们的感情，年少的感情就是牢。

# 冷如宋朝的街头

秋深了，深到不可测的地步。我回到阔别多年的故乡，一个叫闫县的海边小县城。

老街像一座不制砖的老窑，默坐着，有一些絮絮的东西在窑头轻扬。

秋的尽头再次迎来季节的变化。这个时候，雨常常不期而至，人们都习惯了雨在这个季节的造访方式。

周末的午后，想起要去拜访一位作家朋友，曾经我们多少个长夜在一起高谈阔论。我独自走在街上。雨又到访了。雨也走在街上，早于我，在那里等我的，还是与我同时上街的。石凳子默默坐在雨中，雨丝凉伴着街面，凄清寂寥。老街悠深，雨悠长。狭长的老街，此时却显出无人的空荡，风可以一路无声地游荡到另一头。我的脚步踩在沧桑的老石板上，底下传来空空的跫音，没个底儿。

冷的雨，冷的空气，冷的街，时间永远站在街的两旁，风化了一般像一只经年失修的钟。我走着。老街两边的老屋错落着，里面传来杯盘相碰的声音、老人的咳嗽和儿童的笑声……一股股温暖的气息，一种人间烟火味。

两旁的老屋里不时飞出一阵阵的打牌声。多么的熟悉啊，这打牌声！当年我也曾经常在这条老街上打牌，也曾单吊三饼自摸。

此刻，打牌声犹如老情人的招呼，像一盆微红的炭火，钻到人的心里，暖烘烘的。在一座布满老藤的老屋旁我愣了一下，这就是我当年经常来的地方吗？它位于老街的中间地带。从一扇小门横进去，穿过逼仄的回形针似的木楼梯，来到二楼的小木屋，我经常在此打牌。"呼呼呼"的踏楼梯声回响在耳边。我仰起头，雨丝在老屋上空飘荡，老屋坐在陈年的历史上稳如一辆旧风车。

我想起了当年的情景，想起一起打牌的那个叽叽歪歪的老王。老王坐在我的下家时，老说我不给他喂牌，导致别人自摸大牌；他坐在我上家，又说我给别人喂牌，铺桥，造成他放冲。老王入世很深，庸俗不堪，贪小便宜，除了打牌，我与他没有任何交集。他总是磨磨叽叽地唠叨，让我很讨厌，都快到了憎恨的地步了。

蓦地，我听到了一声咳嗽。正是老王的咳嗽！一点都没错，我太熟悉他的声音了。我的心里发生了奇异的变化，犹如一阵春风在我的体内筑起了窝——老王是那么的可爱，那么的有滋有味，我对老王的厌恶烟消云散，此刻我是多么想见到老王啊！我要立刻拥抱他！！我又想起了，有一次，我们在街口相遇，老王给我打了一个热情的招呼，多么暖心啊。这个世界因为有了老王而变得生动旋转起来！

我带着感动走完长长的街。站在街的另一头，犹如站在人世的十字路口，我迷惘了。雨还在下，细细瘦瘦，*丝丝凉凉的*，像针头。抬眼去找，不知它从哪里来的，伸手去摸，温温润润的，只是一点浅浅的湿。

犹豫了一会儿，我没有去朋友的家，而是迈开了脚步往回走。

# 拒绝长大

　　时光如流水，恍惚间女儿已到上幼儿园的年龄了。年幼的她处处觉得新鲜，早些天就在不停念叨：我要读书去。开学第一天，我带她来到幼儿园，园内绿树婆娑，林间掩映着各种玩乐设施。

　　领她进教室时，她并无意识，老师叫我们悄悄地走开。当她忽然发现我不在了，一种无端的恐惧感和极度的无助感一下子袭来，丢了魂儿似的大哭不止，拼命往外冲，还不忘从窗架上拿回自己的书包死命抱着，和几个小朋友一起拉开大大的铁门冲了出来，一下扑到我怀里说："爸爸，我要回家，我要回家……"人在恐惧和无助的时候总会想到家，那是人类与生俱来的、回归母胎的原始冲动，我鼻子一阵发酸。

　　是啊，女儿还不满三岁哪！可是人总归是要长大的，我又狠狠心把她送回了教室。然后低着头上班去了，心里是十二分的不踏实。中午下班后，急匆匆跑到幼儿园，只见她默默地坐在一个小凳子上，我来到街上吃完饭又跑去看她，她已在老师的帮助下午睡了。

　　第二天早晨一觉醒来，不知怎么，她就没了精神。一会儿说："爸爸，我想睡觉，我不要读书，我还是小孩子，要玩……"一会儿说："我想奶奶，要到奶奶家去玩。"这样那样的，早饭也不吃。我知道她是怕上学，心里是既疼又烦，就狠狠地打了她几下。她看我生气的样子，大概怕我一走了之，丢下她不管。于是很无奈地说："爸爸等我！爸爸等我！"她自己穿好鞋子后，又把我的鞋子拿到跟前说："爸爸你穿，爸爸你穿呀。"还要我把她的脸擦一擦（脸上挂着泪）。我的心被揉碎了一样疼。

一路上她不停地问："爸爸，到哪里去？我要到奶奶家去……我不要读书。"路过公园的时候她又说要到公园去玩。我随口骗了她一下，心里却十分愧疚：孩子，爸爸骗你也无奈啊！

到了幼儿园门口，她已泪流满面："爸爸，我不要读书……"我一直把她抱到教室里让她在小凳子上坐下，她一只手死死地抓住我的手，泪水像断了线的珍珠一样"嗒嗒"往下滴，一边说："爸爸不要走，爸爸陪我啊！"我真想多陪她一会儿，可是老师过来说，"你去吧，一会儿就好了。"我只好扒开她的小手硬生生地走了。

第三天，刚到教室门口教师就来接她，对她说："跟爸爸再见。"她一脸的无助，嘴巴扁了几下终于没哭出声来，也说不出"再见"，只是转身向我挥了挥稚嫩的小手。我的泪立刻在眼眶里打转，喉头不由自主地变得硬突……下午我去开一个电视电话会议，回来的时候刚好是放学的时间，她妈妈刚把她接到门口。她很高兴，说爸爸妈妈都很想她啊，然后高高兴兴地回来了。

几天下来，我心潮起伏，既酸楚又有此许欣慰：一边是女儿慢慢适应了幼儿园的生活，一边是她天真烂漫纯洁无邪的童真的失落。

人的成长实际上就是一次次地被社会改造的过程，每一次的改造都是人的社会性的获得和自然本性的丧失。孩子的生理和心理会本能地拒绝这种改造，然而为了他们能在这个社会上更好地生活，我们又有什么办法呢？我们大人又何尝不是时刻地被改造着呢！

其实成长的代价就是一路的拾起一路的失落……

生命的本质是拒绝长大，却被逼着长大。

# 勿以善小而拒之

星期天中午，刚坐在电脑前打了几行字就停电了。妻子又有事要外出，她好说歹说，我终于同意带女儿到公园玩。我们走在公园边专卖小孩子玩具和小吃的一条街上，看到一群女孩子一边走一边在津津有味地吃着丝丝拉拉裹在一根竹签上的棉花球一样的东西。女儿嘴馋，想吃了，于是顺着方向找去。

那个东西叫棉花糖，是现场加工的，一个圆筒形的机器在呼呼地响。一个五十多岁的老头拿个竹签往四周一圈一圈地卷，一会儿就成了。生意不错，我们到时，还有两三个人在等着。卷得小一点的五毛钱，大一点的一元钱。我一摸口袋，除了几张百元的大币外没零钱。我看他小本生意怕他找不了零尴尬，就提前拿出一张百元大币向他示意说我没零钱，他点点头。一会儿他给我们裹了一个大的，我递给他钱，他却说不用，找不了。一边摇摇手说："没事，小孩嘛。"他做点小本生意不容易，我心中很过意不去，但也没法，只好让女儿对他说声谢谢。女儿说："谢谢老伯。"他很开心地笑着，对女儿说："听爸爸的话啊。"向前走了几步，我回头看了他一眼，他还在对着我们笑。

走不多远碰到一个亲戚，也带着小孩在坐"摇摇马"玩。我就向她要了一元钱，拿去送给老头，他再三推却不过只好收了钱，显得很遗憾。我走了几步又回头看了他一眼，只见他表情木讷、闷闷不乐，跟刚才那副舒展愉快的神态截然相反！我忽然觉得我做错了什么！我给了他一元钱，我是不欠他了，也不用对他感激和为此感动了，但却剥夺了他一下午的快乐，或许还不止，本来他回家后可能还会跟他的孩子骄傲地说起此事。可现在我用我的一元钱拒绝了他的小善，剥夺了他的快乐。我甚至觉得我有点残忍了！

回来的路上我十分内疚，我想生活中我们应勿以善小而拒之，还应保留一份对生活的感动。

# 无家可归

　　妻子在机关幼儿园当老师，今年又教小班了。读小班的是新入学的小朋友，是他们人生中第一次离开家踏入社会过集体生活。十年前，送女儿入幼儿园的情景记忆犹新，心中念念，今年又想起要去看看这些小朋友，是怎样面对这人生第一道坎的。

　　十多年过去，现在的小朋友比以前好多了，没有那种撕心裂肺的恸哭和掉入深渊的恐怖。似乎人的社会化进程在不断地加快，一个个像被催熟的西瓜一样；加上现在教学方法改进，入学第一天是家长陪着孩子一起上课的，因此一些孩子很快适应了，然而总有很多孩子抹不去这先天的恐惧。

　　上学第二天，知道要独自面对了，一些孩子一到幼儿园门口，就说回家，我要回家，伴随着阵阵哭声。一个小男孩的爷爷把他送到教室的门口，狠心的老师大声地催促爷爷回去。爷爷看了他一眼，带着不忍的笑转身走了。他一见爷爷走了，拼命挣扎着要冲出去，尖叫着："回家，回家——。"然而家在哪里呢？他不知道人一出生就已经无家可归了。老师劝慰着，他茫然站在教室的门口，不知所措。狠心的爷爷走后，教室外面就是一个人类社会，一个未知的空间，这个时候教室里面应该比外面更安全。他看看外面，又看看里面，只好返身走向教室，一个人走向人群中，走回自己的位置上，呜呜地哭。他身上衣服有点旧，淡蓝格子衫有点褪色了，淡黄色的裤子，褐色的凉鞋；身体有点胖，脑袋有点大，一副憨相。半倚着坐一会儿，又站起来，走到老师旁，脸上全是汗珠和泪花，又自己走到老师的讲台桌上拿餐巾纸擦脸。轻轻地哭一会儿，又去拿餐巾纸擦了一把脸。他一会儿坐在自己的位置上，一会儿站在老师的身边，然后无助地走在小朋友们中间……在无奈、茫然中，轻轻地呜咽着，渐渐成了一种习惯。我能想象过不了多久，他还将参与到小朋友的游戏之中，这就是人。来到一个新环境中，从无奈、茫然到慢慢成为习惯，最后还要参与到这人世的欢乐乃至狂欢之中，忘记了植入体内的痛苦。那种痛苦太巨大，人必得用狂欢来反抗它。

教室里的小朋友，有的在疯玩，桌前桌后，床上床下，相互追逐嬉闹，似乎不知道这是一个陌生的新环境；有的摆着积木，带着研究的专心，不去管身边的事；有的独自站在角落里，冷眼旁观这陌生的人群，不参与，也不逃避，准备应对一切厄运；有的牢牢地盯住自己的座位，不给别人一丝侵犯的机会；有的半倚着位置，一边看着自己的座位，一边又瞄着玩耍的人群，或许想要加入游戏的行列了。百态人生，三岁尽显。

随着老师摇铃吹哨，孩子们各归各位，有的找不到自己的位置，有的错坐到别人的位置上，乱哄哄一通，渐渐归于秩序。今天起，规则开始进入他们的生活。

人从出生的那天起，就已无家可归。我们被抛弃在一个陌生的星球上，你若独自行走，会很孤独；你若走向人群，又会很迷惘。我们不知道自己从哪里来，又向何处去，也不知道我们是谁？唯一确定的事就是每一个人都将走向死亡，死亡就是那把达摩克利斯之剑，不知道什么时候掉下来，但它总要掉下来。人们为了逃避死亡，本能地做着各种各样的事，最后每个人都陷入了各自的百年孤独中，有些人拼命地写作，有些人天天赌博，有些人不停地歌唱，有些人四处找爱……于是有了宗教，有了艺术，有了信仰，有了爱情——无非就是拿一副毒药迷醉自己，忘却这无家可归的人世的悲哀。

# 少年，在人间

2015 年 9 月 10 日，是个平常的教师节。下午，老婆打电话说，"女儿回母校看老师去了，晚饭你在食堂吃。"

我吃完饭，刚回到家，有人开门进来，是女儿回来了。她今年刚读高中。我说去看老师了？她说是的。我看她神情有些落寞，好奇而又带点轻松地问了她一些情况。

她说，去的人很多，大家都去了，三中的，二高的，还有职专的。老师的办公室都挤不下，前面一拨走了，后面一拨才挤进去。她在外面等了好久，才挤进去，所以回家就晚了。

这让我没有想到。我本以为看老师的也就少数人吧，特别是那些在职专上学，读书不好的人是不会去看老师的，然而我错了。女儿说，那些读书不好的跟老师更有感情，他们平时就跟老师打打闹闹的。

我说，"你送老师礼物了吗？"

女儿："是的，每个老师都送了。有盆栽、书和鲜花等东西。送给对我最好的男老师一包香烟，老师竖起拇指对我笑——'懂我'！送给对我最好的女老师一本《枯枝败叶》，因为她很崇拜马尔克斯，老师哑然失笑，表情亲切又搞怪。"

我也笑了，马尔克斯为什么不把书名叫《金枝玉叶》呢。

我又问："那说了什么呢？"

女儿说："没说。"

我说："你真不会表达，怎么也应该说几句啊。"

女儿嘟嘟囔囔地说："这个时候人去了就好了，大家心里都明白啊。那个女老师，我心中有千言万语想跟她说，就是说不出一句话来。"

我只好安慰她："是啊，此时无声胜有声。"

她说，"很多人都哭了。"

我说，"那你呢？"

"也差不多。"

其实她一进门，我看她的脸色就明白个大概了。

我自惭形秽，又黯然神伤，一种久违了的情感像被电击一般苏醒了，忽然很想哭。我想到了两个词："少年"，"在人间"。

人世间很多感情你以为只在过去的时代有，现在这个时代不会再有了，特别是在几乎一切都物质化了的当代社会里更是万难再有了。我总是在内心担忧，更希望她们这一代在物质充裕的情况下，情感依然丰盈而不苍白。可是事实上那种担忧是多余的，很多美好的情感一直都在，且永远不变，譬如对老师的感恩。

想起三十一年前第一个教师节，我也是刚刚初中毕业，教师节的时候自然而然就想到了老师，也给他们寄书，写信。书，我记得有什么中老年保健操，信的内容想不起来了，大概也是些青涩而又有些可笑可爱的内容吧。再想想自己成年后荒漠化程式化的情感状态，真是悲从中来。

女儿初中刚毕业也就二三个月的时间，没有任何人组织和召唤，他们都回去了。平时，从女儿的口里听到的都是这个老师差，那个老师不好，很少有被她赞赏的老师。是她突然成熟了，长大了？不是，那是时间的杰作。时间是一位魔术师，它天天走过你，却从来不跟你告别。时间的常态是模糊的，它让你看不清它，很多事当时只道是寻常，谁也不会在意，然而一转身，惊回头，已成永忆。但有些时间节点却是清晰的，很清晰，带着痛感，譬如毕业季。

那种表达感情的方式更是她这个年纪特有的，少年是最好的年华。他们的感情清透纯真，除了做一些在成年人看起来有些可笑的事之外，有一种表达感情最有力的方式——那就是沉默。以前看到一个电视节目，一个初二的学生因家贫辍学，后在好心人的帮助下，回到学校。那天，记者、电视台的录像机都跟着，送过来了。那个学生回到了自己的座位上。记者问他最要好的一个同学："他回来了，你有什么要说的吗?"他站起来，摇摇头说，"没有。"我一下子被震住了，这种感情表达得太准确了。人类的感情中最美好的那部分是无法言说的。对此，我们只能保持沉默，也唯有沉默——沉默是最好的表达。可惜我们成年人太差劲了，有事无事非要东拉西扯、不着边际地说点什么，就是不能保持沉默。

世界的外壳是物质的，世界的内核是情感的。物质的外壳日新月异，里面流动的情感却千年不变。我们不必担心这个光怪陆离的物质世界会让人类的情感荒芜。无论是在诗经里淇水的岸边还是现代钢筋水泥的大厦里，都流淌着人类美好丰盈的情愫。

# 孩子的力量

我有晚饭后独自散步的习惯。最近因为建设的需要，我住所旁的西山要被搬移掉，让我生出无限的伤感和怀旧来。于是一段时间以来绕着西山山上山脚散步的次数渐渐多了。女儿五岁多，她在高兴的时候会一蹦三跳地跟着我去散步，我也乐得接受。孩子的活力、孩子的思维、孩子的超凡脱俗的语言表达有时会让我惊讶不已。

一天晚饭后，女儿又跳着跟我去散步。我们绕西山走了半圈，发现随着工程的进展，山上和山脚的居民已渐次搬走，建筑也逐步被毁。我们绕到一个半山腰，这里有一个国营工厂，以前每天烟囱里冒出滚滚白烟，几个月前，烟囱里不冒烟了。现在随便进出工厂大门也没人喊你，后面的围墙已经拆掉了，留着一排宿舍楼立在那里，显得凄清孤寂。我们沿着老旧的水泥路往宿舍楼的方向走去，路旁的自行车棚里已没了自行车，而拴着一条大黑狗。黑狗发现有人，"汪、汪"地吠了起来，女儿缩到我的一边。这时前面的宿舍楼里走出人来，有二没三地站在二楼三楼的走廊上，凝视着我们。看来这里已少有外人打扰，黑狗的吠声让他们警惕起来。我们走到楼前，女儿问我了："这是什么地方啊？我们来这里干什么啊？"我说："这里是工厂，现在要拆迁了，我们来这里看看，以后就看不见了。"这时天已擦黑，楼上的人一番凝视后，打开了走廊上的灯，向我们露出了友善的微笑。一个人还问："吃了吗？"显然是对我说的，态度友好得像是老熟人。我受宠若惊，睁眼细看了一下，并不熟悉啊。女儿还在问："什么叫工厂啊？他们在这里干什么啊？"这时有几个人竟一起替我回答着女儿的提问。我们楼上楼下很轻松地说着，气氛很好，使我产生了要带女儿上楼去的冲动，但想想还是没去。我们往回走的时候，自行车棚里的黑狗又叫了，楼上的人赶紧喝住。

回来的路上我一直纳闷：他们缘何对一个陌生人这么友好呢？这在城市中是绝难见到的啊。我忽然明白——是我的女儿，一个五岁多一点的还充满童趣的小女孩！是女儿让我获得了他们的信任，赢得了他们的友好，而能很放松地与我交流。此时柔弱的孩子显示出无比强大的力量！

# 去年的果，今年摘

　　那年春天，来到扩塘山岛已无人居住的里弯村，在野草疯长中看到一棵柚树上挂着上一年的果子。小时候太喜欢吃柚果了，家门前种着一棵，总是没等成熟就摘着吃光了。看着柚果，我欣喜不已，可又扔石子又拿竹竿戳都不掉下来，我不顾被刺划破手指爬上树去摘下来几个，高兴地剥开来吃。唉，味道酸酸的，不好吃，尝几口就扔了。嘴巴还涩涩的，手上的伤口也疼起来了，搞得心情全无。这才想起来，这是去年结的果，应该去年摘食才对啊，等到今年春天，早过了季节，自然不好吃了。

　　继而想起人生，何尝不像这荒村的柚果呢。去年的果今年摘的事情比比皆是。我二十来岁的时候，在乡镇农技站工作，很想当个副站长，可是另一个资历比我老的同事当上了。等我年近三十，已经不想了，领导却让我当了。三十五岁以前我很想当一个副局长，觉得这样就算比较体面了。我拼命工作，业务水平全省一流，可就是没当上。等到四十岁的时候，我已埋头读书写作，不再想去改变生活了，可是却当了一个副局长。以前业务精良的时候，没人理我，可在我当了副局长不再钻研业务专吃老本的时候，却到处请我讲课、研讨、座谈。当时我就觉得这种生活于我不是好事，搞不好会害了我一生。

　　有一个朋友，年轻的时候，十分爱慕一个女子，疯狂地追求，可那女子心里装着另一个不爱她的男人，对他连一点怜悯的表示都没有。无奈之下，朋友死去活来地把她从心里清除掉。十多年后，朋友早已习惯了没有她的生活，可就在这时，她却来了。他已经心静如水，没有感觉了。她对他做了很多事情，仍然无法打动他。他说，既然你心里藏的不是我，对我做这许多事又有何益呢。想想当年，她若能对他有一个微小的表示，他都会欣喜若狂，甚至为她去死的。去年的果，放到今年，全然不是一个味了。

最近在报上看到一则消息，说一个老科学家，八十一岁时得了一个联合国的大奖，给了八百多万的奖金。他老泪纵横，当年研究所是多么地缺乏资金啊，如果那时能得到这笔钱，他们不知道能做出多少成果呢！可是现在，他老了，老伴走了，两个儿子都在美国过得很好，他根本就用不着钱了，钱对他已经没有任何意义了。他拿这些钱给原来研究所里的同事每人分了三万元，剩下的全捐给了希望工程。

除了在一些荒凉无人的山村，农作物的果实一般都会在成熟期内采摘的，不太会发生去年的果今年摘的事情。然而在人生之中这却是常态，这是生活的悲凉之处。

今年四月我又去了扩塘山岛，又在里弯村看到了那几棵柚树上挂着熟悉的去年的果。这一次，我没有去摘，而是站在树下把它当风景静静地看着。

# 白鹭的生活

扩塘山岛是个小岛，孤零零地悬在浦坝港口，很另类地成了省级风景名胜区，还入选 2013 年中国海洋百宝岛。但人们赞赏的是它南面的美丽礁石，而没有多少人知道岛的内部的迷人之处。每年我都要独自来岛上走走，与自己的灵魂相处一次。今天，我就来说说岛上的白鹭。

深秋时节，走过野草野花，来到岛的中央。这是个三岔路口，中间一座圆圆的小山，山体是煤屑似的岩石组成，形成一个个蜂窝状的倒挂的空穴。扩塘山岛，当地人称下园山，我一直认为应该称下悬山——就是据此山而命名的。爬上去，坐下来。养塘人种的一个老南瓜也圆圆地端坐在上面。

坐在小山上，视野开阔起来，四面的养殖塘与青山相间。往西看，竹山脚下有一片背阴的养殖塘，零零星星地站着一群白鹭，有的一只，有的二三只。白鹭身材细瘦，就是一个小小的白点，侦察兵似的，一动不动，不仔细看，你都不知道这是一个活物。它很白，雪一样的白，白得很清爽、安详，白得让你无欲。你不知道它在干什么，下一步要做什么？其实它是什么都不干，就勾着头站着，一站就是几个小时，像一座瘦骨嶙峋的根雕，肃静、高贵，高贵得你自惭形秽，高贵得你想投降！它偶尔也走几步，轻轻的，怕划破了水面似的。

它在水里站着，很清闲，可是当有小鱼从它们的脚下经过时，它会迅捷地把尖锐的鹰钩嘴插进水里，一逮一个准。吞食之后，迅速恢复原样，没事儿一样，真是一个高明的猎手。当然它们每天只用很少的时间觅食，吃得也不多。绝大部分时间就这么站着，哲学家似的冥想。偶尔也飞翔，像我们散步一样，黄昏的时候绕着塘飞，然后站成一圈，静静地待一会儿，也没有谁鸣叫，过后又各自飞走了。

白鹭的身子就像一棵弯曲的老树根，身上本就没有多余的肉，又不勤于谋食，总是瘦瘦的——"我要那么多肉干什么，让你来吃我不成。"加上它的肉酸酸的，还煮不烂，有人试着煮它的肉，放到嘴里立马呸呸个不停。它就这样保全了自己，在一座宁静的小岛上逍遥地过着日子，浪费着奢侈的时光。近几年岛上的白鹭越来越多了。

白鹭们一动不动地站着，风翻着它一片片白色的羽毛，你都不知道它们是睡着还是醒着。这太让我震撼了，原来日子还可以这么过！我们每天要死要活，要这个要那个，生活本来不需要那么多东西，我们原本可以安安静静地生活的。

扩塘山岛上的白鹭是最纯粹的哲学家，一直过着很哲学的生活，是比苏格拉底还高明的人生导师。

# 当你遇到"仇恨袋"

新车买来才一个月，驾驶室一侧的车门就被人划了，深深地凹陷进去，留下两条白亮而刺眼的划痕。当时那个感觉，就像刀扎进我的身体里，拉出来两块嫩白的肉一样。

买车之后，我爱车如命，一月来，车身光洁锃亮，没有半点擦痕。今天遭此重伤，心中那个痛啊真是没法说。这是谁干的？我非得找出他不可！仇恨"蹭"一下上来了。

头天晚上回家时大约八九点钟，住所周围停满了车。我就把车子停在房子后面绿化带的边上，第二天早晨就被划了。早些时候就有两个人的车子停在这里被划了，划痕跟我的一模一样。我就判断，第一，这是同一个人干的；第二，不是孩子干的，孩子没这么大力；三、这种划法带着一种憎恨的情绪在里面。结论有二，一种可能是住在后面那幢楼下的附属房里的人干的，那是个外来的拆迁户。他们楼上有房子，但为了方便干活就住在楼下的附属房里。停车的位置正好在他的门前。第二种可能是，县城里有仇视社会的人到处在划别人的车。这个好办，我到各个汽车修理厂打听类似的划痕多不多，他们说没见。为此，我断定，就是那家人干的了。我还对边上的住户进行"家访"，试探他们的反应，之后，我更加确定是那户人干的了。

然而这只是个逻辑推理，并无真凭实据，法律是讲证据的啊。换句话说，只是个可能，并非必然。可是从此我瞅着这家人不顺眼了，偏偏进进出出碰到的次数越来越多。每一次都更加确定他们是"贼"，每一次都在心里增加对他们的仇恨，竟至于怒火中烧，有时候横眉冷对。日久，这种心思占据了我脑子里越来越多的空间，情绪恶劣到影响了正常的工作生活。一段时间以来，我烦透了。

难道就这样下去吗？一天，我静下来想，假如，我的车子在大街上被人划了，只是当时心疼一下，不可能去寻找是谁划的，开去修了也就几百元钱，过了就什么事都没了。再假如，就是找到了"仇人"，让他赔了几百元，彼此的仇恨就种下了，为几百元钱，还是不划算。

很多时候，生活中这样的"仇人"是很多的，不管找得到找不到，我们都不要去找，那是不值的。无谓地去寻找仇人，让仇恨占满胸腔，那无异于自杀。须知，仇恨的种子是会发芽的。

我想起古希腊神话里有一则"仇恨袋"的故事，说的是一个威风凛凛的大力士名叫赫格利斯，从来都是所向披靡、无人能敌。有一天，他行走在一条狭窄的山路上，突然一个趔趄，险些被绊倒。定睛一看，原来脚下躺着一只袋囊。他猛踢一脚，那只袋囊非但纹丝不动，反而气鼓鼓地膨胀起来。赫格利斯恼怒了，挥起拳头又朝它狠狠地一击，但它依然如故，还迅速地胀大着；赫格利斯暴跳如雷，拾起一根木棒朝它砸个不停，但袋囊却越胀越大，最后将整个山道都堵得严严实实。赫格利斯累得气喘吁吁躺在地上，气急败坏却又无可奈何。一会儿，走来一位智者，见此情景，暗自发笑。赫格利斯懊恼地说："这个东西真可恶，存心跟我过不去，把我的路都给堵死了。"智者淡然一笑说："朋友，它叫'仇恨袋'，当初，如果你不理会它，或者干脆绕开它，它就不会跟你过不去，也不至于把你的路给堵死了。"

在人生的山路上我们会常常遇到"仇恨袋"，可能是偶然碰到了，也可能是有人别有用心设置的；可能是少数，也可能一路上有很多。大至人生挫折小至人际纠葛，一生当中总是难免。如果肩上扛着"仇恨袋"，心中装着"仇恨袋"，让"仇恨袋"给绊住了，那么生活就会如负重登山，举步维艰了，最后只会堵死自己的路。生活中我们还须时刻保持清醒的头脑，不去做那种无谓的"自杀"行为，而像赫格利斯一样误了赶路。如果你做到了，那么你的人生境界将会豁然开朗。

# 曼德拉，宽容和爱的力量

曼德拉谢世，引发全球哀悼，数十国政要表示要出席葬礼，美国活着的总统中有四位前去参加……在这个崇高和光荣渐渐远去的时代，是什么让他获得了这样的殊荣！宽容、爱、忍让、和解，在这个世界越揪越紧的时候，他提供了解开它的钥匙。

他是南非人，一生致力于自由民主，通过艰苦卓绝的斗争，终于建立了民主的新南非，从一个被囚禁27年的囚徒走上了总统之路。然而让他伟大的并非这个，而是在这个过程中他选择了一条与人们不同的道路，那就是宽容与爱、忍让与和解。

联合国秘书长潘基文称："在推动联合国的价值观与愿景方面，我们所处的时代没有任何一个人比曼德拉做得更多。"美国总统奥巴马说："我们应该感谢曼德拉曾经生活在这个星球上，因为他激励了无数的人，包括我自己。"英国首相卡梅伦哀叹"世界上最明亮的一盏灯熄灭了"。印度总理辛格称赞曼德拉是"一名真正的甘地主义者"。

曼德拉于1918年出生于施行种族隔离制度的南非，是一个酋长的儿子。从小，他就表示："决不愿以酋长身份统治一个受压迫的部族"，而要"以一个战士的名义投身于民族解放事业"。他早年即投身革命活动，参加了主张以非暴力斗争的"南非非洲人国民大会"。1962年被当时的白人政府以"企图以暴力推翻政府"的罪名，判处终身监禁，关押在荒凉的罗本岛上一个只有4.5平方米的"锌皮房"

里，是狱中待遇最卑微的 D 级犯人，每天与礁石海水鳄鱼为伴，还要到采石场做苦工，遭受狱卒的虐待。他说："我在监狱外的石料场一干就是 13 年，时常感觉浑身疼痛和疲劳不堪。"整整关押了 27 年，终于获释。出狱后曼德拉以他的宽容和爱、忍让和和解，促进了南非各种族的和解，赢得了包括白人在内的全南非人的崇敬，成为新南非的总统。他在总统就职典礼上缓缓站起身来，恭敬地向三个曾关押他的看守致敬。他说，"当我走出囚室迈向通往自由的大门时，我已经清楚，自己若不能把痛苦与怨恨留在身后，那么其实我仍在狱中。"他的宽容与博大的胸襟，让残酷虐待了他 27 年的白人汗颜，也让全世界人肃然起敬。他的一生赢得了包括诺贝尔和平奖在内的一百多项奖项。

他说，没有人生下来就会因为肤色、身份乃至宗教信仰去恨一个人，仇恨是学习而来的，而一个人既然能学会仇恨，那他也能学会去爱，因为爱比仇恨更贴近人心。他总是让人们去交流去沟通，说你们聊聊吧，总会聊得开的。他甚至在一个重要的集会上，邀请了前总统博塔的夫人出席。

曼德拉后来向朋友们解释说，自己年轻时性子很急，脾气暴躁，正是在狱中学会了控制情绪才活了下来。他的牢狱岁月给了他时间与激励，使他学会了如何处理自己遭遇苦难的痛苦。他说，感恩与宽容经常是源自痛苦与磨难的，必须以极大的毅力来训练。

在这个到处充斥着暴力、仇恨、杀戮，而远非美好的星球上，曼德拉给我们的启示是：相爱比仇恨要好，和解比杀戮要强。暴力和相互杀戮并非解决事情的正确道路，而只能在相反的方向上越走越远。让我们多学一点曼德拉的宽容和博爱，从自我的精神牢狱中走出来吧。

# 陌上花开缓缓归

春天来临，陌上花开，想起了五代十国时期的一个故事。时有杭州临安人钱镠，于公元907年成为吴越国王，建都钱塘。如今他的霸业早已湮没，而他吟出的"陌上花开，可缓缓归矣"这九个字却让他名垂后世。

钱镠的夫人戴氏，临安郎碧村人，有名的贤淑之女。跟随钱镠南征北战，成为一国之母后，仍解不开乡土情结，年年春天都要回娘家住上一段时间。钱对戴氏感情很深，戴在娘家住久了，便要带信给她——或思念，或问候。临安到郎碧要翻一座岭，山峰陡峭，山路崎岖，为保夫人安全，钱派人铺石修路，加设栏杆，后世称为"栏杆岭"。

有一年春天，戴氏又去了娘家。一日，钱镠理完政事，走出宫门，见凤凰山脚下，西湖堤岸已是青草争发、桃红柳绿，想到与夫人已多日不见，不免心生思念。他思忖良久，提笔写下："陌上花开，可缓缓归矣。"

那是春天里最美妙的一幅图画：在粉黛佳丽的簇拥下，一位美若天仙的贵夫人正款款走在江南的陌上。其时野花芬芳，杨柳轻摇，三月风情旖旎之至。这时，一骑快马穿过陌上柳影飘然而来，使者翻身下马，气喘吁吁递给夫人一封信。"陌上花开，可缓缓归矣。"寥寥数语，情真意切，体贴入微。就这九个字，让戴氏大为感动，当即落下两行热泪。此事传开，一时成为佳话。后被里人编成山歌，名

《陌上花》，在乡间广为传唱。从此，"三月风情陌上花"的诗句从天边飘来，化作一个美丽的故事，飘荡在临安的陌上。

北宋年间，苏东坡任杭州通判，对钱敬佩有加，曾撰文赞扬。有一次苏来临安，听到里人之歌后，感慨万端，遂写下三首《陌上花》诗。诗云：

### （一）

陌上花开蝴蝶飞，江山犹似昔人非。
遗民几度垂垂老，游女长歌缓缓归。

### （二）

陌上山花无数开，路人争看翠辇来。
若为留得堂堂在，且更从教缓缓归。

### （三）

生前富贵草头露，身后风流陌上花。
已作迟迟君去鲁，犹教缓缓妾还家。

清代学者王士祯说，"陌上花开，可缓缓归矣。"二语艳称千古。

钱镠乃一介武夫，曾命三千铁弩射回钱塘潮，在乱世中横刀立马称王吴越，但世人记得他却不是因为他的霸业，而是"陌上花开，可缓缓归矣"这个风情万般的故事。

田间阡陌上的花发了，你可以慢慢看花，不必急着回来。阳春三月，风和日秀，陌上青草细如裁，三月飞花轻如梦。漫步陌上，身心轻爽浪漫、优雅散淡，不惹匆促，只因花开自然、率性。三月陌上，人的身上融入了花影、花韵。

诚然，陌上花开，如果没有人从世俗的繁累生活中走出来，悄然伫立并为陌上风情所陶醉的话，那么花开也寂寞，风情也苍白；陌上花开，如果没有"爱"的慰藉，没有"情"的牵绊，纵使绝代佳人驻足陌上，那么花也凄婉，心也苍凉。只有情意浓浓，人归缓缓，花开才有灵性，才会含羞带娇而又芬芳艳丽，陌上风情也才浓烈而浪漫。

钱镠说的"缓缓归"，其实是找回了我们人类面对大自然时久违了的心情。它不仅诗意，更在于让我们心灵的陌上恬静如花，产生了回归自然、回归本性、回归真情、回归浪漫、回归爱地冲动。

生活中我们成天忙忙碌碌，其实这些真的没有那么重要。春天来了，不如让我们走在野花烂漫的陌上，吹着三月的风，缓缓归，缓缓归。

# 慢生活

　　我们坐飞机去北京只要两个小时，而古人进京，比如赶考，带个书童，骑驴挑担，却要三个月。我们觉得古人太可怜了，三个月我都能坐飞机来回北京 50 次了。瞧，我们的生活节奏多快啊，无论是开会、排队、吃饭、开车……我们深深地以"快"为荣。可是，有一天，当我们发现自己累了，想停下来歇一歇的时候，却发现我们像一只被抽打的陀螺，怎么也停不下来了。

　　是科技改变了我们的生活。我们每天在汽车、手机、电脑和卡里面追求着速度和数字。快节奏导致我们的生活高度破碎化。且看两种进京方法。你，坐飞机，千篇一律的水泥跑道、空荡荡的候机厅、冰冷的安检门、合金组成的飞机。我，骑驴，泥土路、山水、村庄、路廊、小旅店、早晨、黄昏、风雨、时俗人伦，啥都经历了。即使你天天进京，你一辈子也不可能有这种经历。我们终于发现，快，让我们错过了许多美好的事物。我们伸手抓到的只是生活的细枝末节，而失去了根本；或者干脆就没有内容，只有形式。

　　从某种意义上讲，科技所关注的目标是急功近利的，它不考虑人类永恒的、终极的问题，不关心是否会给人带来幸福。

　　快节奏的生活导致了人的异化，它伤害了我们的心灵，损害了我们的健康，严重时，使我们丧失了灵魂，只留下躯壳。在快节奏中我们迷失了自我，失去了快乐的能力，变得气急败坏。快节奏带给我们的害处，早就被人注意到了。1986 年意大利人就开始推行"慢食运动"，此后，有了慢食、慢写、慢爱、慢运动……

一个美国人来到丽江，早晨他出门时看到一个纳西族老太太在晒太阳，他觉得她在浪费生命；下午，当他办完事回来的时候，那个老太太还在晒太阳，只是把椅子转了一个方向。他摇摇头，上去说，"你这样太浪费时间了，你看我，这一天做成了许多事情。"老太太缓缓地说："人从出生的那天起就走向同一个地方——坟墓，那里可什么也没有，不要急，年轻人，那不是一个好地方。"美国人无语，耸耸肩走了。

其实我们有着良好的慢生活的传统。"花前月下一壶茶，闲云野鹤诗书画。"表达的就是一种有品位的慢生活。云南人喜欢干半天活，冲半天壳子（聊天），成都人干半天活，泡半天茶馆。慢，是一种境界，一种自信，一种回归自然、轻松和谐的状态。武侠小说宗师金庸就说："我的性子很缓慢，不着急，做什么都是徐徐缓缓，最后也都做好了。"老子早就为我们总结了慢生活的最高境界：道法自然。日月运行，四季变化……人应当循着自然规律而生活。

那天，我在图书馆看到一本《无聊的哲学》，感觉新鲜，借了来。在一个下着雨的周末早晨，我把车开到山脚下。一边是山花红了，一边是溪水绿了，田岸头一老农穿着蓑衣在挖野菜。在这一片雨世界里，我也不打扰他，就坐在车里，在雨打车窗的天籁里读书，也算享受了一次慢生活。

# 预约死亡

死亡，是一个沉重的话题。几乎所有的人都讳言死亡，然而死亡又是所有的人都必须面对的一件事。我的父亲最近去世，生离死别的情景久久萦绕挥之不去，那种酷烈的悲伤让人肝肠寸断。从老家回来后，翻看了一些有关死亡的文章，有死亡感悟，死亡哲学，死亡日记等，说到人在潜意识里对死亡的反抗，谈到人面对死亡应当坚强等，虽有些许的安慰，但更多还是对死亡的恐惧和压抑。

然而近读一文，却旋即让人眼前一亮。说的是几个日本妇女在她们刚到中年时就开始从容不迫地筹划死亡。才四十多岁就想到把自己的日记翻看一遍然后全部烧毁，把房子改造成适合老年人起居的小屋，只要简单的生活用品，多余的家什一概卖掉。更把自己在人间所为的不足为外人道的一切隐私，那些符合人的自然习性却被现世的法律和道德所禁止的一切有形的东西，比如跟情人的通信，譬如放纵生活的证据，情人送的礼物等统统消灭干净。做完这一切后，然后从容淡定地等待和迎接死亡。在所有的人都讳言死亡的时候，她们却预约了死亡，学着从人生的出口反观来时路，仿佛诸葛亮在羽扇纶巾中让关羽在华容道上等曹操一样从容。这不禁让人击节赞叹之后豁然开朗，因为生命很脆弱，死神的到来是没有预告的。这样做可以给她们的亲人减少情感的伤害，给为她们处理后事而不是亲人的工作人员减少麻烦，给自己一个完整的世俗尊严。

我想她们这样做源于一种优雅，一种文明，一种智慧。人到中年能看看过去就知道现在，想想现在就明白将来，人生的来处去处都已历历在目。既然死亡是不可避免的，那么提前预约它，先跟它打个招呼又有什么不好呢？而经她们这么一处理，死亡就成了一件很艺术的事，感觉一下子变得自然温馨，甚至有了可以触摸的亲切而蓬松的生命质感。在跟死亡有了一个提前的了断之后，她们的生活变得从容宁静，优雅好玩。能以更加平静的心境去感受生活享受生命的喜悦，仿佛这之后的生活都是造物主额外恩赐的日子，能够一天天慢慢地老死当然十分欣慰，同时也不用担心自己有一天因意外的死去而留下无穷的憾事。

# 练习死亡

在神造的乡村里，最能体现神性的是冬天。冬天的中午，我在村里。上帝午休了，我替他值一会儿班。我每每站在村口的老车站边，就会出来一个好心的老婆子，告诉我山路改道了，这里不通车了。

午饭后，村里的老人们不睡觉，三三两两，落叶般来到村口。村口有一棵银杏树，是风水树；有一垛老墙，倚着残存的宗祠。大家围着银杏树坐成一圈，或倚着墙根坐成一排，在筛过的阳光下开始一天的生活。冬天的阳光，像在山溪里洗过一样，非常洁净，又仿佛带着神的慈祥，薄薄的一层一层地盖在村庄里，披在土地上，覆在每一个人身上。这样的阳光有着某种魔力，像一个清道夫在不停地清洁你的身体，清洁你的思想，让你空空如也；又像母亲的手在温暖地摩挲，使你慢慢地安详或者一会儿入定。

老头子居多，也有老婆子，不着边际地神聊。谁赚钱了，谁的老婆，年轻的时候经常跟谁钻稻草垛……聊着聊着，陆陆续续地东倒西歪，像一群发了鸡瘟的鹅。刚说得最起劲的老头子脖子一折，头掉在地上了，就在快要着地的一刹那，又迅速地拉回来，一耸一耸地安回到脖子上。那个被老男人们取笑，年轻时常常跟某个男人钻草垛的老婆子，身子团成一团缩在老树根多年形成的焦黑的空洞里，刚刚好，这里蓄有比别处更多的阳光，基本属于她的专座。她把头倚在一个树疤上，慢慢地向外流哈喇子，嘬溜一下，又嘬溜一下，等了半天还是没流到地上。几个抽烟的老头，点着烟，开始两三口是自个儿抽的，慢慢地身子斜到一边，嘴够不到烟了，烟就在那边寂寞地自燃，袅袅的，淡蓝淡蓝的……还有一个竟然纹丝不动地端坐着，像是遇害了一般。泛黄的银杏叶无声地飘落，掉在头上、颈上、衣上、脚上、地上。日头倚着西山了，一个个披着金黄的落叶无声无息地回家了。

这些人，你要是说他们睡过去了，那是没有的，一个个抽个空还会对你挤眉弄眼的；要说没睡，鼻子嘴巴都不在位上，颜色红红的，就像刚死的一般。说睡没睡，说没睡也不对，这是什么状况呢？这是一种中阴的境界，他们在练习死亡！人老了，在完成了人世所有的议程之后，死亡就成了最致命的诱惑。刘亮程说，他的村庄里五十岁以上的人就在墙根晒太阳等死了。然而，死亡可不是一件容易的事，需要练习。那就是人死前，灵魂要出窍去探寻往生之路，找着了，轻车熟路，死的时候就很快，一下子就过去了。没找着自己那条路的，那就得慢慢找，多走几次，把那条路走熟。人啊，莫名其妙地被生下来，无可奈何地活着，临了又不知所以然地死去。上帝想，我也帮不了你们什么，就让死亡来得优雅一些吧。因此，练习死亡成了神的恩赐，非但不是一件痛苦的事，还是很美妙很享受的好事。哲学家说，人类所做的就是练习死亡。你看这些老人，他们每天都来练习，要是不让他们来，他们是不干的；要是某一天因事来不了，就觉得这一天有一件大事没有完成。

人在这个时候是需要安静的，因此我从他们身边走过，总是悄悄的。他们也不跟我打招呼，要是让他们在这个中有的境界中回到阳间跟我打个招呼，那要消耗他们多大的精气啊。我算是跟村庄默契的人了，这样的时候我只是默默地替神值一会儿班。

一个村庄的历史是依靠冬天沉淀的，一个村庄的老去是依靠冬天的太阳的。经过一个冬天，村里的老人会陆陆续续离去，有些则等到来年开春——那也是去年十二月上死去，挂在枯死的藤上，开春后才掉下来的。

村后有一条路通往隐秘的深山，那里有一个坟场，每个人各领一截路到自己的坟头。活在村庄里的人是幸福的。

# 钝阴天

　　"钝阴天"这个词是从余光中的散文里看到的。他没作什么解释，但我绝对是心有灵犀，一点就通。这样的阴天我遇到过太多了，这三个字太妙了，它命名了一种原本模糊不清而我又十分喜欢的天气，让我欣喜不已。

　　想起来，钝阴天四季都有，然而最妙的当属秋天。秋天邈辽阔，将来未来之时总有许多钝阴天，紧紧地裹住天空。这应该是夏天对自己即将离去的留恋和不舍，就像一个孩子拼命地缠住将要远行的母亲。

　　钝阴天，一整天钝着阴着。早上爬起来，你就会有明显的感觉，今天是个阴天。它雾着漫着阴着，上午与下午差不多，早晨与傍晚差不多，是烟还是雾，都没有边际，混沌一片，是最容易让人产生时间错觉的天气。从本质上讲，人所有的焦虑都来自于时间，既然时间不走了，失去指向性了，那么我们也就释然了。我是很喜欢这样的钝阴天，起码这一天我可以心安理得地度过。

　　钝阴天，我经常会走出去，随便走进山野溪涧，在田头与溪边坐下来，你就可以做一个不动的旅行者。钝阴天里水稻金黄，稻叶摩挲，田水流淌。路边的小草野花默立着，像离了家的孩子一样无事可做，又不想回家。钝阴天里田野上的农人，东边一个西边一个站着，劳作着，你不小心就会把他当作田间驱赶鸟雀的假人。钝阴天里一切都是默默的，原野安静地卧着，我在草地上躺着，阴湿而灰暗的天空下，万物浩瀚空洞，一切都湮灭在天空与大地之间。内心仿佛也有一片原野，微风拂动，微火星红。我成了一个空无一物的瓶子，走在泛白的宇宙之中。

钝阴天有时候连着好几天，像是天空患了重感冒，有时候白茫茫地一闪而过，大病初愈似的。

有明亮一些的钝阴天，偶尔露出日头的微光，一汪一汪地晕出来。让人惊奇的是，常常有三五滴很疏很大很有力的"雄雨头"突然而至，砸在你的脸上很疼。就像两个吵架的人对峙着，都以为对方不会出手，却突然遭到了一阵暴揍。也有暗一些的钝阴天，湿漉漉的，不期然会飘洒下丝丝细雨，粘在你的衣服上，渗到你的心田里，不知什么时候这细雨又收了。

又一个钝阴天，天色阴淡着，天空似乎穿着一件看不见的长袍。我在山野间找到一座废弃的古老院落，在旁边坐下来。溪边是一片无边无际的寂静，密密匝匝的芦苇丛中白色的花絮在枝头轻扬，溪滩上一只白鹭轻飞着与三只鸭子在玩。断墙下老旧的石凳再也无人去坐，墙角有一只孩子丢失的陀螺，院子里却长满了秋天。想起过往的日子，曾经的时光就站在院子里款款深情。我的心里有一种莫名的温暖，大雪般的温暖。亚米哀说，风景是一种情绪状态。的确，钝阴天给人一种湿润、温暖而又微凉的感觉，使人无端生出一种怀旧之情，心头泛起一种人在异乡的陌生感，一种说不清的孤寂感。我不知道这种感觉是好是坏，有时候很需要它，但又怕它来得太多，太黏稠了。我知道，感觉是带颜色的。钝阴天很单调，一种高贵的单调。它有一种米兰·昆德拉所说的屁股形状的忧郁，这种屁股一样圆的忧郁，令我十分着迷。

钝阴天给了我很多美妙的时光。钝阴天里，我不再去思考，不再去分析，只是静静地将田野凝望，将溪水聆听，这时我的身心总能恬淡愉悦，仿佛真正的智慧正在产生。每一个钝阴天，我都想到山野里去。

# 一棵树的存在

这棵树叫榉树。以前在欧洲的文学作品中经常看到有关榉树的描写，不知道这是一种怎样的树，觉得很好奇。身边没有这种树，也没听谁说起过，只觉得这是一种离我们很远的树。问过一个朋友，他说这种树在欧洲很普遍，就像我们这儿的松树一样。百度了一下，才知道我们国家也有，分布还比较广，但从照片上似乎也看不清它的样子。今年去安吉植物园，导游告诉我有一棵榉树，就长在路边，只有一棵，看上去跟百度里的照片不像，外观也没有什么特色，只是一种榆科的植物，不能保证下次看到还能认出它。

今年，老婆的工作忙，常常加班，我就在单位食堂吃晚饭。饭后照例到心湖公园走一圈。从宣传橱窗的后面进去，然后经帆船广场，从西向南到东绕回来，回到办公室，一般二十多分钟。这个时间段，心湖公园里没人，偌大的公园里常常是我一个人走，偶尔会碰到一两个默默的人或一条安静的黄狗。这样的散步其实挺不错，大部分时间公园是忙碌的，这个时候它正在休息，歇着的公园陪着一个无事来散步的人，气氛比较默契。心湖公园里有很多植物花草，以前有心想要记一记，却怎么也记不住，满脑子就像被花团裹住一样模糊不清，甚至有些难受。

大概上个月的一个晚上，来心湖公园散步时，突然看到了一棵榉树，不是我认得它，是牌子上写的：榉树，大叶榉。这让我很好奇，心湖公园里什么时候有了榉树？是新种的还是一开始就在的？不停地从树干部的颜色、叶子的长相以及根部的土壤上察看，还是不能判断。从长相上看有可能是新的，但从泥土上看不太可能。好好地观察了一番后，走开了。下次再来的时候，又仔细地看了看这棵榉树。真好奇以前怎么那么长时间都没有发现它，明明还挂着一块牌子呢。

今天晚上再次来心湖公园，又看了那棵榉树。然后朝帆船所在的广场上走，猛然发现广场上零零散散种着的树正是榉树。问了小卖部在吃饭的阿姨，说那边牌子上有写着的。看着它红黄色的小圆叶，粗陋的铁锈红的树皮，我想就是了。这样的话，这些榉树一定是一开始就种上的了。想想真是有点好笑，心湖公园离县政府就二百米路，以前也走得不少，怎么就没发现这里的榉树呢。

脑子忽然一下子清醒了。沿路的植物也看得很清楚。一路有六角枫、樟树、铁树、香枫、桂花、桃树、梨树、杨梅、槭木、冬青、紫藤、月季、山茶、银杏、水杉、黄杨，还有蔷薇科的作篱笆的植物和一些盆栽的花草。第一次看了西边科普长廊上的科普知识，有关森林、植物和种花养花等知识。花为什么没有黑色的、一棵树的价值等，以前从来没看过，也不了解。

这些公园里的事物，一直都存在着，是一种公共领域的存在，阳光下的存在。可我在此上班有六七年了，在心湖公园走得也不少，却从来没有留意过它们，或者有意无意地忽视了它们的存在。人的思维与感知是有很多盲区的，有时候某种情绪状态也是阻止我们认识事物的因素。这种盲区本身就是人的局限性的一种吧。当一个事物或一个人存在于你的意识之外时，就算离你越近、时间越久，你也不能真正认识。

对一个显见的事物的认识都这么难，那么对一个在暗处的、阳光不能让它现身的事物呢？要知道大量的事物都是在暗处的。

# 在淡竹虚度光阴

又到三月了，三月是旅游的日子，今天在迷惘中来到了仙居淡竹原始森林。这是一个常被人提起的地方，但我总是懒懒的，觉得不会是什么好地方。这些年千山万水独行，腻了这种地方，心中向往那种无生命的荒原和戈壁，都是些不是风景的风景。今天，纯粹是因为它有一个引人遐想的名字，而心存一丝侥幸罢了。

车过白塔，路边的一块指示牌把我引向了一个峡谷中。青山、溪流、土地、石头古村、原住民，慢慢地静了，外面的喧嚣没有了。加上连续阴雨之后今天的阳光分外地好，还了我一份恬静和安闲。然而安闲也只是安闲罢了，山谷我常走，唯这一次不一样，越往里走，越被勾住了魂魄。仿佛一个心门关闭多年的人，忽然来了一个知道他内心想法、又知道他此刻最想做什么的人，一切都替他做得刚刚好，让他不得不为之侧目。

我停下来，站在溪岸看，一边看一边想。两岸青山相对，溪边柳色青青客舍旧。构成山谷风景的所有元素都是一样的，不动的是青山、溪滩、卵石，流动的是流水、阳光和风。为什么此处不一样，实在是因为在这里的一切都组合得刚刚好，很多山谷不是溪窄了，就是山深了，不是太荒凉就是人挤了。唯此处，卵石不泛，流水不滥，阳光不多，风不少，一切都那么的浓淡适宜，相得益彰，一切都是原初的样子。

岸边是一片小松树林，松透的草地、齐人高的小松树，阳光和风在里面捉着迷藏。我进去撒了一泡尿，在小松树上靠了好久，不想再出来了。

走进溪滩。溪滩是那样宽阔，宽阔得有些辽阔。一堆石，一滩水，水远石古。脚还踩在鹅卵石上，身却早已被眼前那一束溪流勾住了魂魄。仿佛是一锅藏了三千年的水，今天才刚刚为世人所打开。如果你仅用清澈见底这样的词来描述它，那你根本没有读懂它。这里的水和石实在是高山流水遇知音。卵石连绵铺陈，流水环绕相依。水随石赋形，石遇水光滑。它们连而不粘，亲而不腻，相处得刚刚好。鲜活的溪水，纤尘不染，灵动、缥缈、晶莹透亮，演绎出各种色彩斑斓的姿态，或动或静，或明或暗，都是那样地恰到好处。这里的水是峡谷里的精魂，它照亮所有，又维系万物，让整个山谷变得透明，一切都清冽地还原出原初的样子。

鹅卵石上晒满了衣服、被褥，怕被风掀走了，拿一块块光洁的卵石摁在上面。一群鸭子把头藏到翅膀下，站在溪边，阳光下睡成了无头鸭。有两只却在水里追逐，身体垂直倒插进水里，嘴在下面石子泥缝里磨，屁股翘起来，露出水面，两条红胫在水面拨着清波，泛起阵阵水花。或并排向前，或一前一后，煞是好看。它们在洗澡、磨嘴巴、恋爱、游戏或者只是做个游戏给远来的我看看都是可能的。先前的鸭子天性是很幽默的。

溪滩里的一切都不修边幅，没有一处是惊艳的，却没有一处是不让你心动的。它保留了先人生活的原貌，也保留了先人的智慧——这是祖先的溪滩。如果说仙居是仙人居住的地方，那么淡竹就是先人居住的地方。先人们守住这条山谷这片溪滩就度过了一辈子的光阴。你或许惋惜他们虚度了光阴，然而光阴本来就是用来虚度的，谁又不曾虚度时光呢。据说，春秋以前的人都能活到两三百岁，只因为他们欲望少，内心平静。是的，生活本来就这么简单，是我们后人赋予了生命许多额外的负担和沉重的包袱。是哪个天之小人创造了"努力""奋斗""拼搏"这样的字眼，给生命附加了难以承受的重负，又是多少富庶温柔的江南生活锈蚀了我们的思想，让我们看不见生命本身的亮光和原初的形态。

我坐在先人的溪滩上，用卵石敲击卵石，发出咣咣的远古的回声；又拿起小石子打水漂，石头在水流中奔跑。流水解开了我身上所有的包袱，还原了身体本身。在没有任何事情发生的溪滩上，我勾着头，像一个遇害了的先人。

　　远处的溪滩上坐着一个小男孩，一动不动，能够这样坐在这里的一定是个思想家。他看上去闷闷不乐，或许他在冥想，是哪个刽子手穿过时间虫洞回到远古谋杀了他的祖先，让他的生活从此折断。他一直坐着，过去、现在、将来三位一体的时间，围绕着他。或者他又在谋划如何让自己成为自己的祖先，守着这条溪滩住（或许他明天就要上学了。）。

　　且让我在祖先的溪滩上虚度我的光阴。

　　我说到这里还没进入了淡竹原始森林的核心景区。

# 不如著书黄叶村

　　十七间半房、北京西山脚下、黄叶村、39 号院、歪脖子古槐、地藏沟……有关曹雪芹晚年生活的情景常萦绕心头，然而身居江南一直少有机会拜谒。不想，今年七月，有幸到北大培训。打开地图，无意中看到曹雪芹纪念馆就在香山脚下的北京植物园内。离北大还不远呢，于是不顾一切放弃了一下午的课去了。

　　西山是王气和灵气兼具的地方，素有"京师俗气到此休"之说法。从植物园南门进，七月的阳光有些灼人，好在风还是很凉爽的。偌大的植物园内，绿树繁花，小湖青草，三三两两的不见多少游人。我一边看着指示牌，一边小声地问浇水的老工人。轻轻地走来，古槐、垂柳、翠柏和细竹掩映着，哦，这里就是黄叶村了。前面"曹雪芹纪念馆"几个字出现在眼前。这是一处低矮的平房，门口并排站着三棵躯干苍老甚至中空的老槐树，枝叶繁茂，让纪念馆半隐半露。槐树是北京人的情结，有"先安居，后植槐"之说。我在门口流连徘徊，放慢了脚步。"门前古槐歪脖树，小桥流水野芹麻。"这就是 39 号院吧，这就是雪芹当年住的地方吧。矮小的门口仅容一人进出，顶上用水泥做成瓦片状厚厚地压着。不知为什么，我满脑子想的——这是一个寂寞的陵墓入口。进门，右边是个小小的值班室，左边是一排仿清时平民建筑的矮平房，那是第一展厅。进了木门，有雪芹的半身头像，制作不精致，但那个硕大的头颅展示着他的智慧和深邃。走过后，偶然回头与他对视了一眼，不知怎么的，浑身震颤不已。顺着指示牌，走向后面的平房，那是第二、第三、第四、第五展厅。这会儿没有人，二三个服务员悄然无声地坐着。我一个一个展厅看，雪芹的家世沉浮、生活经历、文人情怀、交友情况、写作情况和当时的一些生活用品，以及后人评价与解读《红楼梦》和雪芹身世的大量书稿及物证——呈现在我的眼前。看后，心情愈加沉重，雪芹的磨难和伟大远超我的想象。我轻轻地出来，默默地在门口的古槐下坐下。

当年雪芹家道中落、贫困潦倒，住在远离京城的西山脚下。好友敦诚赠诗激励："劝君莫弹食客铗，劝君莫叩富儿门；残杯冷炙有德色，不如著书黄叶村。"曹雪芹有这样的朋友是幸运的，让他在孤独和贫困中多了奋进的力量。他披阅十载，增删五次，历尽艰辛，终于写出了中国历史上最伟大的小说之一《红楼梦》。当年就有"开谈不说《红楼梦》，读尽诗书也枉然"的说法。然而"阿谁买与猪肝食，日望西山餐暮霞""满径蓬蒿不老华，举家食粥酒常赊"。个中辛酸是别人无法体会的，脂砚斋在《重评石头记》中写道："书未成，芹为泪尽而逝。"

今天，曹雪芹是每一个中国文人都敬若神明的伟大作家。曹雪芹成了西山的骄傲，北京的骄傲，中国的骄傲。

# 仰视河姆渡先民

今年四月我被省厅抽调去参加全省农资打假暗访组，任务在绍兴和宁波两市。做完工作后回去的路上途经余姚市，我们一行四人决定到河姆渡遗址去看看。车子在路标的指引下，通过略显清冷的乡下公路，一会儿就到了姚江边。这里除了稀疏低矮的建筑和一两个正在劳作的农人外，很寂静。正犹豫时，来了一老乡。他说："去河姆渡吧，在对岸呢，要过渡的"。他一声吆喝，江对岸的木渡船就缓缓驶了过来。说起河姆渡，老乡概括说："这里有三头，石头，骨头，木头，最后是没有看头。"我们笑了笑。一上岸首先映入眼帘的就是由两个巨大的石柱扛着一个"双鸟朝阳"的石碑组成的"品"字耸立在那儿，一下子把我们的思绪引入了历史深处，一番感慨之后我们漫步到遗址博物馆，观看了反映先民生活的录像，依次参观了展厅和遗址现场。

河姆渡遗址的发现是一个偶然。1973年夏天，余姚县罗江公社（现余姚市河姆渡镇）在姚江边兴修水利工程，挖土中发现了大量的陶片和动物的骨骸，引起了上级有关部门的重视。经过1973年和1977年两次考古发掘，合计揭露面积2800平方米，出土了6700余件文物，发现了大量的人工栽培水稻、大片的木构建筑遗迹和丰富的动植物遗存。经考证这个遗址已有7000年的历史，是极为重要的新石器时代遗址。

这一发现被称为二十世纪中国最重要的考古发现之一，后被称为

风在兹土

河姆渡文化。通过挖掘，河姆渡人的生活慢慢展现在我们的面前。首先河姆渡人最早栽培水稻，从事以稻作为主的农业经济活动，出土的代表性农具是骨耜。其次发明榫卯木作技术，居住木结构房子。他们发明的木结构"干栏式"建筑，既可防潮又能防止野兽侵袭，是我国南方传统木构建筑的祖源。尤其是榫卯技术的运用，把中国榫卯技术的历史推前了 2000 多年，被考古学家称为 7000 年前的奇迹。第三，驾驭舟楫，开展水上活动。遗址中出土的八支木桨，是目前世界上最早的水上交通工具。遗址中大量水生动植物的遗存，特别是鲨、鲸、裸顶鲷等海生鱼类骨骸的发现，说明河姆渡先民已经凭借舟楫把活动范围扩大到江河及近海地区。第四，河姆渡人有自己朴素的信仰，他们信奉崇尚太阳和鸟。河姆渡遗址出土的大量精美艺术品中，不少饰有鸟和太阳结合的图案，也有单独的鸟形象图案。其中一级文物"双鸟朝阳"象牙雕刻件是原始艺术品中的精品，形象地反映了先民们对知时的鸟和照耀万物的太阳的崇拜。第五，河姆渡人有丰富的艺术想象、朴实的精神追求和高尚的审美情趣。河姆渡遗址出土的原始艺术品，绝大多数是以装饰艺术出现的，即在实用的生活用器表面装饰上花纹或雕刻成图像，既实用又美观，内容也丰富多彩。河姆渡雕刻艺术品的材料相当讲究，有象牙、骨、木和陶器等，设计奇巧，寓意深奥。制陶中信手的捏塑，想象丰富，富有浓郁的生活气息，如双燕比翼齐飞，小狗饱食后小憩，家猪笨窘之态可掬，肥羊匍匐，游鱼腾跃。陶器上刻划的一株株对称的稻穗，粗壮饱满，极富生气；一件陶钵外壁上刻一头猪，低头拱嘴，栩栩如生表现出河姆渡先民祈求稻谷丰收、家畜兴旺的美好愿望。遗址出土文物还表明，河姆渡先民已开始纺纱织布，掌握髹漆，挖凿水井等。

　　遗址现场展示了先民生产生活的场景。妇女们纺纱织布，男人们斫木盖房。有的磨制骨器，有的捣谷脱壳，有的和泥制陶，有的凝神雕刻，使人仿佛回到了远古时代，亲身体验先民创造灿烂文化的过程。给我留下最深刻印象的是在参观仿真的干栏式房子时，发现开有窗子一样低矮的小门洞，我疑惑这样的小门洞有什么作用，导游说，这是阳台，是他们晒太阳用的，我深深折服于他们是那样地会享受生活！遗址内有一个陶艺馆，一个女孩正在默默地仿照河姆渡人做着陶器。

7000 年前河姆渡先民为我们创造了极其辉煌灿烂的河姆渡文化，为中华民族远古文化的形成作出了巨大的贡献。

如今河姆渡先民的身影已经远去，他们的劳作已经停止，留下一片废墟一般的遗址静静地躺在那里，然而他们生产生活和劳作的场景却仿佛就在我们的眼前，深深地震憾和鞭笞着我们。河姆渡先民以他们的勤劳勇敢智慧，朴实无华而又坚忍不拔地创造着生活创造着历史，使我们心生敬畏。他们以坚定从容的大气魄创造了英雄主义的诗篇，足以让我们每一个后人为之仰视为之骄傲。河姆渡遗址是河姆渡先民派往现代的使节，向我们展示着华夏先人走向未来的蹒跚而坚定的脚步与强健的韧带；向我们宣示着他们无愧于这片土地，无愧于这个民族，无愧于华夏子孙，也无愧于他们自己的生活。

面对神采奕奕、体格壮硕的河姆渡先民的铜像，我们是那样地羞愧，那样地无地自容，我们的心是那样地疼痛。我们更应在这片华夏土地上好好地生活，开创美好的未来。

# 第欧根尼的哲学人生

公元前 323 年，亚历山大英年早逝，年仅三十三岁；同一天，第欧根尼寿终正寝，享年九十。这两人何其不同：一个是世界的征服者，行宫遍布欧亚，被万众呼为神；另一个是靠乞讨为生的哲学家，寄身在一只木桶里。相同的是，他们是当时希腊最有名的两个人。他们有一次著名的相遇，因了第欧根尼那句"别挡了我的阳光"而被后人津津乐道。

让我们回到第欧根尼与亚历山大相遇的时刻。亚历山大托人传话给第欧根尼，想让他去马其顿接受召见。第欧根尼回信说："若是马其顿国王有意与我结识，那就让他过来吧，因为我总觉得，马其顿到雅典的路程并不比雅典到马其顿的路程远。"亚历山大来了，站在第欧根尼的前面，说："我能为你做点什么吗？"第欧根尼说："一边去，别挡了我的阳光！"亚历山大说："你不怕我吗？"答："你是什么东西？好东西还是坏东西？"亚历山大说："当然是好东西。"答："既然是好东西，我为什么要怕？"亚历山大征服了世界，却不能征服第欧根尼。最后亚历山大耐人寻味地说："如果我不做亚历山大，我就做第欧根尼。"因为他知道在看透人生的问题上，第欧根尼要比他深刻得多。

第欧根尼是古希腊犬儒主义学派的代表人物，约生于公元前 412 年。这位哲学家年轻时的行状并不光彩。他原是辛诺普城邦一个银行家的儿子，在替父亲管理银行时铸造伪币，致使父亲入狱而死，自己被逐出城邦。在他成为哲学家后，人们仍不时提起这个把柄来羞辱他。他倒也坦然承认，并反唇相讥："那时候的我正和现在的你们一样，但你们永远做不到和现在的我一样。"前半句强词夺理，后半句却是真话。他还说了一句真话："正是因为流放，我才成了一个哲学家。"紧接着又是强词夺理："他们判我流放，我判他们留在国内。"

离开辛诺普后，他来到了雅典。在这里，他找到了一个老师，名叫安提斯泰尼（苏格拉底的学生），开始了他的哲学之旅。安提斯泰尼从老师的行为中学到了简朴生活的原则，把它发展成了一种简单的人生哲学，对后世影响深远。如同中国的老子，犬儒派哲学家是最早的文明批判者。他们认为，文明把人类引入了歧途，制造出了一种复杂的因而是错误的生活方式。人类应该抛弃文明，回归自然，遵循自然的启示，过简单的也就是正确的生活。第欧根尼喜欢说："一无所需是神的特权，所需甚少是类神之人的特权。"

犬儒派哲学家是最早的背包客，从安提斯泰尼开始，他们的装束就有了定式，都是一件斗篷，一根手杖，一个背袋。相当一些犬儒派哲学家是素食主义者，并且滴酒不沾，只喝冷水。第欧根尼曾经有居室和仆人，仆人逃跑了，他不去追赶，说："如果仆人离开第欧根尼可以活，而第欧根尼离开仆人却不能活，未免太荒谬了。"从此不用仆人。盗贼入室，发现他独自一人，问："你死了谁把你抬出去埋葬呢？"他回答："想要房子的人。"后来他连居室也不要了，住在一只洗澡用的木桶里，或者对折斗篷为被褥，席地而睡，四处为家。有一回，看见一个小孩用手捧水喝，他自惭在简朴上还不如孩子，把水杯从背袋里拿出来扔了。他在锻炼吃苦方面颇下功夫，夏天钻进木桶在烫沙上滚动，冬天光脚在雪地上行走，或者长久抱住积雪的雕像，行为很像苦修士，却又是一个无神论者。

他当真模仿动物，随地捡取食物，一度还尝试吃生肉，因为不消化而作罢。他的模仿过了头，竟至于在光天化日之下交配，在众目睽睽之下自慰，还无所谓地说："这和用揉胃来解除饥饿是一回事。"他振振有词地为自己的伤风败俗之行辩护："凡大自然规定的事皆不荒谬，凡不荒谬的事在公共场所做也不荒谬。既然食欲可以公开满足，性欲有何不可?”自然的权威大于习俗，他要以本性对抗习俗。他反对的习俗也包括婚姻，在他眼里，性是最自然的，婚姻却完全是多余的。问他何时结婚合适，回答是：“年轻时太早，年老时太晚。”婚姻往往还是“战争之后的结盟”，其中有太多的利益计较。他主张通过自由恋爱和嫖妓来解决性的需要，并且身体力行。有人指责他出入肮脏之处，他答：“太阳也光顾臭水沟，但从未被玷污。”如同柏拉图和斯多噶派的芝诺一样，共妻是他赞成的唯一婚姻形式，在这种形式下，财产和子女也必然共有，就断绝了贪婪的根源。

他一身乞丐打扮，在雅典街头行乞，一开始是因为贫穷，后来是因为他的哲学。他乞讨的口气也像一个哲学家，基本的台词是：“如果你给过别人施舍，那也给我吧；如果还没有，那就从我开始吧。”不过，看来乞讨并非总是成功的，至少比不上残疾人，为此他尖刻地评论道：“人们在施舍时之所以厚此薄彼，是因为他们想到自己有一天可能变成残疾人，但从未想到会变成哲学家”。

安提斯泰尼十分蔑视一般人，听说有许多人在赞扬他，他叫了起来：“老天啊，我到底做了什么错事?”第欧根尼更是目中无“人”。他常常大白天点着灯笼，在街上边走边吆喝：“我在找诚实的人。”第欧根尼有一张损人的利嘴，一肚子捉弄人的坏心思。一个好面子的人表示想跟他学哲学，他让那人手提一条金枪鱼，跟在他屁股后面穿越大街小巷，羞得那人终于弃鱼而逃。一个狗仗人势的管家带他参观主人的豪宅，警告他不得吐痰，他立刻把一口痰吐在那个管家脸上，说：“我实在找不到更合适的痰盂了。”看见一个懒人让仆人给自己穿鞋，他说：“依我看，什么时候你失去了双手，还让仆人替你擦鼻涕，才算达到了完满的幸福。”看见一个轻薄青年衣着考究，他说：“如果为了取悦男人，你是傻瓜，如果为了取悦女人，你是骗子。”看见一个妓女的孩子朝人堆里扔石头，他说：“小心，别打着了你父亲。”这个促狭鬼太爱惹人，有一个青年必定是被他惹怒了，砸坏了他的大桶。不过，更多的雅典人好像还护着他，替他做了一个新桶，把那个青年鞭打了一顿。这也许是因为，在多数场合，他的刻薄是指向大家都讨厌的虚荣自负之辈的。他并不乱咬人，他咬得准确而光明正大。有人问他最厌恶被什么动物咬，他的回答是：谗言者和谄媚者。

第欧根尼有一次遭一个光头谩骂后，说道："我决不会回击。我倒欣赏你的头发，他早已离开你那可恶的头颅而去了。"第欧根尼有次外出旅行，走到一条洪水泛滥的河边，站在岸上无法过河。有个经常背人过河的人，见他在那里为难，便走过来把他搁在肩上，很友好地背他渡过了河。他很感激这个人，站在河岸上抱怨自己贫穷，无法报答行善的人。当他正思索这事的时候，看见那人又在背别的人过河。第欧根尼走上前说："对于刚才的事我不必再感谢你了。我现在知道，你不加选择地这样做，只是一种怪癖。"

第欧根尼的刀子嘴不但伸向普通人，连柏拉图也不能幸免。柏拉图是他的老师的同学，比他大二十多岁，可他挖苦起这位师辈来毫不留情。他到柏拉图家做客，踩着地毯说："我踩在了柏拉图的虚荣心上。"有人指出他乞讨，柏拉图不乞讨，他借用《奥德修》中的句子说：柏拉图讨东西时"深深地埋下头，以致无人能够听见"。他经常用一种看上去粗俗的方式与柏拉图辩论。柏拉图把人定义为双足无毛动物，他就把一只鸡的羽毛拔光，拎到讲座上说："这就是柏拉图所说的人。"柏拉图对这个刺头颇感无奈，有人请他对第欧根尼其人下一断语，他回答："一个发疯的苏格拉底。"

除了生活简朴外，第欧根尼还有两个伟大发明。一是"世界公民"。有人问他来自何处，他答："我是世界公民。""世界公民"（Cosmopolite）应该读作"宇宙公民"，第欧根尼说"唯一的、真正的国家是宇宙"，因此"万物都是智慧之人的财产"。另一发明是"言论自由"。有人问世界上最好的东西是什么，他的回答便是"言论自由"。

对于那些想受教育却不想学哲学的人，安提斯泰尼有一妙比，说他们就好像一个人看上了女主人，为了图省事却只向女仆求爱。第欧根尼则直截了当地向他们责问道："既然你不在意活得好不好，为什么还要活着呢？"哲学何以能使人活得好呢？依据第欧根尼之例，也许可以这样来理解——哲学能够使我们安心地躺在土地上晒太阳，享受身体和心灵的自由，而对一切妨碍我们这样做的东西说："不要挡住我的阳光！"

我们不知道第欧根尼在雅典活动了多久，只知道他的生活后来发生了一个转折。在一次航行中，他被海盗俘虏，海盗把他送到克里特的奴隶市场上拍卖。拍卖者问他能做什么，回答是："治理人。"看见一个穿着精美长袍的科林斯人，他指着说："把我卖给这个人吧，他需要一个主人。"又朝那人喊道："过来吧，你必须服从我。"这个名叫塞尼亚得的人当真把他买下，带回了科林斯。第欧根尼当起了家庭教师和管家，把家务管得井井有条，教出的孩子个个德才兼备，因此受到了全家人的尊敬。他安于这个角色，一些朋友想为他赎身，被他骂为蠢货。他的道理是，对于像他这样的人，身份无所谓，即使身为奴隶，心灵仍是自由的。他在这个家庭里安度晚年，死后由塞尼亚得的儿子安葬。犬儒派哲学家主张人应该自己决定死亡的时间和地点，第欧根尼是第一个实践者。据说他是用斗篷裹紧自己，屏息而死的。他太老了，这家人待他太好了，时间和地点都合适。

科林斯人在他的墓前树一根立柱，柱顶是一只大理石的狗头。从前驱逐他的辛诺普人也终于明白，与这位哲学家给母邦带来的荣耀相比，铸造伪币的前科实在是小事一桩，便在家乡为他建造了一座青铜雕像，铭文写得很慷慨，也很准确："时间甚至可以摧毁青铜，但永远不能摧毁你的光荣，因为只有你向凡人指明了最简单的自足生活之道。"

# 也说余秋雨的文化大散文

　　1987 年，时任上海戏剧学院院长的余秋雨为《收获》杂志写了几篇散文，编辑觉得不错，就为他开了一个专栏，余自己起了一个名，叫：文化苦旅。1992 年结集出版，书名就叫《文化苦旅》。该书出版后，几乎畅销至今，累计发行 240 多万册，成为这个阅读贫乏的时代的一个奇迹。余的散文因其深厚的历史底蕴和丰富的文化含量被称为文化大散文。此后又连续出版了《山居笔记》《霜冷长河》《千年一叹》《行者无疆》等书，由此掀起了"文化大散文"的热潮。从此余秋雨与他的文化大散文一直被人们阅读着、争论着。不可否认，由《文化苦旅》开始的余秋雨文化大散文是近 30 年中国文学史和阅读史上重要的一笔。

　　我真正看《文化苦旅》是 2000 年了。该书开篇《道士塔》中，作者用小说化的语言描写了茫茫沙漠中那个孤独凄凉的王道士，在兵荒马乱的年代里，独自守着一个偌大的宝库——敦煌。他既愚昧可悲，而又无可奈何，那些宝贵的书画被英国人斯坦因一车一车地运走了。作者最后发出了泣血的感慨：我好恨！我好恨！！然而恨谁呢？王道士，斯坦因，还是那个时代抑或是这个国家？在《废墟》里体现了一种悲剧精神，废墟是一种常态的存在，只有对废墟有着深切的感受并在废墟中走出来的人才值得关注。还有《莫高窟》《信客》《风雨天一阁》《牌坊》《白发苏州》等篇目让我看后感慨万分，夜阑人静的时候，它早已把我带进了历史的深处。

此后我开始全面阅读余秋雨的文化大散文。谈史说鉴的《山居笔记》，立身处世的《霜冷长河》，对比几大文明的《千年一叹》，全面解读欧洲文化的《行者无疆》，《余秋雨简明读本》《文明的碎片》等，以及类似回忆录的封笔之作《借我一生》；还有那个上海编辑金文明写的诟病余秋雨书中文史错误的《石破天惊逗秋雨》。看完这些书，我有一种沉甸甸的收获，其中最好的两本是：《千年一叹》和《行者无疆》。

《千年一叹》记录了余秋雨在千禧之年随香港凤凰卫视"千禧之旅"越野车队跋涉亚欧大陆四万公里，环游世界文明古国的行程，是每天一篇写就的日记。在《千年一叹》里我们看到了风在爱琴海面上吹，阳光在法老的金字塔上空晃荡，人们在静静的恒河里沐浴……然而曾经的辉煌成了寂寞，宏伟的神庙已经残破，文明早已衰落，历史也在慢慢地褪色。余秋雨在对人类历史文明的睿智思考中发出了"千年一叹"。最让我记忆犹新的是克里特岛的瞬间毁灭，巴特农神殿宏伟的遗址，巴基斯坦和印度南部的彻底贫穷和人们对这种贫穷的冷漠，印度恒河的肮脏死寂腐朽。最让我惊心动魄的是三大宗教的共同圣城耶路撒冷，阐释着人类古老的信仰带来的强大的精神力量，看完了作者对耶稣圣墓教堂的描写我整个人僵在那儿，感觉灵魂都要出窍了。

《行者无疆》记录了余秋雨历时 6 个月，走过了欧洲 26 国 96 个城市的旅程，书中全面考察了欧洲的文明。全书分四卷，每一卷都作了精彩的概括："废墟，大海，海浪，历史常常从这里出发；森林，山丘，古堡，历史常常在这里隐蔽；热闹，精致，张扬，历史常常在这里转折；苍凉，寂寞，执著，历史常常在这里凝炼。"让我们看看他的一些篇目：《寻常威尼斯》《流浪的本义》《远年琥珀》《扼守秋天》《海牙的老人》……余秋雨无论站在哪一座城市，他都不止步于眼前的风景，而是要思考这座城市的历史文化。威尼斯，一个身在现代而无车马喧闹的水城，着实让人向往。巴黎和我们想象的一样高傲，他用了一个词：聚合——财富的聚合，人的聚合，文化的聚合，审美气氛的聚合……巴黎聚合了一切。对北欧的描写更是让我既陌生又新鲜好奇。在《行者无疆》中，余秋雨感叹"欧洲文明确实优秀而又成熟，能把古典传统和现代文明，个人自由和社会公德融会贯通"。在这里余秋雨为我们开启了一扇更广阔的视窗，他提供给我们的是思想和胸襟。

余的文化大散文之所以成功，有内容与形式方面的原因，也有这个时代的需要。他的内容是历史、人文、遗址、宗教等重大的题材；他的表达方式最值得称道，兼有小说叙事的张力、诗性语言的优美、文化感叹的深度，特别是抒情深刻的文化感叹，击中了中国人心中最柔软的地方，使每个读者，无论平民百姓还是学者志士都深有同感。不可否认，他提供了一种散文写作全新的方式，他的散文呈现给我们的是一种博大和豪迈，一种俯仰古今天地的内在冲动，一种沉甸甸的历史感和沧桑感，一扫那种精巧灵活的散文的小家子气。有人说：它从空间上进入了民众，从时间上进入了散文历史，树立起一座散文的高峰。

近年来，余秋雨的文化大散文遭到诸多非议。有人说文化大散文可以休矣，有人说散文表达的是个人的情感体验和性灵，而不是什么宏大的历史文化叙事，还有人拿余秋雨文中的文史差错说事。余秋雨和文化大散文一起遭到了很多诟病，加上他已经封笔，他发起的文化大散文确已衰落。但是无论如何，我认为余的文化大散文是成功的，他向我们奉献了思想的盛宴和全新的散文艺术。

# 瓦尔登湖梦想

一切美国文学里最伟大的主题是天真。天真似乎是美国作家的共同特质，他们总有几分超验主义的味道。正因此，梭罗的《瓦尔登湖》被列为构成美国性格的十本书之首。

读《瓦尔登湖》，总让我想起海子的那首诗。

从明天起，做一个幸福的人
喂马，劈柴，周游世界
明天起，关心粮食和蔬菜
我有一所房子，面朝大海，春暖花开。

其实《瓦尔登湖》在中国的广泛传播正是源于海子。海子在向他的朋友推荐了《瓦尔登湖》之后，自己抱着这本书卧轨了。

梭罗 1817 年生于美国康科德镇，1837 年在哈佛大学毕业后，回到家乡做了两年教师。1841—1843 年他住在大作家爱默生家里。1845 年，他走进无人居住的瓦尔登湖边的山林中，独居了两年零两个月。

"1845 年 3 月尾，我借来一柄斧头，走到瓦尔登湖边的森林里，到达我预备造房子的地方，开始砍伐一些箭矢似的，高耸入云而还年幼的白松，来做我的建筑材料，那是愉快的春日，人们感到难过的冬天正跟冻土一样地消融，而蛰居的生命开始舒伸了。"这是梭罗在

《瓦尔登湖》一书中记述他的独居生活的开始。他的小木屋里只有一张床和一套被褥，有几件简单的炊具和几件换洗的衣服。

瓦尔登的风景是卑微的，不住在它岸边的人未必能被它吸引住。这是一个明亮的深绿色的湖，面积约 61 英亩；它是松树和橡树林中央的岁月悠久的老湖，四周的山峰突然地从水上升起，山上全是森林。除了雨和蒸发之外，没有别的来龙去脉可寻。

梭罗在小湖边开荒种地，每天打猎和伐木，过着原始、简朴的生活。在木屋里，在湖边，在林中，在瓦尔登澄明的月光下，他观察着，倾听着，感受着，沉思着，并且梦想着。他在那里阅读、倾听、种豆、生火、做饭、从容不迫地生活，聆听和体味生活的真谛。他要让自己"不至于在临终时才发现自己不曾生活过"。其中大部分的时间，他独自在林中，很少有客人来拜访。这里的生活是寂寞的，然而梭罗却说："寂寞有助于健康。"他曾这样说："我并不比牧场上的一朵蒲公英寂寞，不比一张豆叶或一只马蜂更寂寞，不比北极星或南风更寂寞。"每天，他都要把自己的观察和体验、思考和感触写在日记中。

就这样，梭罗在瓦尔登湖畔独自生活了 920 天。不久，出版了他在小木屋里写下的那些散文，题为《瓦尔登湖》。《瓦尔登湖》从春天开始，历经了夏天、秋天和冬天，又以春天结束。结果，美国产生了一位伟大的自然主义思想家，世界上也多了一本好书。梭罗研究专家哈丁说：《瓦尔登湖》至少有五种读法：作为一部自然的书籍，作为一部自力更生简单生活的指南，作为批评现代生活的一部讽刺作品，作为一部文学名著以及作为一本神圣的书。更多的人愿意把《瓦尔登湖》作为一部自力更生、简单生活的指南来读。因为梭罗以28 元建立一个家，用 0. 27 元来维持一周的生活。他以一年中 6 个星期的时间，去赚取一年的生活费用，剩余的 46 个星期，去做他喜欢做的事。《瓦尔登湖》出版之后，并没有引起巨大的反响，但在当时便有了迷人的诱惑力，仿效者不计其数，人们引退林中、湖畔建造茅舍，成为一时的时尚。

随着时光的流逝，《瓦尔登湖》的影响越来越大，已经成为美国

风在兹土

文学中的一本独特的、卓越的名著，堪称现代美国散文最早的榜样。书中很多篇幅描绘形象，优美细致，像纯洁透明的湖水，像茂密翠绿的山林。如："我突然感到大自然里面，在雨点的滴答声中，在我屋子周围听到和见到的每一事物中都存在着一种美好而又仁爱的友情……"。有一些篇幅则说理透彻，精辟独到，富有启发性。如"一个人的富裕程度如何，就看他能放得开多少东西。"梭罗对于春天，对于黎明，都有极其动人的描写。这里有大自然给人的澄净的空气，而无工业社会带来的环境污染。读着它，人们自然而然会感受到心灵的纯净和精神的升华。到目前为止，此书已经出版了200多个版本，并被译成许多国家的文字。

在现代文明的逼迫之下，在钢筋水泥的森林里，人们离纯朴恬静的大自然已经越来越远，一些古朴的令人神往的原始生活已经退化得无影无踪，取而代之是嘈杂、焦躁和不安。现代科技可以让人们在很短的时间内了解地球每一个角落发生的事情，却无法让面对面的两个人了解彼此的心思。现代生活的躁动无孔不入，一点点信息就可以把人们弄得鸡飞狗跳，一点点情绪就把人们的心咬得千疮百孔。现代科技创造出现代化的同时，也创造出了种种无可抵挡的寂寞。人们的心灵越来越孤独，却从未想过大自然是医治文明病的最好方法。人类的灵魂可以居住在湖边、林中，而无法居住在一台电脑和一只汽车轮胎里。

梭罗积极倡导一种与现代丰富的物质生活相对立的简朴的生活方式。随着时间的推移，梭罗在瓦尔登湖畔的生活离人类越来越远，也不知道现在的瓦尔登湖怎么样了？《瓦尔登湖》将成为记录人类与自然亲密无间的生活的标本，因此而具有越来越珍贵的价值。

我在想，也许人类在未来的几百年里能迷途知返，照观自我灵魂的存在。到那时，城市将被遗弃，而像瓦尔登湖那样的地方将会寸土寸金，梭罗那样的生活将成为人们心中的梦想。

让我们时时怀念梭罗，时时阅读《瓦尔登湖》。

# 哲学家皇帝的沉思录

马可·奥勒留是古罗马唯一一位哲学家皇帝。他统治的帝国一直处于动荡不安之中，迫使他经常亲率大军南征北战。公元 180 年的一天，罗马城外，秋风萧瑟，旗帜猎猎，征途中的奥勒留深知来日无多，深情地与战友们一一握别。战士们悲恸不已，请求他留下自己的箴言——这就是永垂后世的《沉思录》，是奥勒留在戎马倥偬中所写的十二卷的自己与自己的对话录。

人们说，奥勒留是一个比他的帝国更加完美的人。他渴望成为一个像苏格拉底那样的哲学家，但命运让他踏上了一条相反的道路，一个渴望归隐的圣人却坐上了皇帝的宝座。奥勒留是一个悲怆的人，他最想过一种宁静的乡村生活，然而现实却让他的愿望始终无法实现。

奥勒留既不追逐人生，也不逃避人生，从不怠慢历史赋予一个罗马皇帝的使命。在戎马倥偬之际，他对宇宙人生进行了深邃的哲学思考。《沉思录》就是一些从灵魂深处流淌出来的文字，朴实得直抵人心。他阐述了灵魂与死亡、个人的德行、个人的解脱以及个人对社会的责任，要求常常自省以达到内心的平静，正直地思考并付诸行动，追求一种冷静而达观的生活。

《沉思录》中，奥勒留把一切对他发生的事情都不看成是恶。他认为痛苦和不安仅仅是来自内心的意见，是可以由心灵加以消除的。他热诚地从别人身上学习优秀的品质，果敢、谦逊、仁爱……他希望人们热爱劳作，了解生命的本质和生活的艺术，尊重公共利益并为之

风在兹土

努力。他坚信：面对宇宙自然，一颗高贵的道德良心，是任何种族、国家，任何革命、潮流，任何发现都不能改变的。

《沉思录》告诉我们，重要的是关注我们能够确切把握的东西，这就是自身的德行及其训练。德行远比名声更重要。

《沉思录》告诉我们，在对待物欲方面，绝不纵欲，也不禁欲，而是自然而然地节欲。只是从心底里更看轻外物，更专注于自己的精神。不管外界发生什么变故，始终坚定如常。

《沉思录》告诉我们，做人需要温和的坚定。不仅要用理性和意志节制自己的欲望，也用理性和意志控制自己的激情。温和、宽容、与人为善，但也是坚定的，绝不改变自己的道德原则的。

《沉思录》带给我们一种超越精神，即立足于此世，不幻想和渴望彼岸；但又超越于世俗的权名，淡泊于人间的功利。奥勒留在自己的思考中反复指出权力和名声本质上的虚幻，也指出财富和功利同样是不值得人们那样热烈地去追求的。

《沉思录》中有很多警句。如："一个人为什么要执着于一种较长的尘世间的逗留呢？""不用多长的时间，你将释怀于整个世界；更短的一点时间内，世界也就忘记了你。"

相当多的政治家，对奥勒留的《沉思录》心有所感，乃至深深折服，重要的原因是他那种既能够恰当地运用和把握权力，又不以不顾一切地攫取权力为目标的超越精神吸引了他们。这种超越精神能够使人恰如其分地看待自己以及自己所掌握的权力。有人问克林顿，除了《圣经》，哪本书对他影响最大？他沉思了一下，说："马可·奥勒留的《沉思录》。"

至于淡泊功利，对现代人尤其有意义。现代世界是一个最为崇尚经济成就、更为追求物质利益的世界。而奥勒留的书可以使我们转过来关心一下自己的精神，使我们知道，对人的评价并不应当主要看财富的多寡或者物质的成就，而是应当主要看他的德行、品格和精神。物质财富上的成功，不是所有人都能达到，甚至多数人都不能达到；而心灵德行上的成就，则是任何身份、任何处境里的人都能通过自己的努力达到的。

总之，《沉思录》倡导的一种履行自己职责、磨炼自身德行的精神，一种按照本性自然而然地生活的精神，在现代世界里仍然是最需要珍视的精神价值；对背负巨大生活压力、心灵躁动不安的现代人和那些身居要位、权倾一时的人来说，依然具有很强的启迪和指导意义。

　　费迪曼在《一生的读书计划》里说："《沉思录》有一种不可思议的魅力，它甜美、忧郁和高贵。这部黄金之书以庄严不屈的精神负起做人的重荷，直接帮助人们去过更加美好的生活。"

# 生活在低处，灵魂在高处

　　凡高是十九世纪最杰出的天才画家之一。他的一生只有短短的三十七年，而他的画"创造了伟大的美，永远存在，丰富着我们的世界"。德利瓦说："凡高是透视未来的画家。"然而他生前"画"名寂寞，仅卖出一幅画。

　　今年七月二十九日是凡高逝世一百一十五周年的纪念日。

　　1853 年凡高出生在荷兰一个乡村牧师的家里，中学辍学后进入一家书画店当学徒。二十岁那年爱上房东的女儿遭到拒绝，使他第一次对现实深深地失望。三年后他进入教会学校当辅导教师和传教士，并作为牧师去了比利时的南部矿区，在那儿他跟矿工一起睡地板，吃最差的伙食，冒死救出重伤的矿工，却因此被撤了职。直到 1880 年他才下决心从事绘画事业。1881 年爱上了他丧偶的表妹基·福斯，又遭拒绝，第二次遭受失恋之苦。转年同一个叫霍尔妮克的妓女同居并想娶她为妻，但遭到全家的激烈反对。几年后年轻的女邻居贝格曼爱上了他，但是由于双方家庭的反对导致贝格曼差点自杀。1886 年凡高迁居巴黎，结识了那里的许多画家，并尝试采用印象派画家和点彩派画家的艺术风格来创作自己的绘画。1888 年凡高因极度痛苦而引发间歇性精神错乱，同年 12 月 23 日，他用一把剃须刀从自己的左耳上割下了一块肉。1890 年他的精神病第七次复发，5 月凡高前往巴黎，在一家咖啡馆里租了一间房间。7 月 27 日午后，凡高离开居所来到法国乡间的一块麦田里朝自己的腹部开枪，然后走回居所。弟弟提奥赶来一直陪伴着他，跟他一起回忆快乐的童年。29日黎明，凡高逝世。

凡高一生没有爱情，没有婚姻，没有子女。凡高生活极度贫困，他二十三岁失业，一贫如洗，经常吃不饱肚子，没有人比他更穷了。值得一提的是凡高一生中，一直得到弟弟提奥的资助。提奥是一个工艺美术品商人，生活并不是很宽裕，但他惊叹于凡高的艺术天才和深邃的思想，一直鼓励他画画，并不遗余力地资助他，有人说提奥是为凡高而生的。凡高一生孤独痛苦，下面是他写给提奥的一封信里的部分内容："我自己则感到心情抑郁……我既不喜欢参加社会活动，又不乐意与人们交往……这些年来当我觉得最难受时，它不仅反映在身体上，而且也反映在心灵上……我经常在寒冷的大街上或者在户外度过那些不眠之夜。"提奥说他会永远孤独的。

凡高的生命短暂而苦难，然而他深爱着人们。他凭着自己的热情创作了大约850幅油画和差不多数量的素描。特别是后期的作品一改低沉而变得明朗，好像要用欢快的歌声来慰藉人世的苦难，表达他强烈的理想和希望。凡高在书信里写道："一个劳动者的形象，一块耕地上的犁沟，一片沙滩、海洋与天空，都是重要的描绘对象，终生从事于表现隐藏在它们之中的诗意，确信是值得的。"他希望用他的绘画，为人类开启那扇通往天堂的门。他在越过印象派的高峰体念后，进一步解放了色彩和线条，成为后印象派的代表画家，被誉为"表现主义"的先驱。不幸的是他和他的画都不被那个时代的人们所理解和接受。

"只要活人还活着，死去的人总还是活着。"这是凡高说的。今天，荷兰人把凡高当作荷兰十九世纪最伟大的儿子，1972年建立的凡高美术馆，到世界各地购买他的作品。1990年，凡高的《加谢博士画像》卖到8250万美元的天价。

凡高所承受的苦难，他的贫困、孤独和痛苦都达到了极致；他的创造力，他的艺术成就和生命的激情也达到了高峰。这铸就了他的灵魂是人类中少数几个达到了高峰的伟大灵魂之一。

让我们时时阅读凡高，在浮躁的时代里，他能给苦难和孤独中前进的人们带来无言的力量和勇气。

# 嵇康，竹林上空那盏灯

三国归晋的最后时刻，司马氏家族加快了伐魏的步伐，政治上山雨欲来、风声鹤唳，然而就在这个时候却有七个人相聚竹林，饮酒操琴，清谈玄学，过着"由性"的生活，成为中国历史上知识分子独立人格的光辉典范，史称"竹林七贤"，嵇康便是其中之一。

嵇康生于公元224年，是魏末著名的思想家、文学家、音乐家，在当时社会有着巨大的影响，位列七贤之首，系竹林的精神领袖。

嵇康相貌堂堂，山涛说他"站如孤松独立；醉似玉山将崩"。与他清爽脱俗的相貌对应的是他那率真自然而又狂放任性的性格。他隐逸竹林，尝与向秀一起打铁，"以自赡给"。铁铺子在后园一棵柳树下，他引来山泉，绕树筑池，打铁累了，就在池里泡一把，"萧萧肃肃，爽朗清举"，可见其生活的潇洒姿态。他长诗文，善琴乐，醉心玄学。以自然大化的玄远境界看取人生。艺术视角转为审视自身精神世界，审美色泽趋向性灵的淡泊。《述志诗》云："冲静得自然，荣华安足为"。于音乐他主张外得"自然之和"，内存"忧喜不留于意，泊然无感而体气和平"从而达到平和的审美境界，使得魏晋时期的音乐艺术，由传统的功利审美转向崇尚自然，注重个人内心的情感体现。他创作的《长清》《短清》《长侧》《短侧》被称为"嵇氏四弄"。此外，他写出了《养生论》《声无哀乐论》《释私论》等经典著作。

嵇康超然物外，不为世俗所拘，向来鄙视权贵，而又重视真正的情谊。出身名门的钟会有意结交嵇康。写了《四本论》求见嵇康，又怕嵇康看不上，竟把书从窗户掷进去，转身便走。后做了高官的钟会大摆场面再次造访，嵇康理都不理。只在家门口挥锤打铁，向秀在一边拉风箱。钟会悻悻离去。这时嵇康终于说话了："何所闻而来，何所见而去？"钟会回答："闻所闻而来，见所见而去。"由此怀恨在心。都说不能轻易得罪小人，嵇康也由此埋下了祸根。

对朋友，哪怕是一丁点儿的隔阂，都使他痛苦不堪。当时山涛要担任高官，朝廷让他推荐一个继任人，他荐了嵇康。嵇康为朋友不了解自己而心痛不已，立即写了一封绝交信——《与山巨源绝交书》。信中，他一反古人"绝交不出丑言"的君子作风，而"师心以遣论"，大骂山涛，而矛头直指司马昭，被钟会一番渲染，司马昭终于动了杀心。钟会也借此报了当年被轻慢之仇。也有人说嵇康这么做是为了保全山涛，因为当时司马昭已经对嵇康很不满，而山涛是嵇康的竹林好友，嵇康这么做是想让山涛撇清与自己的关系，但我认为嵇康不具备此心机。可嵇康临刑前，却真把儿女托付给了山涛，并且对儿子说："山公尚在，汝不孤矣。"

嵇康被捕后，大批名士强烈不满，纷纷要求与嵇康一同入狱。行刑当日，三千太学生请愿要求赦免嵇康，并让嵇康来太学做老师。这些事更坚定了司马昭杀他之心。临刑前，在东市的刑场上，嵇康神色不变，他环顾日影，时候尚早，便要来一把琴，在刑场上弹起了千古绝唱《广陵散》。《广陵散》相传是嵇康遇仙人而得的真传，从此绝矣！

嵇康死后，竹林从此失去了主人，再无半点暖意。天下也变了，名士们都与司马氏政权妥协了。阮籍一直装疯卖傻，只做官不做事，与司马氏政权貌合神离，在替司马昭写了《劝进文》这篇精美的、却是他人生最后的败笔之后，不久即死去。山涛兢兢业业地做着官，尽管官越做越大，但内心一直淡泊无求。在嵇康死后，他一直把嵇康的儿子嵇绍养大成才，做了官，成就了一段"嵇绍不孤"的佳话。向秀在向司马昭说了一番辛酸的表白之后出仕为官，也是只做官不做事。向秀为官后，回过一次竹林，写下《思旧赋》匆匆离去。其实向秀是嵇康最忠实的小兄弟，还有吕安，他们三人经常形影相随，似乎更合得来。刘伶把酒喝成了"道"，每天酩酊大醉，吩咐仆人"死便埋我"，又对他的老婆说，"我死后须等三天才埋，可能只是喝醉了酒。"王戎爱财，一路做官去了。阮咸也带着琵琶走了。其实，等到西晋建立的那一天，竹林已经不复存在了。

作为竹林的精神领袖，在嵇康所有的品质中，最重要的是他打破了传统的禁锢，发出了"越名教而任自然"的抗争；人要为自己而活，而不是为圣人的呐喊，在历史上第一次迎来了个体的"人"的时代。他不想为哪个政治团体服务，只想做一个真实而纯粹的人，喜欢什么，讨厌什么，一切分明。在那个政治黑暗的年代里，嵇康不可避免迎来了他的人生悲剧，大师孙登曾慨叹："君性烈而才隽，其能免乎！"

可正是他的悲剧让我们得到了丝丝的喜悦和温暖，虽然这是那样钻心的疼痛。在那个强调国家和集团的利益高于一切，从来都忽视个体生存价值的时代里，是嵇康在历史的夜空中点起了一盏明灯，在竹林的上空为我们燃放了一束绚烂的烟花，发出了清亮的属于个人的声音。

在人类的历史上从来都不缺嵇康这样的人物，在历史的沉沉夜空中不时地发着微弱但执拗的亮光，闪耀着人性的光辉，让我们的心灵时时获得一丝温暖，一些安慰。每读历史，发生重大事变，黑云压城之际，人们纷纷弯了脊梁、失了尊严，甚至屈膝变节；但也总有嵇康们在，悲壮地守护着"人"的高贵和尊严，就在我们快要绝望的时候，照亮我们的心灵，让我们找回对人类的信心和继续活下去的理由。

# 《走吧，莫》，一本弥漫着爱的书

读小学的女儿向我推荐了《走吧，莫》这本书。我花了一个周末的时间把它看完后，忽然感觉我周围的空气里弥漫着一种爱的气息，全身被一种充盈的爱包裹着，有一股奇异的力量在催我长大，那是心的长大。

这是一本描写人与动物友爱故事的书，全书共十八万字。作者拉尔夫·赫尔匪是好莱坞著名的动物训练师，最早提倡以情感和仁爱训练动物的人之一。本书是由张海迪夫妇翻译的"张海迪温情系列"丛书之一。

本书的副标题是：一头大象的真实故事。1896 年一个宁静的早晨，在德国的一个小镇，生存艰难的马戏团里犹太驯象师约瑟夫的儿子与一头小象同时降生，分别叫布拉姆和默多克。仿佛从降生的那一刻起，他们的命运就天然地联系在一起了。约瑟夫是个很棒的驯象师，对他的象充满了温情、友善和爱心，他教导布拉姆用爱心、温情和交流去对待大象，让布拉姆与默多克从小就建立了深厚的感情。他们一起玩耍，相互依赖、相互信任。默多克非常聪明，并且情感丰富，对布拉姆发出的任何微小的信息都能准确地接收，他们非常默契。

正在他们快乐成长的时候，马戏团因经营不善转让给美国老板，默多克和其他动物一起要被运往美国。从此，布拉姆和默多克开始了长达七十多年、横跨三大洲的坎坷命运。他们一同经历了可怕的海难。为躲避美国老板的追查，一同流浪，进入一个村庄，在那里他们一起向村里人学习怎样在柚木林里从事艰苦而又繁重的劳动，因为默多克的聪敏，布拉姆在短时间内成为出色的驭象手。他们一同经历了残酷恐怖的战争，一同在火灾里死里逃生……又被人误解，无情地分离，陷入艰难困苦和孤独的思念当中。后来，他们终于在温柔丛林中相聚，是一种坚定的信念和强大的爱让他们克服了种种困难，最终又走在了一起。七十岁那年，默多克老了，退休之前，人们为它举行了生日庆祝会。此后不久，布拉姆去世，默多克也迅速随之而去。我相信，他们去天国后还会相依相伴，过着幸福友爱的生活。

本书中，除了人与大象的爱之外，也描写了人与人之间的友爱。书里的人们生存条件十分艰难，驯兽师、水手、兽医、村民、小矮人、大肥婆等，大多干着处于社会低层的各种职业，但是他们总是互递温情、互给爱心，相互支撑、相互鼓励、相互帮助，过着清贫而又乐观的生活。布拉姆还得了两位姑娘的爱情。书中除了讲述人与动物的爱心故事，更有人与人之间的友爱故事，也是让我们感动至深的重要原因。

看完《走吧，莫》，一下子感觉这个世界充满了爱，让我变得温柔而又坚强。

# 摆棋摊的与擦皮鞋的

小城十字街口的一角终年摆着个擦皮鞋的小摊儿，摊主叫道儿，五年前从机械厂下岗，虽说手脚麻利功夫精湛，擦的皮鞋贼亮贼亮，但生意寥落，每天只有个二三十元的收入。

一天来了位老头，在小城转一圈，挨着道儿的鞋摊儿摆了个棋摊。

道儿的活不忙，不时地瞅一瞅这边的棋摊，老头的棋摊总是围得满满的，十分热闹。

小城每天总有这么一帮人到棋摊遛遛，有摩拳擦掌跃跃欲试的，有暗暗记下棋局回家下苦功研究的——这是小城的一帮棋迷，都想破老头的棋局。

每当有人跟老头下上了，他们在一旁就特别起劲，有大声支招的，有手支下巴痴迷地看着的，急切地希望出一个妙招就把老头给赢了……末了却是一片"唉、唉"的叹气声，老头的棋难破哪。半个月下来，就没有人赢过老头一盘棋，老头的水平太高了。这之后，慢慢就很少有人下了，老头的棋摊是围观的人多，下的人少。看着棋摊还热闹，可老头的生意是不行了。

道儿常趁生意寥落的空儿过来瞅瞅，看着一盘盘残局，呆呆地歪着个头，一副研究的架势。

有一天道儿的生意好，心情也好，到下午三点的时候已经赚了五十元。看看少了顾客，道儿就过来要跟老头下几盘（原来道儿是机械厂的高手，一个十足的棋迷呢），老头笑而颔首。这一下道儿就连着输了十盘，一盘五元，一下子就把辛辛苦苦赚的五十元输光了，心里十分沮丧，闷闷地回家了。路上却一直在想着有两盘棋自己是差一点就赢了。

第二天一帮人又来了，围着棋摊指指划划，讨论着棋局，就是没人敢下。

这当儿道儿刚放下鞋摊也过来了，加入了对棋局的讨论。道儿说这一盘"带子入朝"的残局第三步该走这儿，有人说该走那儿，"不，我昨天就是走在那儿输掉的……"，各执其理，互不相让，这时不知是谁说了，要不你俩下一盘，谁赢了每盘给老头一元。

这一下，道儿是连赢三盘，虽然中间有两步下错了，可对方没发现。

这时人群里另有人不服，嚷嚷着要跟道儿下，道儿也不怕——第一盘道儿走了一个勺子，一拍大腿："啊哟!"先输了一盘，第二第三盘道儿赢了，第四盘道儿又走了一个勺子，又一拍大腿："啊哟!"又输了一盘，第五盘道儿又赢了……

当然所谓漏了勺子那是道儿自己的意思，人家都知道他也就这水平，兴许就比别人稍好一点。人都不服他，要跟他见个高下，这一天下来，道儿共下了三十盘棋，赢了二十三盘，输了七盘，一合计赢了八十元，除去给老头三十元外，净得五十元。这不，昨天的损失又拿回来了。

翌日一早，道儿刚放下鞋摊就奔老头的棋摊，这边早有一帮人等着了。只见道儿是"啊哟，啊哟"声不断，大腿上"啪、啪"的一下比一下响，人群中不时发出哈哈的笑声……有一个跟道儿下了五盘赢一盘，钱是输了，人却很高兴："我把道儿给赢了!"

一天下来道儿整个手掌拍得红红的，按说也输了不少盘吧，可一清点却净赢了一百元。

这之后，道儿有所悟，每天往棋摊边一站就有很多人找他下……慢慢地道儿成了棋摊的主角儿，每天都能赚到一百多元。可谓生意红火。

私下有人问老头，道儿的水平到底怎么样？老头说，自己可以让他二个马，也就比小城的那帮棋迷高那么一截吧。

　　可老头却无奈地成了看摊的角儿，靠着道儿一盘一元的钱度日。

　　这边的鞋摊怎么办呢？不能丢啊。道儿也有办法，教给老头几个要领，老头应付着，慢慢地老头的皮鞋擦得不错了……

# 深山棋缘

　　那个年代，大学毕业的都没能分配上好工作。宇鹏林学院毕业后，被分配到山里护林。那是个古木参天、人迹罕至的林区，一个近似于原始森林的大林场。早已反感了城市喧嚣的宇鹏，兴致勃勃地想：一个人在深山老林里当护林员，这是怎样的浪漫啊。早可以看日出，晚可以听松涛。

　　一开始，宇鹏工作很敬业，天天在深山中这边转来，那边转去，看山护林。逮到了很多偷树的山民，都严肃地报林场公安局作了严厉的处罚。整整六个月，宇鹏每天都在山里转，转得很勤。这里的山民穷，以前常来山里砍棵树卖点钱，补贴家用。现在都知道来了这么一个愣头青大学生，再也不敢上山砍树了。

　　偷树的山民没了，宇鹏转得也不怎么勤了。时间一天天地过去，山里变得静了。宇鹏一下子没事干，变得有点烦。宇鹏爱下棋，烦了时就一个人自己跟自己下棋，下着下着也没劲。宇鹏想说句话，可周围没人，除了满山的老树，空无一物。大山里安静极了，静得可怕。山雀的偶尔一声鸣叫，都能把天空啼破。宇鹏觉得很孤独，前所未有的孤独。这种孤独从四面八方压过来，仿佛要把他压碎，吸进宇宙黑洞中去。特别是刮风下雨大气阴冷的日子里，更是难耐。有时突然一只山兔从眼前掠过，宇鹏都会感到很亲切。这种孤独让宇鹏难以抵挡，他都快要发疯了。宇鹏非常迫切地想要见到人，见到他的同类。

　　一个无风的下午，山里死一般的空寂，宇鹏来到一个山头枯坐。

忽然前面的树丛里颤颤巍巍地，继而哗啦哗啦地摇摆起来。宇鹏仔细一听，有"突突"的砍伐声。又有人在偷树了。宇鹏像打了强心针一样兴奋起来，箭一般冲向那个树丛。看到了，千真万确，是人！是一个人在"突突"地砍树。临近了，宇鹏突然放缓了脚步，变得和颜悦色："老乡，砍树哪？"那人一见宇鹏，惊恐万状。拔腿就想走，却被宇鹏叫住了。宇鹏又说："老乡，砍树哪，家里有困难？"非常亲切和善。老乡很朴实，实话实说："我叫阿旺，家里困难。"宇鹏一反常态不谈偷树的事，而是跟阿旺聊起了家常。家长里短，谈兴很浓，好像阿旺就是他的老朋友一样。聊了将近一个小时，宇鹏的心情变得出奇地好。末了，宇鹏出人意料地说："既然树已经砍了，扛回家吧。"阿旺如临大赦，感激涕零，走了。

夜里，宇鹏躺在小屋里，看着如豆的火苗，辗转反侧——自己怎么可以这样做呢？忽然踢踢踏踏有脚步声传来，宇鹏一惊，悚然而起。难道这事被场里知道了?! 脚步声近了，宇鹏更加紧张了！接着是"嗵嗵嗵"的敲门声。宇鹏忐忑不安地开了门，原来是阿旺。阿旺手里提个篮，里面装了松花饼、山笋干和番薯粉面，满满的。阿旺是来感谢他的。阿旺说："我也知道国家的树不能砍，但家里父母有病，儿子先天性心脏病，困难，也是无奈。"宇鹏眼里含了泪花。俩人又接着说了很多很多的话。阿旺看到桌子上的象棋，说："你喜欢下棋？"宇鹏说："是啊，可是没人下，有时候烦，就自己跟自己下。"阿旺说："我跟你下吧。"宇鹏在学校里是学过下棋的，开局下得严谨，一会儿就领先好多了。但到中局优势就没有了，原来阿旺是村里的象棋高手。俩人棋逢对手，纠缠着，一回来一回去的，直下到深夜。阿旺说，"我要回了，明天还有活，以后我还来陪你下棋吧。"宇鹏连连点头，像是得了阿旺的恩赐。

宇鹏天天盼着阿旺来，可是阿旺没有来，一直没有来，宇鹏又陷入了深深的孤独之中。直到一个月后的夜里，阿旺来了。宇鹏高兴得满眼晶莹的泪花。阿旺歉意地说："这段时间忙，没来陪你下棋。"宇鹏哪里还管啊，连连说："你来了就好，来了我就高兴。"又是下了半夜的棋。此后阿旺常来陪宇鹏下棋，还时常带些家里的土产和新鲜的蔬菜来，俩人成了莫逆之交。又一天夜里，又是下了半夜的棋。临了，宇鹏说，"家里还行吧？"阿旺默然。宇鹏沉默了一会儿，轻声地说："去砍棵树吧。"阿旺睁大眼睛，定定地看着宇鹏。宇鹏又说，"不要砍那名贵的，捡那些贱的歪脖子的砍。"阿旺点点头，出去了。此后，阿旺还经常来，还跟宇鹏你死我活地下棋，也常常带棵歪脖子树回家。

不久，阿旺被林场公安局带走了。阿旺家里经常有树，有人把他举报了。阿旺说："树是砍了不少，但都是破树、歪脖子树，那个大学生看得严，自己都是半夜进山，砍倒了，第二天半夜再去扛回来。"

阿旺因为砍了国家不少树，被判了重刑。

宇鹏看着一堆棋子成天发呆，心里说不出的难受，不久便辞职，南下打工去了。三个月后，宇鹏给阿旺的家里寄钱，署名：深山棋友。此后每月都寄。阿旺的老婆来看阿旺，跟他说了这事。阿旺说："收了吧，回信让他还下棋，让他等着我。"

# 五年计划

　　毕业五年后，丁涛差不多适应了机关里的老爷作风，每天一杯茶，一张报，人也变得慵懒。其实丁涛心中还是有许多理想的，但明日复明日，至今连一部《红楼梦》都未读完。

　　年底，县里组织了干部体检，丁涛与李川一起去了。医生拿着体检报告脸色凝重地告诉丁涛得了癌症，还有五年的生存期。这无异于晴天炸雷，丁涛心里非常难过，自己才三十岁哪！稍一冷静，让李川先替他保密。

　　糟糟惶惶回到家，丁涛无力地把自己丢在床上三天三夜。无奈之中也算想明白了，人生本来就有许多不测。既然只有五年了，就该认真地想一些事，抓紧时间实现一些人生目标吧。

　　于是他制订了一个五年计划，罗列出自己最想做的事，归结如下：第一，每天起床先默诵兰德的一首小诗：我爱大自然，其次是艺术。我不与人争，输赢都不值。且借生命之火烘一烘手，火灭了，我拍拍手就走。第二，到长城走一走，到内蒙古看一回草原，到新疆看一看沙漠，到埃及看一看胡夫金字塔……第三，读十本书：《红楼梦》《百年孤独》《圣经》《荷马史诗》《鲁迅全集》……第四，到北京大学走读一年（少年时的心愿，当年几分之差未能如愿）；第五，每天记日记。第六，每个月回家看父母一次，同时看一回家乡的海……

　　写好看了看倒觉得一丝欣慰，只可惜这是第一个也是最后一个五年计划了，抓紧时间去实现吧！

　　此后的这段时间是艰苦的，丁涛想着自己仅有的几年时光，时时警醒自己，凭着顽强的毅力坚定地朝着既定的目标前进。四年又六个月过去后，该做的想做的所有的计划都实现了，哈，还提前半年呢。回过头来看看自己这几年走过的路感到既辛酸又欣慰——此刻丁涛那样强烈地感受到活着是多么美好啊，哪怕自己再有五年也好啊，还能做很多事呢！可生活是残酷的，思绪回到现实中，丁涛想最后还得为自己寻找一块合适的墓地。

　　星期天，丁涛带着妻女来到他的故乡美丽的海边小山村。在一处面海向阳的山坡上，丁涛平静地告诉她们说："我要死了，死后就葬在这里。"说完就向她们讲起了五年前体检的那一幕。妻女听后号啕大哭，丁涛的视线也模糊了……

　　悲恸过后，妻子说，"不对啊！你这几年身体一直棒棒的，还发疯似的做了很多事情呢。肯定搞错了！"

　　回到医院一查，医生说："你没病啊，身体很好。"丁涛张开的嘴巴合不拢了，说那五年前……这时有个护士告诉他，那时把他与李川的体检报告搞串了。妻子又喜又气，跟医院吵得凶凶的。一旁的丁涛恍若隔世，露出怅然若失而又无可名状的笑容，说算了算了。

　　丁涛算是死过一回的人了，之后他兢兢业业，干了很多事情……

　　无奈人生易老，一晃五十五岁的丁涛从局长的宝座上退下来了。他明白自己今生的主要事情做完了，得总结一下一生的得失，有哪些值得留念和回顾的事情：快乐的童年；读到几本世界名著；看过走过长城，看过戈壁滩，看过大草原；记了四年零六个月的日记……他惊奇地发现除了快乐的童年外，竟都发生在他被误诊以后的那五年间。从此后到退下来的二十年间竟是空白……

　　这几天丁涛心情很坏，感觉腰部隐隐作痛，到医院一检查——肝癌晚期。丁涛于是又想实施他的第二个五年计划。无奈这回是真病了，一个月后，他离开了人世。

# 嚼得菜根，百事可做

那年我刚毕业，一个偶然的机会认识了他。他在饲料公司工作，也刚毕业，住着公司的单身宿舍。他给人的第一印象就是长得怪：下巴突出，嘴巴阔大，活像"北京人"。没多久公司要回了他的单身宿舍，他在外面找了一处空房，我们俩合住在一起。我是一个很懒的人，跟他搭伙，买菜做饭灌煤气什么的都他一个人干，有时脏衣脏袜都是他替我洗。他除了能干活，生活非常节俭，他在公司里管着仓库，就常用小袋子把掉落在地上的做饲料用的黄豆装起来带回家。那时我们的伙食就是一大碗炒黄豆，加上一个青菜汤。只是到星期天他才买两条小仔鱼，用火狠狠地煎熬，烧得很好吃，我至今记得。

他说他的刻苦和节俭，都是他母亲教给他的。他家在山区，是一个革命老区，有一部影片叫《浙东今夜暴动》，讲的就是他家乡的事。山区很穷，他家本来条件尚可，父亲是一个区里的武装部长，可"文化大革命"时遭迫害，于一九七二年在他八岁时死去了。父亲死后，剩下他与母亲相依为命，形势一下严峻起来，家里几近揭不开锅。十四岁那年他到区里的中学读书，从家里到学校得走两个多小时的山路，他总是在星期天下午离家去学校，到下个星期六下午回家，在家住一晚上，第二天下午又赶回学校。母亲很心疼他，用旧的破衣裤为他做了一双布鞋。他很高兴总是穿着。然而一到村口，母亲看不见了，他马上就脱下来拍干净，夹在胳膊窝下，赤脚走到学校。在学校穿一个星期后，又赤脚走回家，到村口了，再穿上布鞋。这样一双布鞋总可以穿好几年。

可是他脑瓜子并不灵，初中毕业后考中专（那时上中专是国家包分配的），考了八年一直没考上。家里老母根本没钱再给他补习功课了，在这八年里他基本上是半年打工赚学费，半年补习功课迎考。那时是二十世纪八十年代，打工也很难，他一个十多岁的人到处找，终于在临近的一个县乡下的土窑里找到一个工作，一直在那干了五六年。白天给人拉砖，晚上给人看窑水。土窑在离村庄很远的野外，他就一个人住在旁边的茅草房里，土窑烧砖到一定的时候要闷窑，窑头盛着一坛水，得定时加水。冬天的时候每天晚上十二点和三四点的时候总要起来给窑头加两次水，他从来都没有忘记过。当地人看他很苦，都用方言叫他"三门人"，话里透着同情和关切。村里一些妇女，孩子考上了中专或大学的，就把他们用过的资料拿给他，整筐整筐的。他跟我说起这些事来至今记忆犹新。

一九八八年也就是第九年的时候他终于考上了省粮校。在学校里他除了刻苦读书，曾对两个女孩子倾心过。一个是本县一个家境殷实的女孩子，他非常喜欢她，但没有成功，很大的原因是他那对不起观众的长相和贫寒的家境。这使他受了很大的打击。另一个是同班不同县的一个跟他有着相似遭遇的女孩，班级里发贫困生助学金的时候，他总是仗义执言要给那个女孩，女孩很感激他，毕业后还来看过他，两人一直联系着。

毕业后好不容易分配到县饲料公司，他做什么事情都认真刻苦，从无怨言，再说单位里的那点苦差事对他来说根本不算什么。很快他就得到了领导的赞赏，还被派到北京进修了几个月。可不久公司就不景气了，先是分流一批人，他也在其列。他借了一点钱与一个同事一起开了一个饲料店卖猪、鸭等饲料，头一年赚了一些钱，在一个好心同事的帮助下在城郊买了一块地，造了一间楼。听说他造房子，当时我是根本不相信，可他却千真万确把房子造起来了。房子造好后的第一件事就是把老母亲接来住。

也就在这个时候，他的那个同班女孩也在当地的粮管所下岗，没多久女孩来到杭州找了一份工作，可转天就打电话给他说，为了找工

嚼得菜根，百事可做

作而从家里带来的一千元钱被人偷了。他安慰她一番后，第二天就赶了二百五十公里路到杭州找到她，把身上仅有的八百元钱给了她，女孩感动的眼睛死死地盯着他。这时电话响了，是一个男的，听得出也是来安慰女孩的。女孩对他说：自己找了男友了，是她家乡的，他家给了她家很大帮助，家里人都这么认为了，她是没法拒绝的！女孩含泪对他说，希望他能找到一个好妻子。他为了不至于碰上女孩的男友，在那里只待了三十多分钟就转身离开了。不久就找了一个啤酒厂的下岗女工结了婚。

可第二年饲料生意就不好了，再转年就彻底不行了，同时他也彻底下岗了，这时他已有了一个孩子。自己卖在外面的饲料收不回钱，可找他要账的人却天天上门。无奈，他的妻子带着儿子回到娘家住，他则又外出谋生了。先是与人一起在宁波一带拆旧房子，那边城镇化进程快，很多还不是很旧的老房子都要重新拆建，他们承包下来，拆些旧料卖点钱。这段时间里他曾来过我家里一次，说起前景还挺乐观的。可几个月后的一个早晨，他忽然打电话到我家里，说在那边饭也没得吃了，叫我寄二百元钱给他。我赶紧问他存折的账号，他匆匆地说了一下，我刚记好，想跟他复核一遍，他却慌忙挂了电话。我估计他可能是兜里的钱付不了电话费了。

此后四五年间我一直没有他的消息。可就在今年七月我出差到东北，却在街上偶然碰到他了。我很惊讶！他说那次被人骗了，身无分文，说我寄给他的五百元钱救了他的命，对我很感激。后来他觉得还是做自己的本行好，而东北饲料工业发达，他就辗转来到了这里，在一家饲料生产企业里遇到了一个好人。那家企业规模很大，老总跟他的经历颇为相似，甚至比他还曲折：先是一个个体老板看中了他的忠诚老实，答应把女儿许给他了，后来老板女儿看他人太老实，就不愿嫁给他。那老板过意不去，给了他几笔业务，就这样他渐渐做成了现在的规模。老总先是给了他一个看仓库的工作，但暗中一直在关心他，很快就看中了他的优点，慢慢地委以重任，就在不久前他当上了办公室主任，年薪五万元以上。他说太想太想母亲、老婆和孩子了，过阵子准备回家过年，还特地说要来看我。我看了看他有些沧桑的脸，忽然意识到他已过了不惑之年了。我忍不住问他："这些年来，你觉得苦吗？"他呵呵二声，露出一丝悠远的笑，说："也没什么，我觉得人不能怨天尤人，只要你付出了，生活最终会回报你的。"我沉默了，我常常为自己在机关里当一个小公务员而愤愤不平，现在想来是多么的可笑。仅仅是因为当初我分在一个事业单位而跟他有了如此区别！

我既为他遇到了一个好人有了一份好工作而高兴，更希望他的生活能从此安定下来。晚上我不住宾馆，就住在他的单身宿舍里。很晚了还是睡不着，我随手翻起一本杂志，看到这么两句话："嚼得菜根，百事可做"。

# 我明天请你吃早餐

一天我去一家早餐店吃早餐。旁边坐着两个三四十岁的中年人，皮肤黝黑，脸色蜡黄，衣着破旧，一看就知道是打工的。

一会儿他俩吃好了，都站了起来。这时突然从我的背后传来俩人大声的争吵。我赶紧转身，只见个子高一点的用双手拽住个子矮一点的衣领狠狠地往墙角推去，矮个子打了一个趔趄差点摔倒。高个子赶紧从自己身上取出五元钱塞给老板，老板的手刚接着钱，矮个子闪电般从后面蹿了上来，越过高个子推开了他的手……一来一去，两人吵得很凶，差不多要上演全武行了。周围吃早餐的人立刻四散开去。最后听到矮个子大声喊："说好是我请的嘛！"当大家明白他们只是争着付钱时，连老板一起都笑了（几元钱的早餐费值得这样夸张吗）。我看见老板最后还是收了矮个子三元四角钱。然后两个人在众人的笑声中离去。

果然一个是搞搬运的，拉着手拉车，一个是拉黄包车的。我赶紧追了几步，迈上矮个子拉的黄包车。我就问他，"你们两个是……"他说："老乡，都是贵州来的，家在大山里面，很穷。没有办法只有出来打工。"我问："生意怎么样？"他说："运气好的话，一天能落下十几二十元，下雨天要好一点，只是浑身的衣服都要被打湿了。"我问："你们两个经常在一起吗？"他说："平时各忙各的活，不大在一起，昨天不是农历九月九嘛，几个老乡一起到快餐店吃了一顿饭，花了十九元八角，我们一共六个人，都同时从口袋里掏钱，一边喊着：'我出三元。''我出二元。'我前几天刚往家里寄了一点钱，身上只有三角钱，于是我说：'我出三角。'他说：'我出五元。'这不，不好意思嘛，回头我就跟他说，'我明天请你吃早餐。'"歇了一会儿，他又说："他看我家里的负担更重些，就抢着付钱了……"

看着眼前这个弓起背拉着我的农民兄弟，我忽然不安起来，心中对他肃然起敬。我沉默了，也明白了——有些事情在我们看来是如此的可笑，然而对另外一些人来说却是一点也不好笑的。

# "投篮" 的快乐

去年夏天的一个下午，我闲着无事，早早来到学校接孩子。

空旷的校园在琅琅书声中显得越发寂静，操场上两个篮球架高大得有点怪模怪样。下面有两个人，一个七十多岁的干瘦的老头和一个三四岁的孩子，像是祖孙俩。孩子仰头看着篮筐，一动不动，很认真的样子。老头慢慢弯下腰，脱下脚上泛黄的拖鞋，向上掷向篮筐，不偏不倚，正中篮框。老头伸手接住拖鞋，再次飞身上篮，又中了！老头的这一举动逗得孩子咯咯大笑。老头继续投着，小孩却用手去挖老头另一只脚上的拖鞋。老头会意，立即脱下另一只拖鞋投起来。只见他身轻如燕，两只拖鞋交替上升，飞舞着穿越篮筐。小孩笑得前仰后翻，一脸灿烂。他用力推开老头，使一只拖鞋掉在地上，然后捡起来，也学着投了一下。结果一出手，立即从水平的方向掉在了自己的跟前。试了几次，都不行。于是，小孩又把拖鞋送到老头的手里。拖鞋在老头的手里像变魔术似的又开始上下翻飞，小孩又咯咯大笑起来。一会儿，小孩一手拿着拖鞋，一手拉着老头，往另一个篮球架走去。老头会意，到了另一个篮筐下又投，孩子又笑。老头身手敏捷，或许他少年时就是一名优秀的篮球运动员呢。

这时，下课铃响了。学生们陆续走出教室，操场上布满了人。但那祖孙俩旁若无人，一个不停地投，一个不停地笑，引来无数围观的人。有人忍俊不禁，有人会心地笑了，就是没人打扰他们。一会儿，挤过来一个十岁左右的学生，叫了一声"爷爷"。然后爷儿仨一起走了。

我发现他们绕过山坳，穿过一片南瓜地，走向山那边的小山村。夕阳照在他们的身上，拖出长长的影子，画在南瓜藤和豆叶上，充满了晚归的意趣。先知书上说："贫穷而能听听风声，也是好的。"他们那种无忧无虑的快乐真让人羡慕。

可是生活中我们很多人都不快乐，我们以为快乐是需要很多条件的。有十万，你会说"当我有一百万的时候，我就可以快乐了"；没有车，你会说"当我有了车的时候我就可以快乐地生活了"；你是副科，你会想"我要是混个正科那就满足了"。你如果这样想，那么当你有了一百万的时候，你会因为没有一千万而更加苦恼；当你有了车的时候你会因为别人的车比你的更好而烦恼；你混了正科的时候，会加倍地想着副处。

其实，生活的最终目的是快乐而不是追求成就。快乐更是我们的先天禀赋，无关清贫与富有。孔子就很佩服他的学生颜回，说："贤哉，回也！一箪食，一瓢饮，居陋巷，人不堪其忧，回也不改其乐。"

让我们抛开种种不快乐的枷锁，快乐生活在当下。

"投篮"的快乐

# 有用的废纸

办公室里别的东西不多，破书破纸破文件时常有一些，因此就常有收废纸的人光顾。

我先前有个习惯，办公室平时不整，等到乱得不能再乱的某一天，集中清理一次，主要的也就是些废纸。因此，收废纸的人来了，总能给他一些。我从来不卖，都是送给他们的。有一个老婆婆经常来我的办公室，每次我总是或多或少给她一些。后来我不一样了，一发现废纸就及时清理，丢进门口的垃圾桶里，尽量让办公室里的"纸"都保持在有用状态。收废纸的人来了，也就无纸可送了。后来那个老婆婆又来了两次，我翻来覆去都无纸可送。

过几天老婆婆又来了，我同样无纸可送。她还是笑眯眯的，但就在她转身的瞬间，我看到了她脸上失落的表情。我立即趴在窗户上看她走出办公楼的身影——一脸蜡黄的她佝偻着身子，牵着一个衣衫褴褛的小孩，迎着寒风走了出去。我心中一惊，她的生活一定不易。也就是说我随手扔进垃圾桶的废纸对她来说，可能是很重要的生活来源。

此后，我一有废纸就整理出来，放在办公室的一角，等待她的到来。我已经整理出一大堆了，可是她没有来，好长一段时间都没有来，难道是她来了几次都发现我没废纸，就不来了？正在我心中内疚的时候，她来了。我如释重负，把一大堆废纸全给她了。她很高兴，跟我说，孩子他爸挖煤死了，他妈跟人跑了，孩子马上就要读书了，得卖点钱供他上学。我的心头一沉，原来她的生活真的很困难。

后来，她经常来，有时办公室里实在没废纸，我就给她几本杂志或一本书。她怀疑说，这是书啊，我说没用了的。反正我再也没有让她空手回去过。其实很多书和杂志堆在办公室里也是废物，就是有点用，也比不得她的生活更重要。

过年后，她送给我一盆水仙花。她说，放在你的办公室里挺好看的。我很惊恐，她买这盆水仙花得几十元钱吧，我送给她的废纸还不值她的水仙花贵啊。于是，我问她多少钱买的，我要给她钱。她说，是自己家里的。我这才收了。

从此，我更加深信办公室里的废纸是有用的，一有了废纸，我就当宝贝一样收集着。

# 相濡以沫

我小姨在县人民医院的 ICU 上班。常听她说起 ICU 里的感人故事，也因此我对这个由三个英文字母组成的神秘地方有了感性的认识，并慢慢充满了好奇和感慨。有一天，一个亲戚在平滑的水泥地上突然脚底打滑，摔了个后脑着地，被紧急送往 ICU。我因小姨这一层关系当了陪护。

ICU 是重症临护病房，是医院里颇有些神秘的地方，里面住着的全是重症和病危病人，有着最先进的设施和最专业的护理。陪护的家属是不能随意出入病房的，只在每天下午 4：30 可以探望半个小时。每个病人可有俩人陪护，陪护的人平时只能在外面的走廊里待着，整天除了凑钱，其实什么事情也没有。

那段时间里，病房里住了四五个人。陪护的家属们在走廊里走来走去，很烦躁又很无奈。他们一边小心翼翼地说着话，一边不时地朝病房紧闭的门缝里张望。我看到有位白发苍苍的老太太不断地重复着这样一句话："我要求不高，只要我老头还能有一口气，哪怕成了植物人，我也高兴，也愿意天天看着他，每天摸着他温暖的手，给他洗脸，跟他唠叨。"听着她的话，我很感动，仔细地看了她的那个姓胡的老头，看上去气色还不错，我只有在内心祝福他。

几个月后，我又来到 ICU 陪护病人。惊讶地看到那个胡姓的老头，恢复得很好啊。他坐在走廊的木条凳上，不停地自责着："都怪我，都怪我！没叮嘱你按时吃药，害得你现在不会讲话了，好可怜啊!"一边说,一边又把头挤到那个窄窄的门缝里张望。我小心地求证了先前那个白发苍苍的老太婆就是他的老伴,现在是她,住进了ICU病房。他看上去很无助的样子,偶尔会低着头在走廊里走,边走边摇头。还不停地自言自语:怎么可能呢?怎么突然就不会讲话了呢?显然他对妻子的中风毫无心理准备,一时无法接受,他是多么希望突然中风的妻子又会奇迹般地开口说话了啊!每过一会儿他就去敲值班室的门,他是怕护士睡着了,把他妻子的药给忘了。回头,我又见到他,只见他不停地打着自己的头:"清醒点,活着就好,活着就好。"我眼眶潮了,喉头硬硬的,在一边轻声地安慰他:"会好起来的。"却感觉这话是那么的苍白和多余。活着就好!是啊,活着本身就是一种温暖和希望。

老头和老太在人生的暮年相互支撑着,坚强地活着,淡淡的、默默地,却是生死相依。让我想起了《庄子·内篇·大宗师》里讲的那个"相濡以沫"的故事。冬天,一口美丽的湖干涸了,湖底的软泥里两条鱼相互吐着泡泡以唾沫湿润对方,直到来年春水涨起来。

# 谁让我们收藏了善良

一天，上班的路上看到一个衣衫破旧灰头土脸的中年人，初冬了，还穿着单衫。他用双目注视着匆匆的人流，当我经过时，向我伸出了手，说："叔叔，给我一元钱吧，我想买个包子吃。"我看他的年龄少说也大我十多岁吧，这一声叔叔叫得我心头一阵酸楚，我问："为什么？"他说："我是贵州来的，到这儿找一位老乡，可是那老乡因工伤折了一条腿，五天前回家了；我没找到工作，身上带的钱也用光了。"再看他一脸落寞的样子，我很想给他钱，可又怕上当，我想了一下，自以为聪明地说："你不是饿了吗，那我带你到包子铺买个包子给你吧。"他点点头。到了包子铺，他又提出能否买碗方便面给他。我虽然有点不高兴，但还是买了一碗方便面给他，然后上班去了。

到了办公室，我跟同事们说起此事，三个同事都不以为然，笑我，说我是妇人之仁，上当了！小李还情绪激昂，慷慨陈词："我们的善良被欺骗得太多了——有的小女孩被人打折双腿匍匐在街上乞讨，有的把个女婴弄得半死不活的，绑在一个十二三岁的女孩的背上在街头临风乞讨，等等诸如此类，我们每天在生活中亲历的，听说的，报上电视上看到的太多了！"以至于几个同事都大发感慨，有的甚至说以后碰到这种要钱的一概不给。

这时同事老王进来了，说在门口的包子铺旁边看到一个中年人在狼吞虎咽地干吃方便面。老王说："中年人向老板娘要开水，老板娘不给，于是只好干着吃，看来是饿坏了。"我的心往下一沉——他没有骗我，他是真的遇到困难了。我想对于一个真有困难的人，别说三元五毛钱的方便面，就是三十元甚至上百元我也会给他的，别的人也会给的！至于我的这几个慷慨陈词的同事，我知道他们的心地都是善良的，也都是乐于助人的。只是，在许多时候，他们都把善良收藏起来了。我忽然又想起，那个中年人刚才用祈盼的双目注视匆匆的人流，是否在找一张相对善良的脸呢？唉，是谁让我们收藏了善良？！

# 良心的牢狱

又一个生活的悲剧——老根家十五岁的儿子脸色煞白，僵卧在门前的马路边，人已经死了。鲜活的生命说没就没了，一家人发了疯似的，女人哭天抢地，男人痛苦地抽噎。

交警队朱队长带了两个人来，一看现场，心就往下沉，又是一起交通肇事逃逸案！可恨的是昨晚的一场大雷雨，把石子马路冲洗得干干净净，什么也没有留下。这样的事儿多了，朱队长的心就像山一样沉重。

一连几天，朱队长满脑子都是被害者家属悲恸的神情。正在一筹莫展的当儿，却接到一个陌生中年人的电话，案情于是有了转机。肇事司机归案了。

法庭开庭那天，被告席上站着一个二十岁的年轻人，无精打采，目光不屑地扫着证人席，恨恨的。证人席上坐着本案唯一的证人，五十岁的中年人。灰岩一样的脸色和粗糙似的皮肤见证着岁月的艰辛，一双温情的眼睛流淌着眷恋和关切，不时瞥一眼被告人。这是一对父子哪！

父亲坚定地指证了儿子交通肇事的事实——那个深夜，大雨滂沱。他俩从千里之外的煤矿拉煤回来，带着两天两夜没合眼的疲乏，儿子开着车，行至一盘山公路，马路边闪出一团黑影（路边的小山村有人半夜到屋外上茅房）。撞上了！儿子一声惊叫，半天没回过神来。惊魂甫定后，儿子疯了似的重新发动汽车，狠命地踩下了油门。

父亲原在部队里是开军车的，转业到地方后，一直开着旧车在一个煤炭公司里拉煤。十年前又与妻子双双下岗。生活是艰辛的，成绩优异的儿子成了他们全部欢乐的源泉和生活的动力。为了能让儿子顺利完成学业，父亲每天起早摸黑，拉着破解放车吭哧吭哧到处跑。去年儿子考上了名牌大学，一下要好几万元，父亲硬是没少一分钱，让儿子体面地上学了。也就在去年的暑假，拿到大学录取通知书的儿子，硬要学开车，说是要分担父亲肩上的担子，父亲挡不住，只好让了。父子情深哪。

又是暑假。儿子看着日渐苍老的父亲，心中酸楚，说什么也要在暑假里帮父亲一块跑几趟运输。半路上儿子接过了父亲的方向盘，然而人毕竟不是钢铁啊，连日的疲劳终于使悲剧在那个大雨滂沱的夜里发生了……

坐在证人席上，父亲的眼里满是忧伤。他望了一眼儿子，开始了缓缓的述说："二十年前，我在老板的逼迫下，一直开着疲劳车，终于，在一个月黑风高的夜晚撞死了一个人。我当时也鬼使神差地跑了。你知道吗，二十年了，我的心中一直背负着这个沉重的十字架，灵魂一直像被虫子噬咬着。很多次我都想去自首，只因父亲早亡，你刚出生，家里负担过重而没有去。我想好了，等你大学毕业后，就去自首。你不知道逃逸对于受害者家人的伤害有多大，我记得我曾经跟你讲过，我的父亲也就是你的爷爷就是让车给撞死的，至今没找到肇事者哩。儿子，咱们做人要堂堂正正。良心的牢狱远远大于身体的牢狱啊！身体的牢狱是有期的，良心的牢狱，却是无期的。背上良心的包袱，你将一辈子得不到安宁。儿子，请你相信我，我以我二十年的内心经历佐证我们今天的选择将会是正确的。"

父亲面容悲戚，站着，如同一尊雕塑。不知不觉间，一些人的泪水静静地流淌了下来。

儿子因交通肇事罪被判入狱一年。父亲有罪，但二十年了，法庭表示已过了追诉期。

多年后，当地来了一位新的交警队长。每个月都要给驾驶员上两次安全教育课。每次都讲那个大雨滂沱的夜，讲珍爱生命，讲他的父亲，而且一讲起父亲，交警队长总会泣不成声。讲起那一年的牢狱生活，他总说那一段经历把他整个人从肉体到灵魂重新锻造了一次，让他可以坦荡地面对一切厄运。

此后当地的交通事故一直很少，再没发生肇事人逃逸的事。

# 花　嫂

　　花嫂生于山村，是个花匠的女儿，住在我老家隔壁，少女时代就酷爱养花，特别爱养菊花，那时人们就笑称她为花嫂。花嫂常常把各色菊花培育得姹紫嫣红，白的黄的红的粉的，煞是好看。

　　一个偶然的机缘，花嫂来到城里，没想到竟在城里立足生活了一辈子。

　　退休后，花嫂迫不及待地回到了日思夜想的小山村。开始了她中断四十年的养花生涯。她造了间小屋，在小屋周围种了一院一院的菊花。花嫂特别喜爱白色的菊花和黄色的菊花。白色的花瓣袅袅娜娜、细细纤纤的，青葱嫩白。花朵儿傲霜凌开，冰清玉洁，高贵雅致，像圣女一样。黄色的花瓣四展开来，花朵儿团成球，开在秋后山野的风里，充满生机和野趣。花嫂精心把这些菊花修剪成各种姿态，有的昂首怒放，有的倒挂枝头……经过三年的培育，房前屋后开满了菊花，千姿百态，分外妖娆。特别是白菊花和黄菊花开得更是漂亮，黄白相间十分迷人。村里人都没见过这么漂亮的菊花，个个惊叹不已。先是路过的人都要久久驻足，细细观赏。后来就有人专门来看菊花，一拨一拨的。花嫂很欣慰，请进门，带着他们看不同品种，各种姿态的菊花，闻着淡淡的菊香。

　　村里人都非常喜欢花嫂的菊花，羡慕不已，但知道花嫂爱菊如命，都不张口。终于有一天一位伯母小心翼翼地对花嫂说，能不能送她一棵菊花。花嫂欣然答应，亲自挑选了一棵最好的送给她。隔壁阿秀得知花嫂的大方后，也登门求花，原来她想花嫂的菊花有二年多了。花嫂也很开心，又挑了最好的一棵送给阿秀。接着全村的人都来向花嫂讨要菊花，花嫂每次都含笑相送，且总是拣好的送。不久满园的菊花全送完了。我不明白嗜菊如命的花嫂怎么会把满园的菊花慷慨地送光呢。花嫂微笑着对我说："你不知道，三年后山村里将飘着一村的菊香。"果然不出花嫂所料，三年后飘起了满村的菊香。并且花嫂的园子里又盛开着全村最好的菊花，人们都把自己种的最好的菊花又送还给花嫂了。花嫂每天坐在园子里看着满园的菊花，特别满足。

不久，山村要向山下移民了。花嫂知道，这样的移民就类似于她年轻时的进城，这满村的菊花是要被丢下了。然而花嫂还是拼命地劝说乡亲们带上些菊花，有人说那里不能种菊花了，花嫂说在阳台上也种一棵吧。可还是没有人带，人们带的都是些值钱的有用的东西。山村搬迁了，满村的菊花像遭了狂风暴雨的袭击后东倒西歪，伤痕累累。花嫂很伤感，把遭了殃的菊花慢慢扶好，一棵一棵移植到周围的山野上。之后花嫂就明显老了，不出一年，走了。山上的菊花却开得漫山遍野，生机勃勃，飘着满山的菊香，一年又一年。

数年之后，迁走的村民陆续到山上来看菊花，有的人还小心地挖几棵带回去，种到家里的阳台上。

# 一小时零七分的冬日阳光

在钢筋水泥的丛林里我们每天见证着破坏与建设。我们单位因办公楼拆建，不得已搬到一个旧街区，那是个老电影公司的办公楼，四层的，已老旧。一楼是旧货回收商店，二楼是一群民工租住，三楼是我们的办公室，四楼是一个影楼。整幢楼的形状是木匠做工用的曲尺状，向北弯曲和另外的房子组成一个小四合院。北面是宾馆。南面是一条拥挤的老街，街上有服装店、网吧、美容店、酒楼，还有一对每日午后都要在街边横炮跳马的老人。夜里对面的南山舞厅里不时传来悠远的舞曲：没有情人的情人节……整个环境就像热情的吉卜赛女郎的舞姿一样，充满叮当作响的生活气息。

转眼到了冬日，由于办公室离家较远，中午的时候我就在街上胡乱吃点东西，然后在办公室里陪伴电脑度过。诗人巴尔蒙特说过："为了看看阳光，我来到世上。"人们对冬日的阳光总是分外地渴求。一段时间以来，我因羡慕四楼美好的阳光而常常看到四楼阳台上一个年轻女孩的身影，她坐在那曲尺的拐角处慵懒地晒着冬日的阳光。由于所处楼层的不同，我所在的三楼虽有几缕阳光，但却是阴冷的，稀疏的，而女孩所在的四楼，阳光却很充沛，很温暖。每天中午，日光照在白色的墙上，我在三楼她在四楼，我看看她，她看看我，四目相对，机械、冰冷。三楼一个我，四楼一个她。相隔一层楼，四五米的距离。

我很想上去享受一下四楼的阳光，可是我不认识她。然而那冬日的暖阳对我的诱惑太大了。又一个午后，我终于怀着忐忑的心情向四楼移去，她正在洗一个饮水桶，我不好意思地笑笑，她也许知道我的心思，微微一笑，到房间里拿出一把黄色的很艺术的弧形摇椅请我坐下，接着捧出一杯冒着热气的白开水放在走廊的栏杆上，然后到楼下的邮箱里拿上来一大摞报纸给我看，最后到房间里拿出一包葵花子儿、一个烟灰缸、一个废纸篓放在我与她之间。我先是有点不好意思，再就是一阵莫名的感动。白色的墙，黄色的地毯，相距很近的两把摇椅里坐着两个陌生人，静静地晒着冬日的暖阳。她穿一身灰白相间的格子短大衣，一头披肩长发——青春恬淡，应该是远离时下酷一代和炫一代的女孩。

我们喝着开水，晒着太阳，十分闲散地聊着没有主题的话。交谈中得知她的家乡就是我年轻时工作过的一个小镇。她十九岁开始在县剧团工作，几年前剧团解散，现在与文化局的一个有较深造诣的摄影师傅合伙开一个不大的影楼，就叫米亚罗影楼，做新娘化妆，拍生活照、艺术照，每天做着美化别人生活的工作。师傅很忙，于是经常是她一个人独守影楼。因地理位置的关系影楼生意也不太好。

冬日的阳光柔和地晒在身上，仿佛涌向心田的暖流，抚慰着疲惫受伤的心灵，让人感觉分外的亲切。它在寒冷的天气中为人们送来温暖，在万物萧条中让人们感到亲切。在经历了春天的生机、夏天的激情和秋天的怅惘后，冬日的阳光让我们对生命的真谛有更多更深刻的领悟。微闭着眼睛，丢开世俗的烦恼，彻底放松地把自己抛在艺术的软椅上，这冬日的阳光便是人生的至高享受。

从 12：40 上楼至 13：47 我回到三楼上班。其间共一小时零七分钟。

两个月以后，照例是中午，我在办公室上网，她突然来到我的办公室。淡淡一笑说要为我照一张照片，要求我就站在自己的办公室门口，从四楼她常晒太阳的地方为我照。我有点摸不着头脑，但还是同意了。照好后，她说她的影楼为了发展业务要搬走了，还说这半年来她看惯了我站在办公室门口开门的身影，让她那孤独的身影有了一个伴儿。我恍然有所悟，于是也提出要为她照一张照片，我让她坐在四楼她常晒太阳的地方，我拿着她的相机就站在我的办公室门口为她照……

我们还约定为对方留一个电子信箱，有一些美好的东西就相互发送，但不得打听和主动告诉对方世俗中的事，譬如通信地址、家庭事务等，所以我至今连她的姓名都不知道。两年过去了，她已发给我五封邮件，分别是一只森林里美丽的红冠翠鸟，一座云雾缭绕仙鹤翻飞的小海岛……我要永远地为她保留一个邮箱，并时时打开它，我想保留它就是保留生命的美好和希望，打开它就是打开我的美好和希望。

在冰冷的城里，人与人之间是越来越挤了，而心与心之间就像漂移的大陆板块一样越来越远。当我孤独寂寞的时候常会想起她——一个晒着太阳的青春恬淡的女孩。

# 孤山雨，小花伞

那年秋天，我从江南走过。那一天，我来西湖看孤山。

早秋的江南清清瘦瘦的。从植物园出来，沿着曲院风荷走，潮湿的石板小路，衬托着一池安静的荷花。

前面是西泠桥，桥头那个六角亭子，是苏小小的墓。我在小小墓前徘徊了一阵子，往孤山走去。

天空阴凉凉的，西泠桥头不时飘来入骨的细雨。一群人从桥上鱼贯而行，尽管人是那么的多，我依然看见了一个风姿绰约的少女像舢板一样摇过西泠桥。

前面便是孤山了。往左不多远，一条上山的小路通向著名的西泠印社。我沿山脚走向前方那丛高大的桂花林。一棵棵颇有年月的金桂和银桂盛开了金黄和淡黄的花，香味袅袅扑鼻。桂花丛中有苏曼殊的墓。

我来孤山是谒苏小小和苏曼殊墓的。喜欢曼殊缘于一本薄薄的书《百年梦幻》，书中才子无数，独怜自称"行云流水一孤僧"的曼殊。可曼殊的墓很偏僻，很凄清，有一年为了找他的墓不知花了多少时间。

桂香阵阵，微雨飘零；秋风轻涩、微凉。树落入雾中，孤山隐在雨中。

我从曼殊的墓出来，雨渐渐大了。要找个地方躲一躲吗？一个人的旅途总是匆匆的，一停留，怕思念会泛滥。不敢停留，又被雨堵，很是尴尬，心中的落寞在滴落。

这时，忽然看见路边站着一个女子，花边小帽，白色T恤，草绿的旅行裤，打着一把花伞。咦，原来就是西泠桥上那只"舢板"。到这个清冷的地方来，应该也是看苏曼殊的。看她的样子，应该站了好一会儿了，我怎么就没发现呢。她主动对我笑了笑，我还了她一个笑。迷乱之下，我想低头赶紧走，不管风有多大雨有多急。

这时，她把伞伸过来，说一起走吧。我看一眼她的伞，那是一把小花伞，像一片嫩嫩的莲叶。

我们相互用眼睛注视着对方，各自的眼中发出柔和的光。我轻轻地对她说一声："谢谢。"她点点头，笑一笑。然后一起沿着那条弯曲的水泥路往前走，这叫不期而遇，还是未约而相逢。我说好久不见啊！她侧着脸，问，"你见过我吗?"我说见过。"在哪里?""心里!不然你怎么会给我打伞呢?"我又说，"你像钱塘苏小小。"她终于笑开了，说："我不是苏小小，但是为访苏小小而来的。"接着便背起了苏小小的诗："妾乘油壁车，郎跨青骢马，何处结同心，西陵松柏下。"清浅的笑声中，我们向前走着。

她伸着高高的小花伞，花伞像青花一样精致，不时地在空中辉映着蓝色的光芒。她把打着的伞，高高举着，努力地向我这边侧。这让我想起了冯骥才的小说《高女人和矮丈夫》。下雨天，矮丈夫总是为高女人打伞，高高地举着。直到高女人去世多年以后，矮丈夫在下雨天仍然把伞举得高高的。她说，"我怕雨，所以每次出门总是带着伞。"我默默地，心头被文火煨着。

"你怎么就为我打伞了呢?""感觉啊！人在世上走，很多缘都失散了，当然也有些缘会在路上找回。看着你淋雨的样子，我有点同情哦。"我的心里有朵花儿在慢慢开放，从苏小小到苏曼殊，感谢那个还有文学和爱情的时代。

雨落在桂花上，落在荷叶上，落在石径上，青石板路上一大片大片地洇开来。孤山素有"不雨山常润，无云水自阴"的美誉。可以想见，雨中的孤山是多么的缠绵悱恻。雨是孤山的精灵。我们带着小花伞在孤山放牧，牧淋漓的雨。我在雨中，她也在雨中。小花伞在雨中动骨摇肢、轻歌曼舞。

我拿过她手中的伞，打着。我们一起走在石径上，脚下传来一大片的跫音。我们走过空谷足音，走过云亭。

消瘦的西湖，曾经的莲花在开开落落之间只剩下荷梗和荷叶了。她真像西湖里那一池莲花，出污泥而不染，濯清涟而不妖。南朝《西洲曲》："低头弄莲子……莲心彻底红"。我想对她有一个亲昵的动作，不说她含羞带媚的，她的美本身就是一种迷人的禁止。

来到放鹤亭。从"妻梅鹤子"前经过，口中吟着"疏影横斜水清浅，暗香浮动月黄昏"。雨落在那个小池里，冒起一个个水泡。我们对着"妻梅鹤子"一个打伞一个拍照，不停地拍了许多照片。林逋是北宋隐逸诗人，一生隐居西湖，养鹤种梅，不仕不娶。

我们在雨雾中走，不知道风从哪个方向吹，只知道站在风上是那样的轻。转到山上，在雨滴穿林打叶声中"与心而徘徊""随物以宛转"。

回到山脚，雨小了，歇一阵下一阵。湖水绕孤山，疏烟淡日。从一个小茶馆前经过，一个闲坐品茶的老者，笑着对我们说："这伞太小了。"这是最入心的赞美。我们都笑了。

继续转过博物馆，看良渚文化、常书鸿美术馆……转过著名的藏书楼文澜阁。在楼外楼门前的石凳上我们坐着看西湖。雨雾中，湖光和水色朦胧地交融在一起。

楼外楼是杭州最有名的菜馆。"菰菜、鲈鱼八月秋"。我请她到楼外楼吃张翰的菰菜、莼羹、鲈鱼烩。她不肯，我们错过了江南楼外楼秋天思乡的美味。

走过断桥，各自散了。在如镜的水面，她的行踪流淌、消失，渐行渐远。她也是一个旅人。村上春树说，在人生的森林里，迷失的人迷失了，重逢的人还会再重逢。

走过孤山的人很多，然而孤山依然寂寞，并没有多少人真正读懂孤山的。同样，走过大地、走过山水，又有多少人懂了呢？

那年秋天，我从江南走过，我把江南还给江南，只带走——孤山雨，小花伞……

# 梅雨武岭

缘于一场文事，三个刚刚相识的人相约游武岭。

烟雨笼罩中，我们在武岭的街口，因为走错了入口而变得迷糊不清。在一群三轮车夫的吆喝声中，我们走进了一幢黑瓦白墙的仿古小楼，坐在木窗木门的二楼上漫不经心地用过午餐。转身站在阳台上，雨又下了。一瓣瓣的雨花落在院子里尚未干透的青石板上，慢慢洇开来，门口的两棵广玉兰的叶子已经被洗过好多遍，绿得发亮。正是梅子黄时，雨不请自来，在赶一场江南的盛宴。仿佛暗示着什么，又强调着什么，今天的雨下得特别精致。哦，这是一场经典的梅雨，适时地赶到，刚刚好。她与一个北方的女子未约而相逢，应是另一番缠绵悱恻的情怀吧。

没有风，雨独自在街上奔跑。我们试着在雨中走，雨点疏而大。翻开背包，找出一把伞，一把黄紫相间的格子大花伞。这是一把天赐的伞，我们撑着伞，在街上走着，成了一个可移动的家。一把伞，下面住着刚刚相识的三个人。江南的雨季里，天像是漏了，而有人又在天空中扎了一段篱笆，然后雨过筛子似的下着。伞的边缘滴下一串雨线，*丝丝密织着*，又轻轻掀动着，恰似我们之间似熟还生的帘幕。

一个江南人，两个北方人，一男两女，却不是夫妻俩带着一个女儿的常规组合。开始像是三个小孩，一会儿两个女人快速长成了母亲一起哄着男孩；接着被哄的男孩迅速长大，女人慢慢变小，又成了一个父亲与两个女儿的组合；一会儿又变回了三个孩子。伞屋在老街上轻挪曼舞，伞上滴答，伞里说笑，脚下踢踢踏踏……天光隐隐日淡淡，三个人在江南的小镇雨点浸湿的石板路上漫无目的地行走，他们变着法子在小镇上空放牧，牧这沁凉入心的雨。这是雨中的江南，湿润的江南，孕育才情的江南，旧梦繁华的江南。

　　武岭是那个尚未远去的朝代统治者的老家。我们一起走过武岭的城门，爬上小洋楼，是先主人夫妇的卧室。站在阳台上，外面香樟翠柏，剡溪清澈，雨细风纤，小镇青烟，这是一幅水墨江南的图画，更似一个失落千年的宋朝村落。漂亮的女主人曾在此泼墨作画。丰镐房、独立小楼、玉泰盐铺，我们徘徊在一个个老宅之间，那个时代故事繁多，多得无法诉说，我们只有倚着苍老的栏杆，侧目细看那些老墙上挂着的千年不干的笑脸。曾经的荣华都被遗忘在窄窄的过道上，那些幽暗、寂静、废弃的房子，从此沉默无声。

　　参观完故居，我们默默往回走。武岭老街上，绿是路边的玉兰，清是剡溪的流水，静是午后的街景，忧伤是雨中的行人。两个小时的时光，一会儿就走完了。回到那个街口，她们要走了，全无征兆。突然时间断裂了，我的心乱了。她去了机场，我回了家。断了的时间或许马上被缝合，缝合得天衣无缝；或许永远无法愈合，不时地散发出蓝宝石般幽蓝的微光。

　　梅子黄时雨，妹子、黄衫、雨。那一年，我们撑着大花伞走过武岭三里街。

# 笑而不言

　　小城，靠海。枕着涛声，日子像一条温暖的河，慢慢地流，波澜不惊。

　　她，小城的白领，世居在西山脚下，工作紧张有序，忙碌而快乐。

　　他，小城的文人，外来的，也住在西山脚下，天天在西山散步，一个人守着内心过着与小城若即若离的生活。

　　他与她，不相干，不相熟；生活的圈子离得远，八竿子打不到边。

　　他去西山散步，须拐进一个弄堂从她门前经过，绕过一段长满野草的山路。在西山，他走到西面，看夕阳落日，羡慕"日暮西山餐晚霞"的生活；走到东边，看小城万家灯火，像在布达拉宫上看八廓街和街上的玛吉阿米酒家一样。

　　在共同的街口，在弄堂的转角处，在她的家门口，他与她是经常碰面的。很多次了，但谁也不知道对方是谁，谁也不在乎谁。也许直到有一天他走了或者死了，她才恍然想起，"哦，原来他一直生活在我的身边呀！"不免愁思淡淡——生活其实包含了身边不相识的人。

　　小城小。在小城隐秘的人流中，有着某种隐秘的生活方式。不知什么时候起，她开始注意他了，碰上了，她会辨认似的多看一眼。一段时间后，他的目光也不一样了，确认一样东西似的。或许她在朋友的聚会上听人说起过他，或许他也在某个场合听人说起过她。他与她在小城属于时隐时现的人。此后，两个人的目光偶然碰上了，像火焰一样相互舔舐一下，又迅速地移开。常常在弄堂的转角处，那个九十度的墙角，回眸一望，顾盼生波。这样的机会似乎特别多，眼波流过，留下身后那条幽深寂寥的弄堂。

她家是一个小院子。他再从她门前经过的时候，她会喝住家里的小狗，不让它吠。

有一天早晨，她背着一副羽毛球拍，迈着轻盈的脚步，早锻炼回来。碰到了他。许是早晨清凉的风加上轻盈的身子，让她心情好。她慢慢拉开了嘴角，露出了轻盈的微笑。这惊心动魄的微笑是他毫无准备的，他慌乱得不知如何应对，低着头，把目光斜向路边的电线杆，匆匆地走过了。

此后，她碰到他，就常常笑，好像对他笑，又似乎只是对自己笑笑。有时在人群中都会踮起脚跟朝他看，表示我在这儿，我在向你笑呢。他自然接收到了，慢慢地回她的笑，没有她的灿烂，但更会心从容。

他散步的时间像康德一样准时。经过她家门口时，夏天六点半，冬天五点半。这个时间她必在家，要么楼上，要么花下，对着他笑。她家门口种有樱桃、梅子。枝叶伸到墙外，初夏时节，樱桃熟了，她会拿目光鼓励他摘食。他接她的目光，每次摘三颗。有一天，他看足球比赛，忘了散步，她的生活就乱了套。像康德因为看卢梭的《爱弥尔》忘了散步，而让沿途各家的时间都乱了一样。

他们还是经常碰到，在弄堂的转角处，回头望望，彼此笑笑。日子像水一样静静地流，波澜不惊。她没有相扰于他的生活，他也没有相扰于她的生活，但在彼此的生活中，却是最真实的存在。

时间是一个魔术师。多年之后，他们被调到同一座大楼上班。他九楼，她八楼，她竟然就在他的楼下。碰到的次数更多了。有了开始几次惊喜似的笑之后，似乎有些许的拘束了。有时，他看到她，她没看到，过去了。有时，她看到他，他没看到，也过去了。有时，相互看到了，若是边上有人在，只是微微地笑，只有彼此能够觉察到，甚至只是一个神情，需要用心捕捉。若是单独碰见了，就笑得大一点，间或有很亲、很乐的笑，有时候包不住，就裂开了，也无妨。

日子这样过着，他很满意，对小城的满意，对生活的满意。虽然他觉得有时候她笑得有点大了，但她的笑依然像一条温暖的小河，不时流过他的身体。

有一天，走楼梯，碰上了。二十几层的办公楼几乎人人都坐电梯的。暗洞洞的楼梯很少有人走，既逼仄又空旷。她在前，他在后。她回头，辨认似的嫣然一笑。她的笑似乎接通了他的笑。她再回头，发现他还在笑。她更恣意了，忽然开口说："你也走楼梯啊！"然后噔噔噔小跳着远去。

他惊呆了，惊愕于她竟然开口对他说了话。粗暴的声音刺进他的耳膜，生生地疼，整座楼都摇晃起来了。

小城那条温暖的小河突然崩裂了。西山像烈日下苍老的蒲瓜大片大片地碎裂。

# 那有一片紫芦花

　　小镇，藏在深山；人家藏在山褶里。一朗一朗的山根处一片田野、溪流、芦苇、荒滩。

　　上千年了，小镇的时间依然完好，整天在青涩的阳光下醒来，午后的风中打盹，黄昏降临时睡去。

　　"那有一片紫芦花哎。"小时候，我随父到小镇，一个女孩甜甜地说。

　　十年后的秋天，我来小镇看芦花。

　　沿着溪岸找到那片紫芦花，紫里透白的花穗在阳光下闪闪发亮。风摇着它青色的秆，紫色的花，在溪滩的鹅卵石上画出一片斑斓。

　　芦花下一间小屋。小屋门前，一条弯弯的土路，长着青草，通向番薯地。番薯地里有一个劳作的女子，正是当年那个女孩，如今已为人妇。

　　她从地里挖出一块块的番薯，躺在芬芳的泥土里，金黄的阳光抹在上面，有如新娘一般的可爱。

　　累了，她端坐在地头，圣女一般的安详。

　　秋天里的第一阵秋风吹着一窝没有蒸熟的空气，一阵一阵地跟她调情。乌桕树下，她耷拉着头，想睡了。她刚睡着，秋风又来吹她，把她吹醒了。睁开迷离的眼，山野太安静了，尚未出生一样。她又睡着了，风又来吹她。终于她睡着了，她实在打熬不住，也实在抵挡不了这原初的山野的风。她慢慢地学会了在风中睡觉，在番薯地头，最初的秋风中睡觉。她甚至可以在风中游泳。一个女子，一片山野，一阵秋风，一个原世界。

我一直寄希望于一个乡居的日子，我想永远自囚在小镇的时光里。秋风，紫芦花，番薯地，乌桕树，小屋，新娘……

第二年，我再来的时候，她走了，随夫进城打工去了。

我独守着紫芦花和芦花下的小屋，还有秋天里荒凉的空气，直到番薯地头乌桕树的叶子黄了，树枝上结出雪白的三颗籽，像一顶顶白色的帽子在风中招摇。

过了年，她回来了。小屋里，她端坐窗前，蒙娜丽莎似的笑着，看窗外舞动的紫芦花和小溪里的那潭碧水。

"为什么回来？"

"不习惯，汽油味，隆隆声，夜里总有车轮在头上碾过。没有溪水，没有番薯地，没有芦花，没有秋风……"

"哦，回来好。山野的时光好，何不出去走走。"

踩着野草走，长长的下午，锈迹斑斑的小路，摇曳的紫芦花，摇晃着那潭莹莹的溪水。

来到番薯地头，前面半山斜阳半山阴。那一天，她没有劳作，坐在地头的乌桕树下吹着风，敲着土颗粒，敲走时间。她说，"农民种地是不计报酬的，不像城里人开工厂。"

那一年，小镇的紫芦花开得特别紫艳。每一处芦花丛都是一个迷宫，里面有苇秆砌成的小路任你穿越；一片片发黄的芦叶会自我剥离，带着阳光的香气和体温垫在地上，成为你天然的床。那个秋天，我就在小镇看芦花，看紫芦花。

一年后，她又走了，还是进城了。

我站在溪岸上，看秋风。风中，紫芦花呼呼拉拉，她的小屋却像一片凋零的树叶。我独坐在小屋的门前，一丛紫芦花的花穗伸过来，抚摸着我的脸。那个下午，我一直呆呆地看着那串紫芦花。

阳光抹在地上，流血似的。溪滩上莫名地盛开着一棵罂粟花，殷红的花瓣在风中拉拉地张扬，扯出一份心痛。

多年以后，小屋坍塌，留下一垛墙，风吹在斑驳的老墙上，呜呜地发出金属般冰冷的声音。墙上那扇小窗还在，小破窗，风动芦花千百行。她一直没有回来，年年陪着小镇的是风烛残年的我。

"那有一片紫芦花哎。"耳边又传来女孩的声音。

# 水库，樟树，男人

海边的山村。清明节的午后，幽远宁静。

村口的水库边，长一棵古樟树，树下坐一个男人。

男人一动不动，仿佛一尊自远古走来的雕塑。

十五年了，此景不变。

男人家穷，兄弟姐妹七个，排行老四。

小时候男人非常聪明灵动。有一天爬到家门口的桑树上采桑葚，不小心从树上摔下来，左手肘部有点内弯，微残，但不影响干活。

因了他的缺点，三十老大的人，在十里八村要找个老婆生个儿子，就成了头等的大事和头等的难事。

也因了他的缺点，在家里，常受欺负。

全家就二哥不欺负他，可特严厉。二哥在县城上过高中，在这一带山村是不多的，在家里最有文化，是实际上的家长。

男人自小最怕也最服二哥。

家里也就二哥最关心他的大事，东托亲戚西托媒人，比男人自己还心急。

二哥终于在三十里外的另一个山村找到了一个女人。

女人二十八，小时候在水库里割猪草，不小心掉水里，被人救起后，脑子呆呆的，反应有点慢，但不影响过日子。

双方见了一面，都默认，于是择日结婚。

结婚的日子，男人自然最高兴，可最欣慰的是二哥。

新婚蜜月是人生最美好的季节，男人与女人互相嬉戏，打情骂俏，其乐融融。

特别是夜里的床上戏不知道要折腾多少回……

二哥就睡在隔壁，听得是清清楚楚。心里想，自己结婚那阵子还没有这么乐呢。

就连到田里耕作、地里种菜都双进双出，嘻嘻哈哈，你挑水来我浇园，使不完的劲，跟个董永和七仙女一般。

人们眼中的苦难生活被他们演绎得五彩缤纷。

二哥看着，慢慢地就不舒服，渐渐地就怪不舒服——也不自量自量，一个残一个呆的……好人还没这样呢！屁癫屁癫的，有什么好乐的！

二哥时不时嗤之以鼻，投过去鄙夷的眼光，时不时拉长个老脸，指桑骂槐……

都不管用。

二哥不免十分夸张地大声咳咳等，也没用。

男人与女人依然嬉戏，依然在床上折腾……

一天早晨男人与女人又在嬉笑。

二哥忍无可忍，大声说：

"一个呆子，还以为捡着一个宝了，这么高兴！！"

男人与女人便不笑。话是对男人说的，也是对女人说的。

此后男人与女人的房间里就少了笑声，进进出出也没了那份轻快。

原来那种和和美美、其乐融融的氛围已荡然无存……

男人有时会莫名地烦，看女人便不顺眼，特烦时，就打骂女人。

女人有时不经意地瞥一眼男人……男人心里也苦，不是滋味，总觉得以前那日子好。

一年后，女人产下一女婴，男人乐坏了。可女人的处境因此而更加恶劣，毕竟那时的农村只有生了儿子才能给女人带来地位。

"呆子，癫人！"

渐渐地女人受全家人的气，有时遭了男人的打，还要遭别人的骂……

女人整天神思恍惚。

深秋的午后，全家人外出劳作。女人抱着孩子坐在门口的稻草堆旁晒太阳……

傍晚，男人的母亲骂骂咧咧地回来，还赶着一头猪。看见女人悠闲地坐着，晒着落日，不禁怒火中烧——这么大一个人咋像死人一样，整头猪跑了都不知道。狠狠地臭骂了女人一顿。（原来家里的一头猪下午从猪栏里跑出去，把别人的一片青青的麦苗吃了个窟窿。）

挨了骂的女人默默地低着头，有泪盈眶。

一会儿抱着孩子来到村口的水库边——跳入了刺骨的寒水中……溺死了。

男人回来了，一通歇斯底里后，一直呆呆的，不说一句话。

他只是常常跑到水库边默默地坐着，太阳退，风乍起，像一段木头……

不久，二哥又开始张罗着为男人娶媳妇。

一年后，男人入赘到百里开外，须翻山越岭并穿越一个岩洞的小山村。和一个有了一对儿女的寡妇过日子。

在那儿男人依然受歧视，日出而作，日落而息，几乎苦成了一个木偶人。然后日子过得并不好，十五年了，也一直没有自己的儿女。

每年的春节和清明节，男人都要回老家一趟，雷打不动。

春节带点小礼物，分别给年迈的父母二三十元钱，住一两夜。

和儿时的朋友一起打半天两元钱一圈的麻将，晒一下午的太阳。

大家坐着，递根烟，吧嗒吧嗒抽着，彼此少话，无非是打工的辛苦，橘子的收成等。

男人心头苦，但也就约略知道些，要他说出来，就只能是摇头了。

别人也知道男人苦，有想关心的，却并不知道怎么做，也有漠视的。

清明节，头天下午就来了。上午上祖坟，下午就在水库边这么坐着……一下午。

乍暖还寒的春风穿堂而过，常绿的樟树叶沙沙作响……

四月的暖阳透过点点树叶把男人摇曳成斑斓的碎片，复又像恋爱中的女人坏坏地抚摸着男人。

村口的古樟树两千多年了，依然枝繁叶茂，生机勃勃，还在固执地守望着水库。平静的湖面懒懒的没有半点荡漾的意思。

# 楞二的爱情

楞二是一个读书读傻了的人。那个年代这样的人不少，头脑聪明，读书很好，往往因为最后的考试没考好，深受刺激就变傻了。楞二就是这样一个人。

楞二傻后，开始在村里混，白天黑夜不回家，家里人也不管他。后来混大了，就混到小镇的街上去了。在街上逛来逛去的，百货商店旁、小菜场里、邮政所门前。有时人家给他一个馒头吃，有时就翻垃圾桶捡剩菜。他不伤人，还挺和蔼，时不时逗一两个乐子。譬如有人无聊了，找来楞二，递给一支烟。楞二就说："若要富，小姐先脱裤。"人就说，"怎么脱裤，前面那个小姐，你去把她的裤脱掉，我们给你一包烟。"楞二就看一眼，笑一笑，并不照做，人们也就过一嘴瘾。小镇习惯了楞二的存在。三天不见楞二，反而整条街都不自在了。到处有人打听，"咋不见楞二了？""楞二哪去了？"楞二成了小镇知名度最高的人，似乎比镇长还重要。这么混着，一晃十几年过去了。小镇的时光温婉绵长、悄然无声。楞二快四十了。照这样下去，楞二会在小镇的街上慢慢老死，然后被人们淡忘。然而，那一年发生的事改变了楞二的人生。

那一年，小镇来了一个要饭的女人，衣衫褴褛，蓬头垢面，怀里抱着一个勺子，手里提着一个破袋，发楞的眼神难掩她的美人身姿。女人在小菜场上捡菜叶，在钟表店门口转，在收购店前的水泥地上晒太阳。人家逗她，她说一腔谁也听不懂的话，含含糊糊的听不清，有人说是广东的，有人说四川的，还有人说是内蒙古的……总之，不知道她来自哪里。碰到有狗吠她或有人凶她，她就咧开嘴，哇里哇里一通叫，狗和人都奈何不了她。遇到小孩，她的眼里总是放出柔和的光芒，痴痴地看或傻傻地笑，小镇人就叫她傻妹。

从此，小镇就有了两个傻子。最初的时间里，他们各干各的，像两条笔直的平衡线，从不相干。有一天，小镇的那帮光棍们，无聊了，蹲在钟表店前，逗楞二。说，"楞二，睡没睡过女人？要不要给你找一个？"然后指一指站在收购站门前晒太阳的傻妹。楞二眼睛直愣愣地看着，好像脑子里那根神经被电了一下，忽然接通了，嘴角竟然流下了口水。惹得光棍们一阵哄笑。

此后的情形就变了。楞二和傻妹经常出双入对，打情骂俏。尤其是楞二，对傻妹非常好，给她提东西、喂吃的，还有亲昵的动作。发展到后来，楞二和傻妹，居然在大街上抱在一起，还做起了那事。孩子们扔石头，女人们红着脸走了，光棍们大呼过瘾。

这样的事就有点出格了，在民风淳朴的小镇里太伤风化。几个念佛的老太婆就在小镇前面的一条小河边，那块长着南瓜藤的架子下，搭了一个棚子，上面盖上稻草，让楞二和傻妹晚上就住在那里。镇里的计生干部还从职业的角度，担心他们不小心生出孩子来，给他们送去了一打避孕套。

如此，楞二和傻妹就这样过着出双入对的生活。特别是夜晚，河水幽蓝，疏影横斜，明月黄昏，暗香浮动，是他们尽夜呢喃的好时光。白天走在街上也是一副志得意满的样子。特别是楞二，都拿眼白看那些取笑他的光棍们。有一次还伸手摸了一个老光棍的头，害得那个老光棍瘟头瘟脑了三四天。那个神采飞扬，让我明白人类已经无法阻止他们的幸福了。

日子就这么过着，转眼到了年底。上级要来镇里检查计划生育工作了，敬业的计生干部早几天就发现傻妹的肚子有点不对劲了。她觉得这个问题严重，跟领导一汇报，决定连夜把傻妹送走，送到别的县上去。

傻妹被蒙住眼睛，扔上汽车。汽车走了一段乡间道路，开上了高速公路，又绕上了一弯一弯的盘山公路，又走了一段乡间道路，直到凌晨四点，才把傻妹扔在一个不知道名字的小镇旁。

楞二找不到傻妹，一脸怅惘，整天在收购站前的水泥地上打转，不吃不喝。晚上，楞二就坐在河边的棚子前，整晚不睡。不几日，人就瘦成一片落叶似的了。几个念佛的老太婆给他送点吃的，劝着他。

没多久，人们发现楞二不见了，小镇的人都在猜想，去哪里了。忽然传来消息说，楞二被发现死在了那条一弯一弯的盘山公路旁，是晚上在路边睡着时，被路过的汽车轧死的。

又过了几天，有人发现，就在楞二被轧死的地方，傻妹用手刨起一堆还带着血迹的泥土，嗅了嗅，又嚼了嚼，嘴里神神叨叨的，不知说了一通什么。然后一头撞向了路过的大卡车。傻妹也死了，肚里有五个月大的孩子。

# 海峡情缘

　　海边山坡上，一个老妇人蹒跚地行进在林间小道上，微微的海风拂动着她的缕缕白发和道旁的茅草，让她看上去像个艰难的舞者。她来到一块黝黑的岩石上坐着，面向东南望着无涯的大海，像一个入定的佛陀。

　　今天是中秋节。

　　半个世纪前的那个中秋节，她成了新娘。那一年她十九岁，嫁到这个海边山村，丈夫叫林。那是 1950 年的年底，节节溃败的国民党军在退居台湾的途中，把林和他的一帮弟兄收编去了岛上。消息传来，她呆若木鸡，结婚才三个月呀，林就这样抛下她无声无息地走了。善良的村人都劝她改嫁，包括林的父母，但她只是摇头。她用手抚摸着日渐隆起的腹部，她怀孕了，等着丈夫归来，她在心底里坚信她的丈夫一定会归来。然而儿子出世了，林没有回来，长大了，没有回来。父母老了，没有回来，死了，林还是没有回来。

　　月黑风高的深夜，她家的稻草房经常透出煤油灯幽暗的光亮，那是她找的村里唯一上过高中的人给远方的林写信。从外面带回来的消息里，一会儿说林在香港九龙，一会儿说在台湾什么的，她便让人按听说来的地址给林写信，后来才知道那个年代里这样的信就好比"乡下爷爷收"一样是不可能收到的。每年的中秋节，人们合家团聚，她总要来到那个山坡上一个人默默地坐一下午，两眼死死地看着海的那一边，仿佛她的丈夫就要出现在她的眼前。半个多世纪了，她就这么等了半个世纪的中秋节。一个十九岁的少女变成了七十多岁的老妇。

历史进入20世纪90年代，当年退居岛上的"老荣民"可以返乡探亲了。他们回来之前都要打电话来问问这边的情况，那时山村里只有村委会有一部手摇电话，她就叫儿子天天在村委会转。陆续有人回来了，但林没有回来。十里八村返乡的老兵对此都讳莫如深。就有人猜测林已经死了，或者他在那边混得好不想回来了。她不相信林会死了！更不相信林会不回来！！一个执拗的村妇。

不久，她省吃俭用在家里装了全村第一部电话。电话装好了，她每天都不由自主地瞅一瞅它，摆弄一下，拂拭几下，可始终不见它发出激动人心的清响。后来邻居家也装上了电话，不时地就有电话铃声响起。她一听到邻居家的电话响了，就很快地跑过去，说："又是俺小叔来电话了吧，他真行啊，在外做了大事……""小姑来电话了吧，她那里怎么样啊？"她是奶奶辈的人，但总把自己降一辈来称呼人。她很热情地问长问短，开始人家都感谢她，渐渐地就有些反感了，毕竟，人家打电话总有些私话要说的，或者夫妻间有些亲热的话是不便为外人道的。然而她却一点也没感觉，一有电话打来，照旧飞快地过来了。有时候响过几响接迟了，她还要叫，"叔婆呀，电话！"也不知道她这把年纪了，耳朵怎么就怎灵？

再后来的消息是林在岛上做了大官，还没退休，所以不便回乡。这回她真高兴啊，好像这才是她的男人！她想再等几年他退休了就一定会回来的。一直到去年，她家的电话才第一次响起，她屏住呼吸，赶紧接了，握住话筒的手不停在哆嗦。电话是村长打来的，村长说："林打电话到村里，问还有没有家人在，说他自己已退休。"村长说已把她的情况和她家里的电话告诉了林。她一下子脸色潮红，热泪哗哗地流了下来。半个月后，家里的电话又响了，她兴奋地抓起话筒，是从那边打来的，然而却不是林的声音！"林突发心脏病死了……办理返乡定居的手续让他太累了……"她握着话筒的手无力地垂下了。电话里还说了林的遗嘱："葬我于海边的高山上，让我能天天望着海那边的故乡。"她走出家门，又一次来到山坡上，遥望目不能及的海的那一面。她想对林说："你终于没有归来，终于死在了他乡，终于成了孤魂野鬼。你好狠心哪！"这一次，她烧了纸钱。她一下子苍老了许多，此后邻居家一有电话她还是很敏感，但一走到家门口就不由自主地把脚缩回来，只用耳朵愣愣地听着，许是腿脚不灵便了。家里的电话也尘封多时了，却没有再去拂拭。

今年春天，历史掀开了新的世纪，硬朗的她走完了人生历程。儿子遵嘱把她葬在那个面海向阳的山坡上，并带上了那部电话。

# 老根婶

老根婶，我的伯母，当然不叫老根。只因伯父走后，她一个人，无论上山种地、下海挖螺，还是走路串门都拿着一支老树根，把它削成棍子状，一边走一边拄着，人们就叫她老根婶了。

伯父在的时候，他们是一对干活出了名的人。生活中他们总是不停地吵吵，吃饭吵、走路吵、睡觉吵，可是干活的时候，却从来不吵。伯父走后，伯母渐渐地干瘦下去了，本来还挺硬朗的身板慢慢就缩成了一团。两眼眯成一条缝，"小鸟头"深陷在两肩之间。我都很担心她会看不清路，摔着了。事实证明，那是多余的。

老根婶背很驼了，扁担根本压不到她的肩上，而是压在她弓起的背上。但她还是干活，什么苦活、累活、脏活全不在话下。村子里外出的人多了，很多地都荒了。老根婶一块一块拔去荒草，翻开土，去掉草根，种上蚕豆、芝麻、青菜、白菜、番薯、油菜。有时候地里有藤有刺有柴，开一小块地，要好几天，甚至十天半月。那没事，不求事功，只要做着就好。她干起活来一丝不苟，眼睛雪亮，一荚蚕豆、一串油菜籽都不会落下的。大大小小二十多块地，一年四季总是种着。收获的菜、番薯、果实等把家里堆得乱七八糟的，还挨儿子们的骂，可她不在乎。

村子在海边。村里人经常到海里抓点鱼，挖点牡蛎，捡一袋螺等，但一般六十多岁就不去海里了，海边潮水大、礁石湿滑，毕竟危险。可老根婶不，她还去海里，挖牡蛎、抓小鲜。有一次，她在一号闸斗门边挖牡蛎，老汤来放斗门，因为她身子小，像一团黑泥，团在斗门边的一堆岩石上，水都漫到她的胸颈部，根本见不着。老汤前后左右看了，以为没人，拉起闸门哗哗地放水……忽然一个黑点浮起来了，迅速地向外漂去。老汤警惕地盯着看，那是一块煤球吗？又像一个人，哦，原来是老根婶。老汤迅速跳下去，把她提鸭子一样提回来了。老汤吓呆了，她却笑笑，没事人一样，反而安慰老汤："没了就没了呗。"

就有人不明白老根婶为什么这么大年纪了，还要这么干死干活的，是生活困难，吃不下去吗？他有四个儿子，有当公务员的，有做生意的，个个条件都很好，要供她多少就供她多少，要供她什么就供她什么。他们还替她焦急，在外头要是有个三长两短的，怎么好啊！他们给她东西，什么营养品、滋补品的，她不要，她说："我这身子骨不习惯那些东西。"她说，"别看我这样，我身体可好着，我每天能喝半斤老酒。"她说，"只要我能喝老酒，身体就什么事也没有。"他们给她钱，她不要。她说，"我给你们管钱啊，没门。"问她为什么还要这么做，她说，"不为什么，干着活，心里踏实，不图别的。"

当然除了干活，老根婶也有玩的时候，还玩得相当疯。春节的时候，她什么也不干，就往人堆里钻，哪儿人多去哪儿，常常晒着太阳忘了吃饭。打牌的地方她也去。她去了，人们不知道她什么时候去的，背靠墙，坐在牌桌一角的矮矮的小方凳上，眯着眼睛，把头深深地缩在两肩里，一动不动。人家争吵和洗牌的时候，不管发生怎样的尖叫和轰响，她丝毫没有反应，人们根本不知道她睡着了没有。正在人家聚精会神地摸牌出牌，大气不出的时候，她会忽然转动一下脖子，表明她尚在人间。吃饭的时候，人们又不知道她什么时候移出去了。

老根婶今年96岁了，仍然健康，也仍然干活。春节，乡里干部来慰问百岁老人的时候，就问她健康长寿的秘诀。她说，"哪有什么秘诀啊，我就是成天种地干活，过一天算一天呗，我只要脚站在土地上，手里把着锄头，眼里看着庄稼，就舒坦，不想别的。"干部不满意，再问，她傻傻地答："不知死活。"

# 孤独的霍尔寒

今天，你若来到加拉帕戈斯群岛上，在一处植物园里，隔着矮矮的泥墙，就会看到树荫下有一只巨龟，她是岛上平塔鲁龟家族中剩下的唯一一只雌龟了，人们叫她"霍尔寒"。也有习惯称她为"孤独的霍尔寒"或"孤独者霍尔寒"的。

霍尔寒每天都趴在仙人掌或是其他植物的阴影下，没有人看到过她在爬行的姿态，她的头和四肢总是无力地伏在地面上，一动不动。没有生机，没有活力，没有希望也没有了任何期待的迹象。专家测算霍尔寒所属种类的龟的寿命在二百五十岁左右，今天她已经九十五岁，也就是说可能再过一百五十年，地球上就没有这种龟了。人类也永远看不到她了。今天的人们正在努力使用现代科技使她去接受其他种族的雄龟，想让她有个伴侣和留下后代，但都没有成功。霍尔寒仍然孤独着。看着霍尔寒似睡非睡的样子，你若轻轻地叫她一声——"霍尔寒"，她就会慢慢地抬起头来，缓缓地睁开眼睛看上你一眼，然后又默默地伏下去。让人有一种看到自己将死的孩子一样的无助和揪心！今天人们呼唤她，很想很想给她来自于人类的关爱，但她想听的同伴的呼唤，你能给她吗？

加拉帕戈斯群岛地处赤道附近，被称为世界上最孤独、最美丽的群岛之一。岛上曾经奇花异草荟萃，珍禽异兽云集，因此被称为"活的生物进化博物馆和陈列室""世界上最大的自然博物馆"。1835年达尔文乘坐英国皇家军舰"贝格尔"号环球航行时，考察该岛后，产生了进化论思想。至今人们仍称这里有正在发生着的进化。

　　16世纪末西班牙人汤姆森发现了这个美丽的岛屿后兴奋异常。岛上最大的特色就是一种到处缓缓爬行的巨龟，这种巨龟状如马鞍，大的重达二百多公斤。马鞍在西班牙语中叫加拉帕戈斯，于是这里就称之为加拉帕戈斯群岛，此后也一直以巨龟闻名于世。后来移居岛上的人们常用它来驮物、载人，游人也可像骑马一样骑在它的背上外出旅行。平时它们匍匐在岸边草丛中，身披铠甲，俨如守卫群岛的卫士。达尔文当年曾在日记中写道："这些岛屿，好像是全体爬行动物的乐园，除了有三种海龟外，陆龟也有很多。因此在这里曾经有一只船的船员们在短时间里捕捉到了500-800只大龟。"据记载，17世纪时，岛上约有25万多只巨龟。然而今天又怎样了呢？加拉帕戈斯群岛被发现以来，大量的人和牛羊移居岛上。近来又游客不断，造成了它的自然生态环境遭到严重破坏。岛上15个特有的巨龟品种中，4种已经灭绝，还有1/5现仅存单身雄龟。平塔鲁龟就曾经是这里很兴旺的一族，但由于人类过去每天都大量地捕杀她们，那些牛羊不仅大量吃草还吃她们的蛋，现在终于只剩下"孤独的霍尔寒"了。

　　霍尔寒有过美好的爱情、至爱的亲情和无间的友情吗？我们不知道，但我们可以知道的是她的将来不会再有爱情、亲情和友情。谁又能改变得了这个事实呢！那彻底的百年孤独对她来说太残酷了，谁又能承受漫长的一百五十年毫无希望的思念呢，那是一种怎样的煎熬和痛苦。

　　今天，走在加拉帕戈斯群岛上，你有一种直指心扉的震颤！你会思考地球上有了我们人类这个物种到底是使她更美丽了呢，还是使她变得丑陋和不堪了呢？看到那些高贵美丽的生灵，看到孤独的霍尔寒，你一定有一种被剥光了衣服般的自惭形秽。看到那里正在发生着的进化，你一定坚信人类是从低等生物进化而来的，不过刚刚有了一点点智性……

　　有朝一日孤独的霍尔寒会成为人类自身的写照吗？一千五百年或者一万五千年之后，我们人类中的一员是否也会成为霍尔寒呢？

我们希望霍尔寒有她的希望，我们更愿意春暖花开的季节有一只英俊的平塔鲁雄龟，从群岛的海域里悄悄地爬到霍尔寒的身边给她一个惊喜。但愿吧，我们祝福霍尔寒。

# 一只隐居在五指岛的狗

三门湾有许多神秘的岛，其中有一个岛上隐居着一只狗。这是一个打鱼的老头告诉我的。

老头天天出海打鱼，常跟孙子说些海上的故事。这片海上有一个岛叫五指岛，几乎没有人上去过。岛上郁郁葱葱，山花烂漫，有时云雾缭绕，隐隐约约，住着白胡子神仙似的；有时浪花激荡，海鸥翻飞，赶集似的……

那天，孙子非要跟着老头出海，说要去五指岛，还带上了他家的狗。那是一只黄狗，油光水亮，挺可爱的，看得出与孙子处得很愉快。

一个多小时后，船到了五指岛海域。五指岛不是一个岛，原是一个岛群，由青士豆、鸡笼山、猫头山、小踏道、猪头山、大踏岛、干山等组成。小踏道岛有一个简易的码头，海上风大的时候可以临时泊船，岛上风光也好。他们就从这里上岛了。老头带着孙子在岛上玩，黄狗也下来了，他们原是形影不离的。

一上岛，孙子与黄狗都很兴奋。黄狗先是摇着尾巴跟着孙子，可一会儿只见它"嗷"一声冲了出去，甩开孙子，在岛上乱蹿，像搜山的猎犬一样，瞬间就不见踪影了。他们只当它兴奋，由它去吧。玩得尽兴之后，要回了。可是孙子怎么也找不到黄狗了，拖着老头一起找。好不容易在一处岩石边看到了黄狗，他们喊它，可黄狗非但没有奔过来，还远远地跑开了，两眼幽幽的，一脸对不住的神色。爷孙俩在岛上追着黄狗跑，气喘吁吁的，可是黄狗就像避瘟疫似的，远远地躲着，怎么也不肯跟他们归来。天色晚了，无奈他们回来了。

此后，孙子和爷爷又到岛上找过几次黄狗，而那狗总也不肯跟他们回去。他们一家与狗的感情很深，都把它当作家庭一员了。他们想不明白，这狗为什么要如此决绝地离开他们，独自生活在岛上呢。后来，他们就不再找了。老头还在这片海里打鱼，常常看见黄狗。他发现黄狗天天在岛上这边奔来，那边跑去，十分的快乐，也不知道岛上有什么东西在吸引着它。

那狗天天来到海边，站在礁石上。开始的时候不小心海浪溅它一身，吓得它跳起来跑。慢慢地它不怕了，用两只前爪不停地捉浪花玩，一捉就是几小时，捉着捉着浪花里会跳起一条鱼，被它抓住了，美餐一顿。它天天乐此不疲，拍打着浪花找鱼吃。闲时，它还会拿脚去踢礁石上的螺、小蟹，把它们打翻了，有时候也拿嘴咬。它还会去扑站在礁石上纹丝不动的海鸥，当然扑不到，那也没关系，玩儿呗。它发现自己在岛上不用狗仗人势，完全可以狗仗己势，做着狗拿耗子没人管的闲事。

玩累了的时候，它就趴在岩石上吐出舌头吹海风，海风凉爽，柔柔地梳着它的毛发，一会儿它就搭着脑袋睡过去了，一堆泥似的。老头发现他家这狗原来好能睡，一天二十四小时都能睡，吃饱了没事了就想着睡。傍晚的时候，它站在岛的最高处看着满天的彩霞，站在那里拉屎。狗排便神经不发达，不能像牛羊那样一边走一边拉，只能站着拉，在陆上，它都没有好好地拉过一回屎。在岛上，它发现拉屎都是这么爽。它拉屎的这块地方，都长出了青色的一片野草。晚上它溜进岩石腐蚀后形成的一个个卷起来的洞窟里休息，那是天然的石屋。

黄狗兴奋的时候也在岛上乱跑，在柴木野草间跑，既像正规军人的训练，又可以无所顾忌地跑，多痛快啊。

黄狗还会在海水里游泳，绕着岛游。潮水退了的时候，还会游到边上的岛上玩，鸡笼山、猪头山、鸟岛，怎么就没一个狗头山呢。

几年了，它一直生活在岛上，成为一只隐居在岛上的狗。它的精神一直很好，原来没有这么灵动的啊。老头似乎有点明白了，狗的嗅觉和听觉很灵敏，在陆地上大概受损了，岛上安静、纯净，它修复了各种感觉。老头再也没有打扰它，只是有时候长久没有看见它就会想，看见了就觉得亲切，友人似的。

后来我终于有机会来到岛上，真看到了那只黄狗。我们来的人很多，它本来优雅地趴在半山腰的山花丛中，嗅着花香，见我们来了，立即警惕起来，远远地跑了，也不叫，留给我们一个渐渐远去的模糊身影。或许它以为我们又要把它带回陆地上。

再后来，老头说，它老了，懒得动了，然后就死了。说到它的死，老头很动容，眼里有泪花。那天，它蹒跚着下到海里游泳，绕着岛游，不停地游，游啊游，一直绕岛游了一圈，然后没力气了，沉下去了，沉入了海底。那一刻海面上的五指岛摇晃不止。老头说，狗最通人性，是人最忠诚的朋友。这狗与他们家的感情很深，可是它依然要选择独自在岛上的生活，至死都依恋着这座岛。

# 塔头寺的风

卷起弯曲的山路,迈上青石古道,穿过苍翠的松林,头顶快要碰到那朵白云的时候,佛陇岗到了。

站在山岗上,立刻有风剖开我的身体,从头到脚,从外到内。这是一种畅快的洗礼,去塔头寺前,先让风把身心洗涤干净。

塔头寺,是浙江天台山上一个很小的寺庙,像古老的山中农庄,谦卑地藏在山林中,然而,1400多年来,它一直为人敬仰。

## 一

沿着佛陇岗向北走,一条幽寂的小路折向密林深处。这是一条古意丛生的小路,野花篱笆,人迹罕至;石径泥墙,千年不语。左边修竹满院,飘着竹叶的清香;右边是褐色的老墙,继而现出一个黄色的院落,就是塔头寺了。古木交柯的南门前,黄色的照壁上赫然写着"即是灵山"四个大字。当年释迦牟尼在灵鹫山上修炼,是谁,敢与佛祖相提并论?

他就是智颉,中国佛教天台宗的创始人,被尊为东土释迦,是隋朝的一位高僧,后世称智者大师。相传,他出生的那天晚上,屋内光亮如昼,家人欲炖肉招待宾客,但肉一下锅,火即灭,反复数次,莫不如此。智颉长大后,果然佛性非凡,成为一代高僧,后受其师慧思

"传灯化物,莫作最后断种人"的嘱托,跋涉南下天台山,在佛陇岗上孤身苦修,成为宗师。公元597年,智者因他的弟子杨广(后来的隋炀帝)的再三邀请,前去京都弘法,途经新昌石城寺圆寂。他的弟子将其遗体运回他的初修地佛陇山建塔安葬,取名定慧真身塔院,后定名智者塔院,俗称塔头寺。

台阶寂寂,只有几级,却感觉很高。进入寺内,立即有一种肃穆感,身体和灵魂都轻轻地畏缩着,不敢大口喘气、大步走路,恐给这圣境沾染了凡尘。这是一个不大的四合院,正门上是一块"释迦再现"的匾额,为当年太子太保两江总督曾国荃所赠。院子正中坐北朝南的正殿里供奉的正是智者大师肉身塔,是一座翘檐、斗拱的二层石塔,下层是智者的金色坐像。院子的四角种着四棵树,两棵是三百年的金桂和银桂,亭亭华盖遮住了半个庭院,另两棵是梅花和樱花,樱花为日本僧人所赠。

古老的风在院内如如穿梭,白色的光,黄色的墙,明净的安详。有蜘蛛结网在边门上,像太阳下神秘的古文字,檐角上的铜铃偶尔发几声穿越时空的轻响。一二个僧人在院子里走过,仪态从容,宽大的僧衣在微风中飘逸着,里面似乎空无一物。他们目光空灵,无视我的存在,这是一群与别处不同的僧人。严格来说,塔头寺不是寺庙,而是一个塔院,说得通俗一点就是高僧智者的墓葬地,只是这个农舍般的小院里从来没有缺过为他守墓的僧人。

在檐阶下静坐,任寒凉的树枝醮着阳光在我的身上作画,一种微微的瘦冷和一股树叶的清香飘来。斜斜的阳光细瘦细瘦而又悠长悠长,我独坐在时光之外,看流云、听山风,渐渐地形容枯槁,像那棵在风中睡着的老椴树。

阳光在黄色的墙上无声地蔓延,时间慢慢地被吊起来,塔头寺就像刚刚从历史的长河里捞上来没来得及晒干的文物。它是另一个空间,另一重时间。它的风清爽而没有负担,它的安静不仅让我感动,更让我喜悦。坐在塔头寺里,我享受着无欲的安详,而不涉信仰。悉达多说,"我已获得清凉,我已达到涅槃。"

# 二

寺庙西南边，沿石阶而下有一个大大的放生池，砌了黄色的围墙，那是佛教汉化后的第一个放生池。小心地进去，里面有些枯枝落叶。池里老龟一会儿趴在石上，一会儿浮在水中，不时扭头看看我。

一个年轻的僧人正挑着两大桶水去菜地里浇水，突然他做出一个很夸张的动作，跨过一个水塘似的。我很好奇，过去一看，原来地上有一队蚂蚁正在搬食，他是为了避免踩到蚂蚁才这么做的。挑着很重的一担水，在树影斑驳的石径上，犹能看到细小的蚂蚁，可见对生灵的步步爱惜之心。

山后有一条幽静的路，光洁干净，显然有人或者风在每天打扫，给人一种内在的纯净，走在上面你会心无杂念。沿石径向前，穿过一片田地，一个三面凌空的小山峰上，有一块莲花状的大石头，上刻"智者大师说法处"。此处天蓝、谷深，格外的空旷，有一种凭空无所依的感觉，当年智者大师就在此开始了寂寞的修行，同时向弟子说法。

那个时代的修行重山林、远人间，智者经常独宿孤峰、冥坐修禅，寒冬酷暑，极为清苦；而他佛心坚定，从未动摇，还自觉地到荒芜之处搭茅棚苦修，以磨砺意志。相传一个大雪纷飞的冬天，智者在悬崖边那块孤零零的巨石上盘腿静坐，一头饥饿的老虎在身边咆哮，他依然纹丝不动，最后老虎转身离去。凭着这份坚定的心，智者在佛陇岗上孤身苦修多年，终成一代宗师。

我爬上那块充满佛性的莲花石，盘腿而坐，闭目宁心，告别时间。徐徐的山风吹来一种世外的静，清凉的宁静中又仿佛带着某种神喻。当年吹过智者大师的风，此刻也吹在我的身体上，对我冷嘲热讽，我像一颗干瘦的核桃，一点一点被掏空。

当年智者在此说法，越来越多的僧人为其吸引，前来听他说法。说法石旁，有许多形如僧人的岩石，相传是前来听经的罗汉。山花烂漫，

塔头寺的风

凉风习习，僧人听着听着变成了入定的岩石；岩石天天听经，成了悟道的僧人。这是一幅大师说法的生动画卷，时隔千年，依然美丽动人。

佛教传入中国以来，至南北朝时产生了严重的分歧，北方重修持，南方重义理。是智颛以自己的智慧，融合了南北分歧，创立了佛教传入中国以来的第一个本土宗派天台宗。他与弟子灌顶等人一起写下大量著作，主要有解读法华经为主的《法华经玄义》等天台三大部，又有天台五小部，实乃中国佛教史上居功至伟的人物。

## 三

天色渐渐暗了，我却一直想着塔头寺的高标独处，恍惚中似乎把魂丢在了那里，于是干脆就在寺里住了下来。晚饭很简单，每个人两口青色的大碗，一口盛饭，一口盛菜和汤，菜为土豆、苦瓜、咸菜。厨房里有僧人自种的蒲瓜等，没有冰箱，就浸在凉水里保鲜。吃完饭后，自己洗碗，然后倒扣在桌子上。塔头寺不避凡尘，游客可以入住，也可跟着师傅做早课晚课，颂佛修行，若是不懂佛经，可单颂"阿弥陀佛"的方便法门。

饭后在院子里，有了跟住持师父聊天的机会。师傅赤着脚，瘦瘦的，六十岁左右的样子。我们聊了很多，有了下面一段对话。

我：这里供的是智者大师的肉身塔，不是一个严格意义的寺庙吧？

师傅：是的。看上去你是个文化人，读过佛经吗？

我：金刚经，心经，禅宗概要，中国佛教史……看过三遍金刚经，仍不太懂。

师傅：佛法无边，三藏十二部，八万四千法门。我们天天做功课呢。

我：智者当年一个人在此苦修，很艰苦的吧。

师傅：修行是一个人的事，如同在大海里挣扎的遇难者，唯有依靠自己，没有别的人能帮他渡到彼岸。

我：佛教讲因果报应，生活中却常常是好人没好报啊？

师傅：譬如撞钟，你一撞，马上就响了，譬如种菜，要三个月，植树要三十年；因果有两种，一种是很清晰的，一种是神秘的。很多人怀疑佛法，认为那是迷信，其实佛法是最讲科学的，尽管我们不理解某些东西，但不理解的事物是存在，很多东西就在我们的经验之外。佛教没有禁区，是让人自身去实践、修炼，然后觉悟，佛即觉悟之人。

我问：出家人最重要的品质是什么？

师傅：慈悲！台湾法鼓山上有一句佛偈：慈悲没有敌人，智慧不起烦恼。

我：哦，爱因斯坦曾说过，佛教是一种宇宙宗教。慈悲就是对他人的同情，也是道德的基础。

我：觉悟的最高境界是什么？

师傅问：你在哪里？我正迷糊间，他接着说，修行的最高境界是忘记我是谁，忘记我正在哪里，忘记还有生死这回事。要破除执着，只有当证悟无我时，困扰我们无量劫的痛苦才会消失。

我默默聆听着，身体像被强大的电流击中，日常循规蹈矩的生活纷纷剥落，像一颗包菜，一叶一叶地往里剥，瓣儿越来越嫩越来越紧，最后剩下一颗幼嫩的心———一下子从尘世的生活还原到生命的本真中。

此时两个小和尚在菜园里摘来甜瓜，送给师傅和我吃，说这是纯自然的。他们自己一边吃一边争论，一个说甜，一个说不甜，话锋充满机趣。

从某种意义上讲，佛教徒的生活是清苦乃至虚无的，但因为有了他们的存在，佛法对人心的作用却是真实的。佛一直默不作声地站在我们身边。

四

告别了师傅，我走出寺庙，夜里，似有小雨刚过，天空如手染青布。正是天台山多雾的季节，群峰茫茫，好一派佛国仙境。天台山以佛教圣地闻名于世，此外，还是著名的唐诗之路的目的地，当年李白在诗中说："龙楼凤阙不肯住，飞腾直欲天台去"，又说"天风飘香不点地，千片万片绝尘埃"。

此刻，塔头寺挂起了黑夜。风解开了自己，像一个灵魂的舞者，在竹林、山野间穿行，却不破坏它们肃静的美。四周传遍沙沙的风声，而塔头寺却清静如水，塔头寺的风都在屋顶歇息了。团团的浓荫里，透过窗栅瞥了一眼微凉的院子，只有蜡烛默默地闪着黄色的光，那是智者肉身塔殿里亮着的长明灯，庄严肃穆。不久前，日本佛教天台宗座主以九十四岁的高龄，带领庞大的僧众，在时任中国佛教协会会长赵朴初的陪同下，第四次拜谒智者大师的肉身塔。他们沿着草绳一样的山路，一路跪行至塔头寺。有僧人当即赋诗："遥指东土灵山在，芒鞋起步礼天台。百万写经续慧命，千秋法乳继未来。"

青白的夜里，天台山像一只睡着了的木鱼。站在那条微凉的石砌山路上，看山下万家灯火，青红紫绿。这个世界近处看喧闹繁华，远处看却安宁祥和。西方的天空扎起一段篱笆，带着温柔的光注视着我。塔头寺似乎能够锁住来自西方的神光，让黑夜生辉。西方极乐世界很遥远，却在我的身边响起无尽的回声——人无法战胜自己，是源于对自身麻木的爱；我们常常是心知其善，却每每择恶而行。来过塔头寺后，你的生活就变得谨慎了。

又一阵山风吹来，清凉入心。这里的风或许有了大师的灵，而与别处不同。风吹走一切，风中又生出所有；吹走的是尘世的烦恼，生出的是所有的智慧。

在这个天台山多雾的季节，我忽然想起，是什么，让智者当年年复一年离群独居在孤寂的佛陇山上——唯有信仰，可以让一个人依靠内心的力量在尘世中突围。

# 在香格里拉感受藏传佛教文化

在万米高空上，穿过奔腾的云层能清楚地看到下面巍巍的高山，海拔足有四五千米，裸露着黑黑的山头或被冰雪覆盖着，寸草不生，那是一种没有生命的壮阔。飞机带着我们飞向一个神秘的雪域高原——香格里拉。

香格里拉是云南西部迪庆藏族自治州的一个县，位于青藏高原东南。它的县城有点小，有些荒寒有些清冷有些简陋，街道上行人和商店都不多，甚至行道树也没有几棵。我们来的时候，天飘着小雪，可以赞美的也就是离我们更近的蓝天白云，还有空旷的大地上的牛羊和藏民。

香格里拉海拔 3385 米，拉萨 3650 米，相差不多，都是藏民聚居区。我没有去过西藏，但感觉这里有着与西藏相似的那种苍凉孤独的感受，一仰头就可以与蓝天交流的那种感觉。

恰好我们的行程中有一站是藏传佛教格鲁派的一个寺院松赞林寺。寺院建在县城以北五公里处的佛屏山上，是藏区十三林之一，为五世达赖按"林木深幽现清泉，天降金鹜嬉其间"的神示于 1674 年奏请康熙皇帝所建，至今已 300 多年，外形酷似布达拉宫，故称小布达拉宫。进入景区，是稀稀拉拉的几个藏民村，房屋低矮，黄土灰墙。前面就是松赞林寺了，寺院左侧的山上喷着大大的藏汉两种文字"松赞林寺"。椭圆形的寺院安卧在佛屏山上，宏大的建筑结构很简单，中间一条主台阶一直通到最高处，两边是八大康参（按地区划分的僧侣组织）和密参（僧侣个人的住宅），最高处是三个大殿，左侧是宗喀巴大殿（宗喀巴是格鲁派的创始人）、中间是扎仓大殿（寺院的最高组织）、右侧是释迦牟尼大殿。

寺院的前面是拉姆央措湖（神湖），四周长满了枯黄的水草，湖水并不深也不清。湖中间有一座玛尼堆。对面的山上就是天葬台了。人死后，由高僧驾船来到湖中间的玛尼堆转经超度，消除在人间的罪孽，让亡灵升天。然后尸体就可运到对面的天葬台上天葬，让秃鹫吃掉。这是一种最圣洁的葬法，不像汉族人入土为安，他们认为要是入土就是下地狱，那是最惨的下场了。

寺院房屋的建筑都是扁平方正的长方形平房，连柱子也是方方正正的，颜色从红褪到黄再褪到白，这给人以安详的感觉。据说寺院有700多僧人，但很少见到。我们跟着导游一直来到最高处的大殿。按照从左到右顺时针的方向进入大殿。在宗喀巴大殿里，一个颂经的老僧用扇子在我的头顶敲了一下，然后拿起一串佛珠用嘴吹了一下，套在我的手腕上。他念经的声音很轻，咕噜咕噜的，像是在喉头以下发出的，却仿佛来自很远的天国的声音，听起来很宁静。在大殿的门口，一个十多岁的小喇嘛穿着红色的僧衣，依墙而立，眼神深邃而落寞。我征求了他的意见，站在他旁边拍了一张照。中间的扎仓大殿正在翻修。右边是释迦牟尼大殿，庄严肃穆。门口一个锅炉状的铁筒里向外冒烟，有人不断地从旁边的杂物间里拿来松树枝添加上，像是不让烟熄灭的意思。一个老年的藏族妇女正弯着腰认真地捡着地上的垃圾。

藏传佛教是大乘佛教，讲求的是普度众生，度人度已。藏民全是佛教徒，他们的生活以佛为中心，寺院和喇嘛在藏民心中有着至高无上的地位。村口村尾都有乱石堆成的玛尼堆，供人们祈祷转经用；在街口和三岔路口建有白塔祈求平安；在空旷的大地上，孤独了的时候他们就对着蓝天唱赞歌。他们是不看重现世生活的，五十岁以前，过着人间的生活；五十岁以后就为来生做准备了。要去朝圣，在朝圣的路上三步一拜九步一叩，叩着等身长头，走向圣地。有的要走几年甚至几十年，很多人还没回来就死在了路上，但他们从不以此为苦。他们是坚信有来世的，因为有了信仰，这样的生活也就有了尊严。

# 西藏琐记

要进藏了！人这一生无论如何总是要去一次西藏的。同样是旅行，西藏与别处绝然不同。西藏是雪域高原、世界屋脊，充满了圣洁的高原风光和神秘的异域风情。西藏是世界三大宗教之一佛教（藏传佛教）的中心，站在高原之上，你或许会解开生命的密码，了悟生死之谜。西藏还是一块未被生活过的地方，原始、裸露、荒凉。同时贫瘠也盘踞在西藏，如同它不言不语的第二层皮。西藏有七个地区，除了拉萨，林芝最美，日喀则最大，山南最近，阿里最远，那曲最高，昌都最险。

对于西藏，少年时即有梦，但却遥远、无着，西藏久久地在心的那一头回荡。世事变迁，进藏再不是遥不可及的梦。今年九月，终于在不经意间达成了去西藏的好事。八天行程，有四天在路上。在西藏也就四天时间，浮光掠影，记录点滴。

一、壮美的可可西里无人区

9月21日从上海坐164次火车进藏。晚上7：36出发，一天一夜后，到达青海西宁。从西宁到拉萨就是著名的青藏铁路了。它是世界上海拔最高在冻土上路程最长的铁路。我想也会是风景最迷人的铁路线。从西宁过来，先是越来越稀少的村庄，在孤独的白杨的掩映下很安静。接着就是大片大片的荒漠，寸草不生，向上延展是一个个褐色的裸露的山头。火车翻越昆仑山脉，清晨到达格尔木站。这里海拔三千多米了，高原的早晨很寒冷，我们裹着大衣迎着晨风下到站台上呼吸着清新的空气。火车进入了可可西里无人区，天也亮了，大家都兴奋起来，看着窗外的风景，一刻都不想错过。青藏公路与青藏铁路忽左忽右，一路相依相伴。这是从青海进藏的穿越可可西里的唯一的两条路，它们孤独而又顽强地前行。

可可西里是生命的禁区，在那里只有荒漠、湖泊、冻土、小溪流、高山，上面就是蓝天白云。这里昭示着无生命的强大，让我感慨凡生命都是脆弱的，真正强大的是无生命。火车一路前行，唐古拉山脉、那曲、沱沱河等依次出现在我们面前，这些以前只在电视上看看，并且一看到就激动、让人神往的地方，现在竟然就眼睁睁地出现在我的面前，真是不可思议啊。

沿线是大片的荒漠，裸露着黑褐色的泥土。往前一些，有水了，一些小小的溪流里淌着少许浑浊的水。再往前，两片土地之间，或者土地塌陷形成的河谷里有水流了，是清澈的。小河和湖泊渐渐多了，盛着的都是清澈的水。忽然会见到一个大湖，湖越大，水越蓝。偶尔会有一块草场，小草贴着地面生长，这个季节小小的叶子已经泛黄了，眼睛几乎找不着草，只见地上铺着一层黄色。就在这样的草地上，生活着高原的野生动物。忽然有人大喊："藏羚羊！我看到藏羚羊了!!"整个车厢的人都一齐朝这边看。有些看到了，有些没看到，火车已经过了，藏羚羊也远了。一会儿，又有人喊："藏羚羊，藏羚羊，一群呢，五只、七只……"有人说，藏羚羊哪是那么好见的，它是可遇不可求，很难见到的。这么一说，就有人怀疑自己看到的是不是真的藏羚羊。有内行的人辨认，是的，屁股上一块白，那是藏羚羊的标志。火车往前走，又有人喊，看到牦牛了，有几只的，也有成群的，在那里无所事事地走着。它们不时地低头吃着草，其实地上并没有草可吃，或许就这样做做吃草的动作，也能增添生命的能量吧。牦牛比较好认，大家都不怀疑。看到这些野生动物大家都很兴奋，不停地拍照。可可西里虽说是生命的禁区，然而却有许多顽强的生命存在，藏羚羊、牦牛、野驴、马、羊、鹰、雕、秃鹫、乌鸦等，茫茫戈壁成了野生动物们寻常的家。有人说，它只是人类的禁区，却是野生动物的天堂。让我们不得不对这些顽强的生命心生敬畏。

可可西里足够大，一天一夜的行程只能窥其一斑，让我们慢慢感受它的苍凉和壮美。

火车约开了50个小时，于23日晚9：30左右到达拉萨。

二、世界之上的布达拉宫

布达拉宫绝对是拉萨乃至西藏的标志性建筑。很多人来西藏就是冲布达拉宫来的，它成了西藏的象征。

它建立在拉萨西北部的红山上，是公元七世纪松赞干布为迎娶唐朝文成公主而建的王宫，成为汉藏民族团结的象征。当时规模宏大，实是一个政治中心。后来成为西藏政教合一时期历代达赖喇嘛的东宫，也供奉历世达赖喇嘛的灵塔。从五世达赖喇嘛起，重大的宗教、政治仪式均在此举行。

布达拉宫高十三层，110米，海拔3750米，是世界上最高的佛教宫殿。后历经战乱，被毁，直到十七世纪才由五世达赖重建。现留下当年七世纪的建筑只有两间。我们从正面上去，依次参观了最顶层、倒二层、倒三层。主体建筑分白宫和红宫。红宫为达赖喇嘛的灵塔殿和佛殿，供奉佛像、松赞干布像、文成公主和尼泊尔尺尊公主像数千尊，以及历代达赖喇嘛灵塔，黄金珍宝嵌间，配以彩色壁画，金碧辉煌。白宫横贯两翼，为达赖和高僧的生活起居地，有各种殿堂长廊，摆设精美，布置华丽，墙上绘有与佛教有关的唐卡绘画，多出自高僧大德之手。布达拉宫是一座珍宝之宫，许多建筑动不动就用黄金几十、几百甚至上千公斤。有人戏称，黄金是布达拉宫最不值钱的东西。

布达拉宫从外观看，气势恢弘，富有力量感和神秘感。依山垒砌，群楼重叠，殿宇嵯峨，气势雄伟，有横空出世、气贯苍穹之势，坚实墩厚的花岗石墙体，松茸平展的白玛草墙领，金碧辉煌的金顶，具有强烈装饰效果的巨大镏金宝瓶、幢和经幡，交相映辉，红、白、黄三种色彩的鲜明对比，分部合筑、层层套接的建筑型体，都体现了藏族古建筑迷人的特色。布达拉宫是藏式建筑的杰出代表，也是中华民族古建筑的精华之作。

夜晚，我站在药王山的观景台上看布达拉宫。布达拉宫东西两边的火烧云慢慢退去，露出它顶上深邃湛蓝的天空。布达拉宫缓缓上升，升到世界之上。对于藏族来说，布达拉宫是一个世界之上的世界。

三、伟大的五世，悲怆的六世

说实在的，活到这个岁数，世界上许多事物已无法让我产生敬畏。更多的时候是为文造情，作点伪抒情。就像布达拉宫这样宏大神圣的地方也没有让我产生十分震撼的感觉。可是在布达拉宫里有一个地方却像针头一样一下又一下地刺痛了我的心——那就是德丹吉殿。导游一边向后退，一边轻轻地讲述："这里就是六世达赖仓央嘉措曾经住过的寝宫，除此，在布达拉宫再没有留下任何有关他的东西。就这样轻轻地走过了。"我为之一震。整个殿相比于别的殿似乎更大更空荡荡一些。里面摆着他的座椅、沙发、茶几、床等，多为红木。床很小，座椅很大，像皇帝的龙椅一样面向南方，高高在上。整个房子在暗红的基调下散发着一股执拗的青蓝色的气息，一种安静又幽怨的气息，仿佛告诉人们这是一处不一样的地方，但又无意向人诉说它主人的历史。

五世达赖重建了布达拉宫。他有着洞明世事的睿智和过人的政治才华，联合各派力量统一西藏，与中央政府建立了良好的关系。他是造福于西藏人民的。

六世达赖则有着更高的心智水平。作为个人，无论是情感的丰富还是哲思的高深都达到了藏族的高峰。他有一个缠绵悱恻、久久萦绕人们心头的凄怆的爱情故事。同时他有着对佛教本身的很深刻的哲学思考。他写的情诗清新脱俗，别具一格，直指人心，打动了世界各族人民的心。

我在想，一个五世，一个六世，一个前世，一个后世，靠得那么近，贴得那么紧。前一个成就了伟大的世俗功绩，后一个却发展出了最高的个人心智水平。这是冥冥之中佛祖的安排吗？是五世伟大的事功，为六世心智的高度发达打下了基础吧。

在西藏，人们更多地述说六世达赖的真情；在世界上，人们更多地感慨六世达赖的悲怆。人们沉醉在他的诗歌里面。他的那个住在八廓街的玛吉阿米成了人们心头永远的梦。我不知道他当年站在布达拉宫的顶上能否看到八廓街上玛吉阿米的小屋，雪域高原上那个雪夜的脚印留给他多少的幽怨和哀愁。

"曾虑多情损梵行，入山又怕误倾城。世间安得双全法，不负如来不负卿。"他内心的分裂可想而知。他曾多次远赴日喀则的扎什伦布寺向他的导师五世班禅请辞，要脱掉袈裟还俗。他曾经发牢骚说，"与有情人，行快乐事，不管是缘是劫。"可就当他下决心远离凡尘，在哲蚌寺专心礼佛的时候，那一次，雪顿节上的相遇，彻底地改变了他的一生。"她无意中看了我一眼，雪域高原便颤一颤。"就这一眼，注定了他的人生，谁知道是缘是劫！

二十三岁那年，他消失在青海湖边。那一棵青嫩嫩的幼苗经不起高原粗暴的风雪，折了。这是天妒英才，也印证了情深不寿。如今，两个情人都走了，他们的爱情却获得了永生。西藏人民对他的怀念是无时无刻的。他六世达赖的地位不是还在吗？不是所有的人都还称他为六世吗？人们怀念一个人只需放在心上，并不需要任何实物依凭。

四、大昭寺的等身长头和八廓街的转经筒

"先有大昭寺，后有拉萨城。"大昭寺坐东朝西，始建于公元647年，是藏王松赞干布为纪念尼泊尔尺尊公主入藏而建的。它在拉萨具有中心地位，无论是地理位置还是社会生活层面。环大昭寺墙外一圈称为"八廓"，即八廓街。再向外一圈，把布达拉宫、药王山和小昭寺包括进来，称"林廓"。这两条线路成为佛教徒转经的线路，称为大圈、小圈。寺内供奉有释迦牟尼殿、宗喀巴大师殿、松赞干布殿、班旦拉姆殿（格鲁派的护法神）、神羊热姆杰姆殿、藏王殿等等。有各种木雕和壁画精美绝伦。最重要的是这里供奉着文成公主从大唐带来的释迦牟尼十二岁等身像。历代班禅的转世灵童的"金瓶掣签"仪式就在释迦牟尼十二岁等身像前举行。

大昭寺门口的广场上有许多人在此磕着等身长头。他们穿着破旧的藏袍，对着大昭寺门口或门口的那垛墙，双手合十，高高地举过头顶，停一下，往下，放在嘴巴上停一下，再往下放在胸口停一下，表示心、口、身合一。然后双膝下跪，磕等身长头。这是最虔诚的一种礼佛方法。很多人身边带着一个水壶，一磕就是一整天。

从大昭寺里出来，我们按顺时针绕八廓街走。八廓街是一条商业街，许多藏族风情的小饰品琳琅满目，有藏刀、唐卡、围巾等。八廓街上除了游人就是三五成群的老年妇女手拿转经筒在一圈一圈地转经。我拿起相机对着她们拍照，几个老婆婆很配合，拍完了还笑嘻嘻地说着不太听得懂的汉语，让我们给她们看相机里的照片，然后哈哈笑。八廓街口有一个"玛吉阿米酒吧"，相传是当年玛吉阿米居住的地方，也是仓央嘉措和玛吉阿米约会的地方。所有来西藏的青年男女都要来此喝一喝青稞酒。

五、夜晚的布达拉宫广场，华美的邂逅

我一个人在"玛吉阿米酒吧"把自己喝得沉醉，然后一头扎进拉萨苍茫的夜里，没多久便游到了布达拉宫广场。夜晚的布达拉宫广场清凉如水，微风吹拂，灯光柔和疏朗，照在布达拉宫白色的墙体上一片圣洁。在酒精的作用下，高原反应是一种麻醉，一种梦境的诱导，这时我不会想太多，会遵从自己内心的想法去行事。

许多人来西藏是寻梦的，有些人来西藏是修行的。沿着青藏和川藏公路每天都有人进藏。有自驾游的，有骑单车的，有只身一人徒步行走的背包族。我还在火车上碰到一男一女，看得出不是情人或恋人的关系，而是网上相约去西藏的。男的说要到阿里转神山，女的去拉萨找她那当兵的同学。

我觉得去西藏是青年男女的成人礼。西藏是高原，它介于神界与俗界之间，是精灵们居住的地方，这样的地方最容易产生宗教信仰。在这里，生活无所谓好坏，身份无所谓贵贱贫富。凡间世俗的禁锢会消失，内心的欲望会产生。西藏就是这样一个邂逅的温床。凡在今生前世错过的人，都能在此找到，重逢，然后开始一段新的旅程。失恋了你要来西藏，可以向一个陌生人倾诉；孤独了你也要来西藏，可以向佛祖倾诉。更重要的是恋爱了你要来西藏，顺境中你要来西藏，这里有无限的时空让你认识到自己的渺小。

六、白朗县，青稞之乡，神的家园

日喀则白朗县的乡村，是一片褐色的土地。青稞刚刚收割，大地正在享受生产之后歇息的甜蜜。田里是一堆堆的麦秆垛儿，摆得整整齐齐，并且各安了一个头，像一头头正在吃草的牦牛，又仿佛是对应着上天的某种隐秘的符号。村口一行一行的白杨树的叶子无风自动，哗哗有声，像是神的叹息。我们一齐喊——哇，这是神的家园啊，安宁祥和，没有纷争，这是我们心中一直在寻找的香格里拉耶！我急忙请求师傅在一个村口把车子停下来。

一下车，我立即奔到青稞地里，感觉自己就是收割后的大地上最后一茬作物。一种恬淡宁静的气息围绕在身边，让你愉悦无烦。在一垛麦秆垛边，一个女同事把头往后仰了一下，像是要把什么东西甩出去一样。头一仰一下子就看到了蓝天。午后的阳光下，然后她躺在草垛下，说："白云在飘……"。接着就眯上眼一动不动，像是装睡。她说："就这样，让时间走，让时间从我们的身体上流过去，流过去……太舒服了，这地方充满了神的气息。人生就这样多好。"她好像很怕失去什么，或者说感觉这一切太不真实了。

村口的牛粪墙边，牛在歇息、马在歇息，驴、羊、鸡都在歇息，二三个小孩在空旷的地里走来走去，大人都不知道哪儿去了，偶然会在树荫下看到一个。我看着这叠得整整齐齐的牛粪墙，感觉很精致诱人，非常富有艺术味。一块块牛粪真像小时候吃过的又香又甜的饼干，四周有美妙的小锯齿儿。我对着屋前的一头母牛拍照，镜头瞄了又瞄，忽然母牛就吧嗒吧嗒给我下了很多的粪，这让我有点受宠若惊。原来这里的母牛也对我这么有感情啊。

我说："我们就像是刚刚逃离了笼养圈养的牢笼，回到了野生的放养状态，我们都被圈养得太久了。"有人说："我们最好就是几只牛，在青稞地里或是那条满是树叶阴影的泥路上相互磨蹭，不说话，静等落日走过，在我们的身上画出一斑一斑好看的光圈。"

天不知不觉暗下来了。无奈我们只好走了。

七、车游西藏，放牧白云蓝天

在西藏旅行，大部分时间都在路上、车上。起得比鸡还早，天蒙蒙亮就出发了。一天下来，你会发现，有十个小时在车上，看个景点也就一二个小时。然而坐在车上看风景却是另外一种美。映入眼帘的是荒漠、草场、田野、河流。当然更冲击你视角的是一座座山峰和蓝天白云。一座山峰就像一架天梯，通往神的世界。白云朵朵，好像棉花一样晒在每一个山头。无需登梯，你伸手就可摘到。坐在车上，你不用走动，只要放飞思绪，想象自己爬到云上，在云中客厅里过着云上的日子。月桂树下，一张红木茶几，任你喝桂花酒或是茉莉花茶，一起朗诵谈论仓央嘉措的情诗和他的才华，或许还有琵琶古筝声似高山流水，让你享受世界上第一流的爱情。

八、君子佩剑侠佩刀，藏刀之美——力量、速度和优雅

穿着长袍，身佩长剑，腰挂短刀，站在草原上，威风凛凛。这是藏族男子独特的装扮，在高原微寒的晨风和金色的霞光中，展示着力量和深沉，孤独和优雅。如此装束会为他赢得族人的尊敬和少女的爱情。

这里佩的长剑和短刀都是藏刀。藏刀是藏民特有的刀，有着两千多年的历史。相传一经发明，深为广大牧民所喜爱，一时风靡。牧主和头人顿时感到恐慌，怕权力受得威胁，就胁迫牧民交刀。这时有个英雄叫折勒干布的，拿着藏刀与牧主和头人英勇战斗，用生命捍卫了牧民们拥有和使用藏刀的权利。因此，藏刀也叫"折刀"。

藏刀的制作非常讲究，多出自能工巧匠之手。刀身用钢材煅造，很多珍贵的藏刀都用藏区特有的酥油、羚羊血和藏青果一起煅造而成。刀柄用牛角或硬质木材加工而成。刀鞘用白银、黄铜、铁等制成，外面雕刻许多精美的图案、花纹，还刻有藏文。有的镶嵌珍珠玛瑙天珠等装饰品，精致漂亮。长刀是佩的，短刀挂腰间。随着历史的发展，藏刀逐渐形成了地方特色和风格。著名的有康巴藏刀、拉孜藏刀、易贡藏刀、安多藏刀、青海藏刀等。

藏刀的用途广泛，生产、生活、自卫、装饰等。藏民们拿它用于狩猎、防止野兽侵犯牲畜、自身防卫，还用于搭建帐篷、解剖牛羊和用餐进食等。同时，慢慢发展出许多精美的藏刀和女式藏刀，既作为生产工具又作为装饰品，兼具实用和审美价值，体现了藏族独特的审美情趣和追求。如今，藏刀已深深地溶入了藏族的生活之中，一刻也不能离开。珍贵的藏刀更是具有很高的收藏价值，人们拿它作为镇宅

劫邪之宝；而且随着时间的推移，会不断增值。

我对藏刀的感情源于金庸描写的刀客，沙漠小镇孤独的刀客，一辈子一把刀只做一件事，给我一种审美的震撼。2010年在云南香格里拉，看到精致有力的藏刀，被它深深地吸引。"力"字不出头就成了刀，藏刀是隐忍的"力"量。这次在西藏，买了一把青海藏刀，小的短刀，弧形的，很有力度，富有观赏的美感。

君子佩剑侠佩刀。刀是冷兵器时代一种主要的武器，用于战争，彰显雄心和野心，也体现人们对死亡的蔑视。男人天生对刀有感情。我成不了行走江湖的侠客，但拥有一把藏刀，时时把玩观赏，仍能砥砺意志，让内心保有绵绵不绝的力量，抵御柔软江南的销蚀。

九、遗憾哲蚌寺

最后的那个下午，从日喀则回到拉萨，时间还早。我想一个人去看看哲蚌寺。它在拉萨城的西面，是藏传佛教最大的寺庙，也是格鲁派地位最高的寺院。坐落在半山腰上，有141个庄园，540多个牧场。白色的建筑群像一堆堆米雪，故名哲蚌。僧人最多时达到一万多人。我想去看哲蚌寺，除了这个理由外，还有它是仓央嘉措当年读书的地方，也是他在哲蚌雪顿上与玛吉阿米重逢的地方。可是，出租车上那个拼车的女子说，下午哲蚌寺关门的，没什么好看。虽然司机说，那个半山腰上的落日很好看，想想路那么远还是算了。让司机拉到小昭寺。小昭寺不大，与大昭寺同期建成。核心内容是尼泊尔公主带来的释迦牟尼的八岁等身像。外面是一排一排的转经筒，很多人在转经。我进去时，正碰到佛事活动，不让拍照片。我拿起相机被按下了，再拿起相机，又被按下了。汗！只好站在边上干瞪眼。出来后，去了西藏博物馆，已经快关门了，这个博物馆很漂亮，里面有很多珍贵的馆藏文物，有毛主席写给达赖的亲笔信。这里的工作人员亲和多了，要关门了，很有礼貌地跟我笑笑。又去了罗布林卡，这是达赖们夏天居住的地方。还去了图书馆、茶园，看到一处街头有四五个人在摇色子赌博。个个抽中华烟，戴名牌表，身边还放着一壶水，估摸着这一玩就是一整天了。我站在边上，研究了好一会儿，没怎么看懂，拿起相机拍，被那个赌输了的人凶了一回，赶紧溜了。最后回到布达拉宫广场，又看到了等身长头。没有去成哲蚌寺，回头想想，还是遗憾。

　　西藏是一个难以企及的高度，西藏是一种不可战胜的力量，西藏是一条沟通此岸与彼岸世界的秘密通道。地球上没有第二块这样的土地，让人爱恨交加。如果你爱一个人就送他去西藏，如果恨一个人也送他去西藏。当然，为了完善自我，你也得去西藏。人这一辈子不去一次西藏，人生那个圆是无法闭合的，那你就只能永远在路上。

　　西藏之旅是生命之旅，心灵之旅，朝圣之旅，挑战之旅，自我完善自我实现之旅。

　　下次有机会就要去阿里了。冈仁波钦见！

# 喀纳斯，神佑的最后一方净土

太多的风景留在了路上；而有一种风景，注定要植入你的身体，相伴你一生，喀纳斯就是这样一处风景。

喀纳斯地处新疆阿勒泰地区布尔津县境内，是我们西部的最北端，与哈萨克斯坦、俄罗斯和蒙古接壤，总面积一万平方公里。喀纳斯，单就它好听的名字和西北风光就让生活在东南沿海的我对它心驰神往。有缘的是，一个好朋友在新疆经商，生意不错。彼此嘴上叨叨好几年了，今年国庆，终于成行。

10月1日从乌鲁木齐坐了一天的车，到达布尔津。2日晨七点出发，又坐了两个多小时的车，才到达贾登峪游客接待基地。就是从这里我们坐上了游览喀纳斯的区间车。

游览车缓缓启动，导游小姐开始了温婉的讲解——哦，喀纳斯到了。喀纳斯是蒙古语，意为"美丽富饶、神秘莫测的地方"，又意"峡谷中的湖"，其实喀纳斯两者兼具。游览车在峡谷中穿行，一边是高山，一边是溪流。山坡上长得最盛的是高大的西伯利亚落叶松和云杉，路边是成片的白桦林。这里是西伯利亚泰加林在我国境内的唯一的延伸带，这些都是特有的植物。落叶松的叶子红里发黄，白桦的树干光滑洁白，树叶淡里透黄，常绿的云杉生意勃发，它们总是相伴相生，被人们称为情侣树。时值金秋，喀纳斯的山五彩斑斓，层林尽染，黄的、红的、绿的、蓝的，都很透彻，没有一丝的拖泥带水，那种洁净明亮让人心生寒意，这是典型的北国风光。照观内心，你会微微颤抖，那是它在洗涤你心灵的积垢。峡谷中的溪水绿得发亮，蓝得逼眼。随着峡谷的深入，不断地膨大出一个又一个迷人的湖，沿途就有卧龙湾、月亮湾、神仙湾、鸭泽湖等。途中你可以随意在某一处景点下车、上车。车至神仙湾，湖面上水气茫茫，云蒸霞蔚，好一派神仙景象。我们终于禁不住下了车，在此疯狂地拍照。半个小时后，仙景就消失了，我们真是幸运的。喀纳斯的湖婀娜多姿妩媚动人，那是江南的秀逸，它会体贴入微地抚摸着你的肌肤。踏上喀纳斯的土地，让我产生了两种截然不同的梦幻般的感觉，它在凛然地拒绝你，又在悄然地亲近你，就像老师那锐利的目光，一眼就看穿了你做的错事，又不说出来，这个时候，我们只有自惭形秽了。

到终点就是图瓦人聚居的喀纳斯村和最美丽诱人的喀纳斯湖了。喀纳斯村是我国蒙古族图瓦人的最后聚居地，是人类古老游牧文化的"活博物馆"。喀纳斯湖处在海拔1300多米的高山上，是我国唯一的北冰洋水系——额尔齐斯河最大支流布尔津河的发源地。面积45平方公里，平均水深120米，最深处190多米，外形呈月牙状。我们坐在游艇上观赏喀纳斯湖，四周林木茂盛、景色优美，北面的友谊峰峭拔神秀，终年白雪皑皑，湖面平展开阔、碧波荡漾，在阳光照射下晶莹剔透，仿佛镶嵌在高山之中的一块翡翠。朵朵白云浮过上空，投下斑驳的阴影，光影交错，亦真亦幻，湖面不断变幻着颜色，遂有了"变色湖"的美称。喀纳斯湖传说中的湖怪"大红鱼"更是震惊世界，让许多科学家、探险家、旅行家为之着迷，纷至沓来。

在图瓦人家中用过午餐后，我们回程从月亮湾下车。沿着木板与铁丝铺就的山间小道下到湖边，近距离感受了月亮湾湖水幽深的灵气，然后沿着山间小道一直走到卧龙湾。在卧龙湾的山坡上我们走进了一家蒙古包。一个淳朴的蒙古族姑娘正在烙饼。我们很好奇地进入蒙古包，里面的大炕上铺着图案鲜艳的毛毯，叠着整整齐齐、干干净净的被子，旁边是一张新婚的床，还有电视机和取暖设备等。在这样的蒙古包里住一晚每人50元，可惜姑娘说，早被别人预订了。我们坐在蒙古包里，悠闲地喝着奶茶，吃着酥油饼。

喀纳斯气候凉爽，全年无夏，春秋相连，6至9月是旅游旺季。

10 月至翌年 5 月，是长达半年的冬季，成天下雪，平均积雪 50 厘米以上。

喀纳斯雄浑壮阔而又柔情似水，五彩缤纷而又纤尘不染。看着喀纳斯的森林，你会心旌摇曳；看着喀纳斯的湖水，你会心驰神往；看着喀纳斯的一草一花，你会心悸不已。喀纳斯的美让人心痛，喀纳斯让我们看到了人类过往岁月的生存境况。喀纳斯的风景是有魂的。

喀纳斯，美丽丰饶而又神秘莫测的喀纳斯，你是地球上还被神灵佑护着的最后一方圣土。

# 安魂的阿勒泰草原

汽车驰骋在布尔津孤独的高原公路上，眼前是茫茫的草原。秋天的草原，油酥草已经黄了、稀了，牛羊东一群西一群，时隐时现，间或一二匹高大的骆驼耸着高凸的驼峰不紧不慢地走着。哈萨克族人的毡房和蒙古族人的蒙古包，还有一些泥墙矮房，远一处近一处的稀稀落落。草原平展展的更见辽阔了，天风来回，一次次地从上面掠过。平生第一次看到这样壮阔的草原，被它的开扬和气度镇住了。汽车驶过黑山头的时候，天空突然晃动了一下，原来太阳西沉了。在夕阳的照耀下，整个草原变得通红，远处的天碧蓝碧蓝，仿佛要与草原融为一体。人与牛羊都更显渺小了。夕阳就像是慈祥的老人的脸，辉映着它淡淡的光芒，一会儿要与天边告别了。这时蒙古包里有炊烟冒出，牧民们要生火做饭了。草原的黄昏马上就要来了，一切都是那样的静谧和安详。

布尔津属新疆阿勒泰地区。在阿勒泰，除了著名的喀纳斯景区，还分布着很多草原。有布尔津草原、喀纳斯草原、禾木草原等，个个地域广阔，景色迷人，是阿勒泰轮廓分明的高山中绵软而广阔的草的海洋。如果说喀纳斯是摄人魂魄的，那么草原则是安详的。

草原是辽阔的，然而生活在其中的人们的心胸却比草原更辽阔。他们祖祖辈辈在草原上生活，从生到死，从没有买房置业的概念。在他们看来，人死后不带走一寸土地，还要安睡在草原的怀抱里，因此草原就是他们永远的家。他们是真正行走在天地间的一群人，夏天把

风在兹土

牛羊赶到山上，冬天又赶回山下过冬。年复一年，过着简单而重复的生活。长久以来养成了质朴粗犷的性格。当然他们也有精神上的寄托，从布尔津去禾木的草原上就有奇特的草原石人景观。石人个个做工精细，饱满圆润，有青褐色的也有铜黄色的，有男性武士，也有女性的。它们守护着草原三千多年了，是草原的守护神。草原石人几乎是草原民族唯一的文化遗存，反映了草原人希望被护佑的朴素愿望。

禾木草原的早晨寒气逼人。初升的太阳像孩子的脸一样红彤彤的，照得一个个山头红一处暗一处的。草原还被夜裹着，颤巍巍的不肯放亮，牛羊已在悄无声息地吃草了。这时的草原水一样的宁静。一个裹着头巾的哈萨克族妇女坐在一块石头上，什么也不做。不远处一个男人低着头来回走着，像在找寻什么。这或许是他们让自己的心灵清澈纯净的一种仪式。

草原让生活简单也让人的想法简单。在草原上，你的心灵会很纯净，很安宁。随着旅游业的发展，喀纳斯等地日接待客人数万人，景区里到处都沾上了铜臭味，而草原和它的牧民却几乎不受影响，顾自保持着纯洁和质朴。阿勒泰草原就是一首安魂曲。

# 美丽的禾木，最后的图瓦村落

　　在陡峻的高原公路上，天颤巍巍尚未放亮。汽车像一个寻宝的人一样不知疲倦地前行。金秋的早晨我们走在去禾木的路上。

　　在新疆最北端的喀纳斯景区有个禾木村，是蒙古族图瓦人聚居的三个村落中最远和最大的一个，总面积 3000 多平方公里，现有人口 1800 余人，其中图瓦人就有 1400 多人（另有哈萨克族等人居住），被称为最后的图瓦村落。

　　图瓦人一共 2100 人（除禾木村，其余住在喀纳斯村和白哈巴村），世代居住在我国西部最北端最美丽的雪域冰川上。他们的人字型木结构房屋搭在山谷平原上。四周高山绵延、中间是平坦的草原，一条河流像洁白的玉带从村中穿过，把村庄分成东西两半；一座颇具特色的牢固的木结构桥横于河上，通向西面的高坡。图瓦人世代生活在大山里，以狩猎和放牧为生，个个飞马驰骋，英姿飒爽，让人好生羡慕。都说这里的孩子只要会走路就会骑马，是真正马背上的民族。他们善良质朴而又憨厚得近似于木讷。

　　秋天的禾木，天高云淡。四周的山上那特有的树木都开始展示自己生命的底色，西伯利亚落叶松红里透黄、白桦林黄里泛白、常绿的云杉绿里藏青，既层次分明、大气透彻，又相互交错、色彩斑斓，就像上帝不小心打翻了手中的调色板而用神来之笔绘就的巨幅画卷。独特的人字型木结构房以黄色为基调，与四周散在草原上的牛羊相融相协。清凌凌的河水终年流在禾木河上，滋养着这片土地。爬上西面宽阔的高坡，整个村庄一览无遗。你若躺在高坡的草地上，身体会消融在大地里，魂魄会飘升到蓝天上。禾木就是这样一个宁静的世外桃源。

曾几何时，这个美丽的地方被人发现了。旅游者纷至沓来，从此这里的宁静被打破了。开始时，只允许每天接待一千名游客，现在是几万人了。早先，山坡上图瓦人摆的牛奶和油酥糕点是免费供客的，现在当早点卖，一人十元，一杯牛奶就要五元。村里建了七十多家的旅店，什么原生态、大三元的。每户人家有两匹马可以供游客骑乘而赚钱。现在每家每户都赚钱了，就有好事者问，"你们赚了钱做什么？下山吗？"他们茫然地摇头——不敢，一是语言不通，二怕被骗。那干什么要用自己的家园换那些没用的纸呢?！我想这绝对不是他们的初衷，他们像印地安人一样是无可奈何的。现在的禾木村里已经马粪堆积、污水横流，不堪重负了。十年、一百年以后呢？禾木村还会是世外桃源吗？还在吗？印地安人还有一块保留地，图瓦人呢？

回程的路上，山路险峻，白桦树漂亮的叶子成片成片地飘落枝头，像美丽而罕见的枯叶蝶一样在秋风中飞舞。我说，"好美啊。"司机说："晚上一场大风就没了，没几天就剩下光秃秃的枝头了。"哦，可惜了，那只是一场华美而凄凉的挽歌。

# 草原日落和日出

一个夏日的午后，我迷失在乌珠穆沁草原上的蒙古汗城里。玩卡丁车、骑马、射箭、看那达慕，玩了一圈，已是下午五点多，走回蒙古包的时候，看了看天，日头斜斜地挂着，空空荡荡的。

草原上的天低矮而又辽阔，像个没有边缘的锅盖。夕阳下的长天一溜一溜地蓝，有云的地方白亮铅灰。吃过晚饭后，草原向斜挂的落日敞开了胸怀。蒙古包大起来了，草地鲜活了，风动起来了，小昆虫跳了，大针草、狼针草、羊草、茅草在微风中乱点头，百里香在原野上开一些小白花，蓝色的蜻蜓直升机一样地盯视着。夕阳晒在每一条草原上罕有的石头路上，灼灼发亮，两只油光的小黄鼠在路口举起前爪向我致敬，还拿一只眼睛向我挤眉弄眼的——要我陪你玩会吗？我举起胸前的相机一步一步靠上去，正要按下快门的时候，它把头一伸一勾，没在了草丛中。

草原没有方向，风也没有方向，只是微微地吹着，风在草原上流动，摇摇晃晃的花草摇落一片片碎金，却不破坏它的静美。我在勒勒车上坐一会，又走到松木围栏上坐一会。远处有人立着三角架对着夕阳，有人蹲在草地上拍些小花，无需担心他们会打扰你。除了沁凉的风，四周的一切都很安静。东方的云层一朵接一朵地红起来，原来是脉脉余辉在照耀着它从那里升起来的地方。落日慢慢变成了初红，猛一回头，满天完全染成了铁锈红。

独自走向城门，爬上城楼，看着满天的晚霞，想像王维当年被遣边监军时，是怎样一个人站在荒原上看"长河落日圆，大漠孤烟直"的。一片孤云背后，太阳还在放射出光芒，染红着天空的一角。城门外是一口湖，暮霭抹去了湖水的边际，湖光和草色朦胧地交融在一起。夕阳慢慢拧成了一股绳，一束光柱直照中天。远处淡了，青灰色了，光源慢慢归于一点，照在蒙古包的尖顶上。

我像一个被放逐者，又像世界的操控者，久久地端坐在城楼上。夜风起了，夕阳就要落尽了，远处留下一条辽阔的红边，嵌一些无力而微凉的残红。天空的帷幕合起来了，篝火马上要在蒙古包前升起来了。

夕阳褪尽融入夜色中，草原的夜从天上走下来，我听见了她温静的脉搏和呼吸。夜一律地青色，我躺在草原上，青白的夜在我的体内大片大片地生长。我处在梦的边缘，用勒勒车拉着草原的夜和自己的灵魂狂奔——有风、有凉、有黑。是谁偷走了草原的夜，让草原空无一物？

早晨醒来，六点多了。草原的天四点多就亮了。早起的人在蒙古包门前晒太阳，有人低头摘着野韭菜鲜嫩的茎。我在石子路上踏露而来，阳光细碎，清影幢幢，周围是各自吃草的马和牛羊。玻璃般绿色而透亮的风串起清脆的响声。北京来的露营的三对情侣醒了，放着情歌，收着帐篷，支起小桌子，打开啤酒，切开西瓜……高大的骆驼抬起头嘴对嘴站着，耸立着一动不动的四个驼峰。清晨的湖水亮起来了，湖里一只落单的鸳鸯在嘎嘎叫着。岸边搁着一条船，不远航了。

一个长发的穿牛仔短裤的姑娘坐在湖边的草丛中，把倩影倒映在湖里。我来来回回地打转，真想坐到她的身边。

# 勾魂的草原

阴山下，汽车驰骋在平坦而延展的公路上，没有尽头。这里是内蒙古锡林郭勒大草原，我国四大草原之一。草原上每一处都是同一处，汽车四个轱辘像在原地打滑一样，三天三夜，没有出草原。

草原是个"原"。一块广袤的平原，一丘缓缓的山坡，远处横亘的阴山都是弧形的，既能平展地延伸，又能优雅地弯曲，卷成扇子，弯成圆月。一切都卷在一个精致的圆里，非常优美。草原宏阔、辽远，一望无际，就像轻风吹过，挂在蓝天下波动的那条绿毯；又像陆地上的海洋，细浪慢腾。草原是一个无边无际的宇宙，又是一个密封的圆。

草原上有许多草。大针草、茅草、狼针草、羊草、剪子草、百里香……高山草甸草原上的金莲花和走马芹。草原的草是原上草。离离原上草，是草原的生命之所系。

草原上有风。风是草原流动的血液。草原的风微微的，甜甜的，吹在原上，吹在草上，吹在蒙古包上，吹在人的身上，吹在清澈的湖上，吹在牛羊上……吹过来，又吹过去，风吹草动，昼夜不停。草原的风总在你的身边绕，让你心旌摇曳，想去扑住它。

草原上有动物。动物是草原的精灵。除了牛羊、骆驼、马、狼等，草原上的动物还有黄鼠和乌鸦。草原上的黄鼠是人们痛恨的，然而我却独独喜欢，它非常可爱，总是举起前爪向我致敬。孤独的是乌鸦，总在清晨里无声地负着霞光飞翔。

草原上的生活十分简单。牛羊唯一要做的事就是吃草，吃累了就躺下来，吃饱了就眠一会儿，天暗了就回栏。草原上的人，住蒙古包，吃牛羊肉，没有那么多勾心斗角，没有那么多事需要急急匆匆。孤独了就对着腾格里唱歌，或者坐在山口打开皮囊喝上几口，然后眠在草丛中，让风从头顶上过。看着蓝天白云，可以睡着也可以不睡着，都不打紧。当然他们兴起的时候可以策马扬鞭，可以比试射箭，还有非常有名的蒙古式摔跤。他们死后用勒勒车拉到草原上一扔，围几块石头，成一个敖包。生命是草原给的，死后也要回归草原。然而简单的生活之下，一切生命的故事都在悉数上演，成吉思汗横征欧亚大陆，忽必烈神奇地统一中原。或者生活本来就是简单的，那些所谓文明的繁文缛节正是消耗文明精气的元凶。

我独自背着帆布背包无数次地站在白色的蒙古包下。在如梦的草原上，我愿做一株狼针草，伴着寒暑，舞在风中，独自春荣秋枯；我愿骑着一匹狂奔的烈马，来回驰骋，不管方向，放弃时光，忘记我的神伤……

# 海上极地东极岛

东极岛的旖旎风光最先被一群海钓和摄影的人发现，单就祖国最东面的岛，蓝天碧海、原始生态、石头房、海鲜就让人神往不已。南极北极太遥远，先到东极逛一圈。

我来东极岛的时候，韩寒的《后会无期》拍摄组在前一天刚走。轻叩"极恋区"大门，把门的老头绘声绘色地跟我说着拍摄的情况。《后会无期》讲述的是东极岛出生的三个青年，离开海岛，一路自驾到中印边境的人生旅程和各自的故事。电影还没有火，东极岛先火起来了。

东极岛位于舟山群岛的洋面上，是我国最东面的岛，主要有三个住人岛，庙子湖、青浜、东福山，其中庙子湖最大，亦不足 3 平方公里。

## 一、庙子湖

庙子湖是东极小镇的所在地，像一头卧着的牛。从东到西，沿着弧形的海岸走，一条路串着大大小小的码头，码头上堆着各种烟熏火燎的物件，海岛小镇的生活叮叮当当地向我走来。山坡上全是黄褐色的石头房，陈旧而坚固，一条条石砌小路左穿右绕，迷宫似的打开一个个转角处的秘密。我不时地窥探着，房前屋后长满了野荨麻和大叶的藤蔓，因为雨水丰沛，绿得恣意汪洋。藤条爬上一垛墙，墙就全绿了，爬上一间房，房也绿了。这种藤蔓据说是当年部队种植，隐蔽工事用的。

小镇最繁华处是一个港湾，有码头、大排档和几间小面馆。后面依山建有几个比较高档的酒店，我就住在这边上的极地宾馆里。港湾里有一处九十度的转角，海浪逐来，总会"乒嘭"炸响，溅起好看的浪花，不知道是否有意设计成这样，让小镇的门口白天黑夜总挂着一朵浪花。这里坐着一个悠闲的老人，佝偻的背和青铜古色的脸上写满了海岛的故事。说起岛上的捕鱼生活，他在肚子里搜索了一番，然后慢条斯理地说出来，就像说别人的生活一样，因为纯粹的打鱼生活对他们来说也已经遥远了。西面是一条斜斜的街，有邮局、商店，还有渔民画展厅、东极岛历史博物馆等。这条街一直延伸到山坡上的荒草丛中，斜斜的街里斜斜的阳光，老房老墙和街边的石凳无声地诉说着海岛的历史。

半山腰上的宾馆里有个红衣女子趿着拖鞋慢慢地走下来。一看便知也是新来的游客，刚洗过澡，正慵慵懒懒，慢舞似的旋转着脚踝走下一级一级的石阶。她在码头边的小店里租了钓竿，提了一把小凳坐在码头上，倚着栏杆独自垂钓，直到黄昏靠岸，一无知觉。来东极岛，钓鱼是一项必不可少的海上体验活动，花十元钱租根钓竿，随便找个空荡荡的码头或者坐在一块礁石上，把钓钩往海里一抛就是一整天。这里鱼很多，很贪吃，咬钩很猛，钓鱼不需要专业技术，业余的还会比专业的获得更大的乐趣。当你不停地把鱼儿拉离水面的时候，会情不自禁地笑出声来。钓上来的大多是虎头鱼，运气好的有红鲷和黑鲷。我就钓上来一条三两重的黑鲷鱼，这是一种味道很好的鱼，据说人吃了会上瘾。

岛上多雨，黄昏的时候雨有一阵没一阵地下，弄得天空一阵亮一阵暗的。晚饭后，我沿着环岛的路往山上走。路边全是舞动的茅草。路上没有人，就一条路一个人。远处路灯的光亮照在积水的路面上，反射出一个迷离变幻的海上世界。

深夜，我走出宾馆。夜色里的庙子湖海湾形如子宫，宁静安详。

上空盘旋着白色的鸥鸟，仿佛在用它翅膀的扇动带动海浪的起伏。我想象自己就是那只白色的鸟，在夜的空中飞。夜在水面上动荡不安，像女人波动的乳房。夜的手爬上一艘弯曲的小船，点亮了摇曳的渔火。小镇坐在薄薄的青夜里那盏渔火旁，缓缓地讲述一个个陈年的故事。

最先发现庙子湖的是一个福建渔民，叫陈财伯，清朝后期人。有一天他出海捕鱼，在东极海面遇风暴覆舟，死里逃生爬上荒岛庙子湖，独自住在岛上。为使东海渔民免遭风暴之灾，每当风暴将临，他便在山上燃起大火，指引海上的渔船回港避风，数十年间，从未间断，渔民都以为是神火。后来很长时间"神火"不亮了，渔民们上岛一看，发现陈财伯的尸体倒在熄灭的篝火旁，才知道"神火"的来历。渔民们遂为其建庙祭祀，塑了雕像。雕像手举火炬，身穿东海渔民传统的大襟布衫和大裤脚笼裤，极富力感，被称为自由男神像。

第二天一早，我爬到山上的雕像边，坐在东极亭里望海。听说距庙子湖 200 海里处，树有中华人民共和国国界碑。这里视线极好，远眺茫茫大海，吹着裸露的海洋深处的原风，心事被海浪层层推高，想起了曹操的《观沧海》："日月之行，若出其中；星汉灿烂，若出其里。"这是一处凭栏观海的好地方。


## 二、青浜


青浜在庙子湖与东福山岛中间，是三个岛中最小的岛，住的人最少，很多游客都不上这个岛。岛上的房子挨得更加紧密，组成了一个类似佛教大寺院的建筑群，里面藏满了幽暗的冷意。在海面上拍下青浜岛的照片，非常美丽，被人惊呼为"海上布达拉宫"。岛上的那条路，沿山脊蜿蜒而上，裸露、寂寞，发夹似的弯得很优雅，被岁月洗得发旧发白，在夹道的茅草野花扶持下，被风架向天际。这条路一下子进入我的体内，盘在我的心头，像十二月僵冷的藤蔓，再也绕不出去。若是任意找一处路边坐下，心思会立即涌入幽暗的时光隧道，慢慢地洇湿到历史的角角落落。这条路通到山巅，从中间悬挂下来，像一条细瘦的草绳穿过村庄，最后消失在码头上。草绳上偶尔趴着一两个蚂蚱似的人，风翻着他的衣角，一无知觉。

如果说庙子湖尚有人间烟火味，坐着一个清瘦的老人可以慢慢地跟你讲讲故事。那么青滨岛就像一个老僧住过的老庙，瘦骨嶙峋的全是孤寂的时光。

我听取了当地人的建议，也像大多数旅行者一样，没有上这个岛，只在轮船靠岸时，迅速地跳上码头，重重地走了几步，也算是踏上了青浜岛这片土地。现在回想起来，不上青浜岛实在是一个大错，旅行应该尊重自己的感觉，而不是听从大众的建议。

# 三、东福山岛

东福山岛是东极最东面也最迷人的岛，中央电视台大型纪实节目《北纬30°中国行》，第一站就是这里。这个小岛被称为"风的故乡，雨的温床，雾的王国，浪的摇篮"，我觉得还该加上一个"石的世界"。整个岛常住居民只有五十多人，集中在一个叫大岙村的山坡上。所有的建筑都用石头砌成，石房、石墙、石板路，屋顶上压着一排排石头，抵御台风。前几年经历了一场14级台风，这些石头房安然无恙。门前挂满了白色的渔网，充满渔家风情。这些石头房，现在都改成了旅店，我住在一位大婶家。

东福山岛的岛名源于一个被讲述了不止千遍的秦始皇寻求长生不老药的故事。当年徐福的船队到蓬莱仙山寻找长生不老药，来到这个小岛。岛上一个白胡子老头热情地招待了他们，此岛因此取名东福山岛。

岛上有一条环型的盘山路，像斜背在身上的一条玉带，谁开辟了这条山路，真是非常好。沿路走一圈，岛上的风光尽收眼底，可一圈下来要五六个小时，也真够累人的。午饭后，沿着这条石头铺就的小路，我开始了环岛游。不远处立着一块"世纪曙光测量点"的牌子，新千年时央视迎接新世纪中国最东方第一缕曙光的直播地点就在这儿。据英国格林尼治国家天文台测定，中国大陆住人岛新世纪第一道曙光照射点在东福山岛，日出时间为2001年1月1日6点42分。有人说，诗经里说的"首阳之东"就指这里。

一路上能看到野荨麻、臭梧桐等岛上独特的植物，因为海风的吹拂都长得不高。走了两个小时左右，前面的山湾里出现了一大片石屋，完好得跟古堡似的，这就是著名的大树湾石屋群了。大树湾没有一棵树，石头路边和房前屋后长满了蓬勃的大叶植物，下面是一个不大的海湾，有个简易码头。

整个石屋群有上百座石屋，全用石条叠成，其建筑的质量和规模远胜大岙村，说明它当年要比大岙村繁荣。而背后的山沟上滚满了大小岩石，重重叠叠，挤挤挨挨，恰如从山顶上倾泻下来的，人们称为"陨石瀑布"。看上去颤颤巍巍，仿佛只要在山脚下任意撬动一块，整个山沟上的巨石就会轰然倒下。人们为什么要建石屋于其下，是对它的牢固有十足的把握，还是为了取材方便？这样的景观从我的眼里看，只有亘古的火山喷发或崖崩之后又经千万年的风侵雨蚀，方能形成，有盘古开天的初始洪荒感。整个石屋群已无人居住，与它相伴的，只有呼啸的海风和永不停息的波涛。这一片石屋群给了我太多的震撼，它所有的一切都在我的体内延绵成绝世的风景。

一路上隔一段就有一处钢筋混凝土结构的山洞，有的洞口被堵上了，大部分是敞开的，那是军事工事，非常坚固，可以抗核打击。岛上一直有驻军，直到现在还有，因此处临近公海，是国防的最前哨，称为东海第一哨。二十世纪七八十年代有一首流传很广的军歌叫《战士第二故乡》，写的就是这里，词作者是这里的一个战士。哨所旁还可以看到"战士第二故乡"的摩崖石刻。

前面的路越来越弯，但视线越来越开阔，可见的洋面也越来越广了。四周全是巉石嶙峋、悬崖壁立，整个岛子被石头撑得满满当当的。我想，它本质上是一座没有完全发育的岛。一块块浑圆的石头，漫山遍野地躺卧着，小的如鹅卵石，大的比屋子还大。它们形态各异，兀然立于山间，总给人有似曾相识的感觉。看，那石上之石不就是普陀山的"磐陀石"吗？那一尊尊如罗汉恭立的，不就是复活节岛上的巨人像吗？还有"一线天"、"巨石阵"，毫不掩饰的巨大女阴"雕塑"……在云雾缭绕的山顶，有一奇石，上面刻有"福"字，经有关专家考证"福如东海，寿比南山"之说就出自此处，相传到过此地的人都能增福增寿。

转到岛的东面，几起几落之后，你会看到一处壁立的高大山峰，那就是岛上最有名的象鼻峰，是极地风光的一处奇观。我惊呼——东海之巅！它尖尖的头部高高翘着，矗立半空，云雾从它的脚下爬上光滑的背脊，瀑布一样飞速地流过，呼啸之声不绝于耳。在蓝天淡云的映衬之下巍巍然仿佛正在缓慢地移动，让人搞不清它究竟是在天际翱翔还是在海中遨游：整个山峰在动静之中，展现出一幅震慑人心的画卷。

就如《战士第二故乡》歌词所唱："云雾满山飘，海水绕海礁。人都说咱岛儿荒，从来不长一棵树，全是那石头和茅草。"东福山岛看上去有点荒凉，也很少看到动物。这时，忽然看到路边一处可爱的石头上站着一只小鸟，让我一下子好奇起来。这块石头的造型本身就像一只面向大海，却回头看路的鸟，而小鸟停在上面，与它头对头、嘴对嘴，不时发出"唧唧"的叫声，逗乐着，怡然自得。而前方山洞边有一块巨大的岩石裂成了二半，一只羊曲身躺在岩石上一动不动，看上去，与那块岩石构成一幅优美的图画。在它们的身上你看不到一点的焦急和烦躁，那样安闲自在。我想岛上动物不多，生活单调，它们或许把石头当作有生命的生物相互玩耍嬉戏，以打发漫长的时光。它们在孤独中修炼出了一种智慧，懂得自己找乐度过一生。鸟与羊，玩着岛上最丰富的岩石。

前面丛林中，有一座依山洞而建的白云宫，很特别，有五个大殿，分别设了宫、殿、堂、观、洞，供奉了释、道、儒、神、怪等不同的宗教偶像。岛上人不多，信仰却很多元。相传白云娘娘住在白云宫后面的白云洞里，洞中长年不息地冒出浓浓白雾，罩在东福山顶上。

回到住处，大婶已为我做好刚从深海里捞上来的鱼，这是真正原生态的海鲜了。品着海鲜，与大婶聊起岛上居民这么少，大婶有些无奈，"鱼少了，打不到了，不赚钱了。"随着渔业资源的枯竭，岛上的年轻人纷纷离岛另谋生路。留在岛上的人现在捕鱼的方式是驾着一艘小船，穿着潜水衣潜到20米下的深水区捕鱼或挖些贝壳类的海鲜。听大婶说，潜水的人都有被大鱼吃了的。

晚饭后，我坐在村口那块巨大而光滑的礁石上，外面有一座孤独的灯塔。东福山岛的夜，从太平洋上泅过来，我要做一个海岛的看守者，独自承受它夜的重量。

# 四、后会有期

如果忘却岛屿，单说到东海去，海上航行本身就是迷人的旅途。东极轮够大，然而有时依然会溅起高高的浪花。风平浪静的时候，我就像一个摇篮里的褓襁，独自端坐在海面上，有如镜子里一般安详温馨。海风吹过，小岛掠过，海天的边界，永远在不远处那不真实的光晕中。

久居文明社会，周围的人，风、花草，都穿了衣，着了色，不知道原来的样子了。东极岛，有着原始的气息和荒凉的美感，你可以脱了身上衣，褪去心灵的罩衫，坐在未发育完成的石头上，吹着原味的风，看着本色的海，体验身的孤独、心的孤独。

东极岛之旅是自我放逐之旅，是裸心裸身之旅，是原始海洋生态之旅，找回自我之旅。在庙子湖可以是一群人；在青浜岛最好一个人；东福山岛，就两个吧，那是最浪漫的。

岛上人向四方去，四方人到岛上来。韩寒的电影叫《后会无期》，我想跟东极岛说——后会有期。

# 丽江酒吧，微醺的醉态和轻扬的浪漫

深秋的初夜，醉眼迷离的我跌落在丽江古城里。在一处大水车旁，忽然发现这里的夜色红彤彤的跟别处不一样，古城的夜掀起她神秘的面纱舞动着撩人的身姿……哦，这里就是酒吧街了。我经不住熏心的魅惑，一头扎了进去……

一串串的红灯笼在空中一路挂过去，映现出两旁桐油色的木结构老房。中间一条晶莹透亮的溪水，宛若玉带飘来荡去。溪中红鲤穿梭往来，岸边柳树沉醉于晚烟。溪水边、柳阴下，一个个酒吧名冲击着眼球——千里走单骑、一米阳光、小吧黎、阳光和酒、纳西人家、后街 5 号……其中最经典的最爱情的叫樱花屋·金，演绎的是一个韩国男孩与一个中国女孩两次邂逅于丽江的爱情故事。酒吧的门口造型各异，有的建一道木栅栏，有的设一二个台阶，站着一个身穿民族服装的女子有分寸地招呼着客人。我踩着一米多宽的石砌街道，深一脚浅一脚地走着，眼前是一个美目巧笑素装的姑娘，我旋转着身子，希望能找个角度掉进她酥香的怀抱里，她轻盈地闪身，用手轻柔地扶住我，不让我掉在她的怀里，又不跌在地上，还送给我一个倩倩的巧笑。哦，这是一个纳西女子，我的耳边响起了遥远的茶马古道上纳西马帮的铃声。一个摄影师埋着三脚架在专心致志地拍夜景，我一个滑翔俯冲到他的镜头前，吓了他一跳。他一惊一乍之后，给我一个善意的微笑。他们都知道，来这里的人没有一个不醉的，也没有一个烂醉的，都是那种微微醺醺的半醉。你就是狠狠地踩人一脚，绝不会被认为是恶意的。不知不觉来到了四方街，人们围着中间的一堆篝火手牵着手在忘情地跳舞唱歌，不断地有人加入。这就是酒吧街的另一头了。从大水车到四方街不到一公里长。就是这短短的一条街却闻名遐迩，让所有的人为之着迷，我想她一定是蕴藏了酒神狄俄尼索斯的灵。

我回头走进了纳西人家，找了一个临水的位置坐下来，要了"风花雪月"的啤酒和油炸竹虫的小吃。酒吧里红烛摇曳，小舞台上男女歌手在深情地演唱着情歌，有时候还会与对面的酒吧对歌，一对就是几小时，甚至唱到天亮。音乐、舞蹈、红烛、酒、男人、女人、石街、木屋、垂柳、流水、小桥，这一切孕育出独特的氛围，让所有的人都慢慢地醉了，这甚至跟有没有喝酒都无关。酒吧里，无论是谁都是平等的，无论是谁都没有沟通的问题，酒和音乐就是语言。生活中我们因为熟悉而封闭内心，在这里我们因陌生而敞开心扉。在这里，没有国度，没有种族，没有政治，没有时光的概念，有的只是微微醺醺的半醉状态和每个人心中慢慢苏醒的美好和浪漫。

丽江酒吧街，还是一条轻艳遇之街。轻艳遇其实很简单，就是美丽的相遇。一个男人与一个女人心烦了有闲了，来到酒吧街，举起手中的酒杯，说一声你好、幸会。这就是人们向往的人与人之间最美好的关系。至于还有没有以后，那是他们的事了，与酒吧街无关。

丽江酒吧街，她是早春萌动的浪漫，不是晚秋宁静的美丽；她不要理智的节制，又拒绝疯狂的失控，她是一种最极致的可控的激情；她是一份温婉的激动素又是一贴轻度的催眠药，让你达到微醺的状态和轻扬的浪漫。

第二天早晨，酒吧街寂静无人，沉睡在时光的长廊里，这里原来就是纳西人的一条古街。

# 悠悠秦淮水，依稀几多梦

曾经，我要寻找的繁华和气度，在秦淮河上。

曾经，我要寻找的才情和女子，在秦淮河上。

早几年，一个从南京回来的朋友说秦淮河早已不在了。我一惊。他又呵呵两声，在还是在的。

今年六月，大雨洗过天空的那个午后，我来到了秦淮河。夫子庙、江南贡院、文德桥、来燕桥……清一色仿明清时代的灰色建筑，在雨后显得出奇的平静，夹杂其中的是嘈杂的酒楼、商铺和表情各异的游人。

站在"天下文枢"的牌坊下，听完导游的介绍，我匆匆地到夫子庙和江南贡院瞥了一眼，回到文德桥头。眼前分明就是秦淮河，但感觉逼仄狭小，河水幽暗，毫无生气，与想象中的完全两样。问导游，当年朱自清和俞平伯写的《桨声灯影里的秦淮河》就是这里吗？导游说是啊，这就是秦淮河啊。我说当时还是足够繁华的吧，导游说，是的是的。又问，他们在哪里下的船，导游不答。

我迅速走到文德桥的南端，要去看两个地方，乌衣巷的王导谢安纪念馆和李香君故居。秦淮河历史上两度繁华，分别在六朝和明清时期，乌衣巷和媚香楼是其代表。

乌衣巷因当年居住着王、谢两个显赫的家族而成为东晋豪门贵族聚居之处，他们的子弟被称为"乌衣诸郎"。王导、谢安分别是东晋时的名相，更令人称奇的是，其后人人才辈出，涌现出王羲之、谢灵运等杰出人物，素有"王家书法谢家诗"之美誉。

从南朝开始，秦淮河更趋繁华。两岸酒家林立，商船昼夜往来，歌女寄身其中，轻歌曼舞，文人才子流连其间，夜夜笙歌。隋唐以降，渐趋衰落，成了寻常巷陌。遂有了刘禹锡的"旧时王谢堂前燕，飞入寻常百姓家"。

纪念馆是一个两层楼的小房子，里面有王导和谢安的像，有来燕堂、听筝堂。有王导家族的族谱，有淝水之战的场面。有陶猪、陶罐等，造型憨态可掬。当时人们常用的家具、茶具和卧具，华贵大方。没有人来此参观，甚至卖票的人都找不到。

出了王谢纪念馆，我来到同一条街斜对面的李香君故居。它是来燕桥边上一幢不起眼的小楼，一个两层三进的木结构小院子。狭小的门前写着一幅对联："花容兼玉质，侠骨共冰心"。一楼有李香君的石像，秦淮八艳的事迹介绍，有专门的香君馆。沿木梯上到二楼，那里三间房，一间是弹琴弈棋，一间是会客休息，一间是卧室。参观的人不多，一同上楼的有两个老头。我在会客室的那把椅子上坐一坐。老头会心一笑，然后他们转到楼下去了。我来到卧室前，移开栏杆，在香床上躺了一会。床上有帐有被，还有一身红色的衣裙，似留有香君温婉的体香和她纤指间弹出的悠扬琴声。

秦淮八艳，之所以在历史上这么有名，绝不仅仅是她们留下的香艳故事。首先她们都多多少少间接地影响了历史，其次，她们都在国破家亡之际表现了高尚的民族节气，第三，她们都有较高的文学和琴棋书画的造诣。

回到一楼，俩老头坐在香君馆的茶几前听着音乐。从后门下去，楼下有一条石砌甬道直抵河滨船坞。这是现今江南一带保存着的唯一的河房建筑。明代张岱撰有《秦淮河房》一文，盛赞："秦淮河房，便寓、便交际、便淫冶，房值甚贵而寓之者无虚日。河房之外，家有露台……凭波俯影，间以垂杨，闺人浴罢，纨扇生绡，闲眺游艇。"可见当时秦淮两岸"锦绣十里春风来，千门万户临河开"的盛况。

我顺着甬道下到船坞。栏杆外，刚好一艘船驶过，在狭小的河道里兴起了波浪，原来这是柴油机作动力的画舫，后面拖着一连串的突突突声。

从李香君故居出来，旁边的商店门口坐满了游人，他们是走累了。店里很多人挤着讨价还价买南京的盐水鸭。我又来到来燕桥上望一望。河水阴暗晦涩，岸边长满迎春花和夹竹桃。在一片灰白相间的仿古建筑中，看着阴暗的河水，内心有一份说不上来的惆怅失落，秦淮河完全没有了灵气和生气，她不应该是这个样子的。

当年秦始皇为断金陵王气而凿秦淮，然而金陵后来还是成了六朝古都，至南宋设立贡院，成为江南文化中心，明清时期再度繁荣而达鼎盛。秦淮河承载了多少历史的繁华和才子佳人的美梦，因此而被称为中华第一历史文化名河。它绝对是中国文人的精神乡愁之一。对于一个游子来说，最痛苦的还不是乡愁，而是回到故乡后的那种陌生感。

想起导游说过，现在的秦淮河就是一个小商品市场，忽然就明白了，是商业和铜臭更多地占据了这里。又是金钱。

黄昏时节，天空忽然明亮，只因下起了细雨。时值江南雨季，秦淮河淹没在迷蒙的雨中。有一天，她真的会不在了吗？

# 西栅夜景

深秋时节落在乌镇的夜里。一个人走过街道，穿过马路，跨过桥，从东栅来到了西栅，看到灯光下那片蓝色的水域在闪闪发亮，这个迷离的夜景，一下子让我怦然心动——这不是六朝时代的秦淮河吗?!

走进西栅的夜，你就走进了一个迷宫。在一片暗红浅绿的迷离灯光中，坐在手摇的摆渡船上，没有动力，没有声音，就连船桨划水的声音都没有，船夫刻意把自己藏在船尾的一角，让大家忽视他的存在。这样坐着，无知无觉，很惬意，心想，就这样，漂吧。一出神，彼岸到了。

上了岸，即是个五彩斑斓的世界，一例的明清老街小巷仿古建筑，黑瓦白墙黄褐色的门板，青石板路，河道拱桥，水上集市，埠头……最最幸运的是赶上了一场雨。一年一度的乌镇戏剧节也正在上演，大剧院里发出柔和的亮光。

绿色的树枝上，屋顶上，窗户上，水面上，拱桥上，河岸边，草丛中，都发现幽幽的亮光，浸在那场深秋的雨里，让这个小镇幻化成一个不真实的世界，整个恍惚起来。我不由自主地兴奋起来，脚步不听使唤地乱走。

西栅的主体也是一条河二条街，西栅大街上，一棵古樟一座桥，一株柳树一埠头，历史深处的石条老路，串起老酱油铺、锦堂、连环画书店、昭明书院、农家施舍、茶室咖啡店，一垛垛老墙爬满了青黄相接的爬墙虎的叶子。不时地有游船在河里划过，泛起摇曳的彤光。河埠头的小屋开着一扇侧门，里面就是一双柔软的拖鞋，一把木梯子伸向楼上，那是一个枕水的旅舍，对一个劳顿的旅人有着致命的诱惑。走过了雨读桥，穿过桥里桥，不小心又来到了似水年华红酒坊和默默的家，还有一个叫"花开的地方"。

不时地有一条条幽深的小巷通往看不见尽头的远方。我走在空空的小巷里，脚下的石板路被雨水淋洗得透透的，在墙上壁灯的照映下，反射出致幻的亮光，把我的影子牢牢地牵在手里。忽然迎面来了一个女子。小巷小，女郎扭动腰肢，与我错身而过的时候，我们的伞在头上相碰，她说："江南的水乡真美啊。"我贴着潮湿的墙壁小心地给她让路，我以为这一回我很绅士很有修养。蓦然回首，只见一张雨织成的五彩的网和一个幽暗的影子在慢慢模糊。几滴冷雨打在脸上，我愣了一下，她说的这水乡的美，其实也包含了她啊。

失落中继续前行，过一座桥，前面一个木板搭的观景台，原来我走到了小镇的北面边缘，外面就是龙形田了。就站在这个观景台上我返身把小镇的夜景看了一遍，小镇的夜，处处都一样的精致迷蒙。再过去就是停车场和月老庙了，空旷的停车场里蹲着几个司机，外面竟然是出口。我吓一跳，往回走。

我在西栅迷路了，今夜无法把它走遍了，而夜色中的西栅又是如此的相似，忽然明白——不如放弃了行走，坐在某处桥头或小小的咖啡店里喝一杯爱尔兰咖啡。于是，我回到了雨读桥，坐着，竟然听到了孩子的读书声，这夜里依然有一泓水是静的，灯光下三瓣落叶在水面飘，有鱼儿在彩色的水下游。

西栅的夜让我发现原来世界是相似的，你不用走很多地方，不如坐在某个桥头静静地听雨。这正如人生，这样那样的并无太大的区别，与其行色匆匆，不如放弃了行走，停下来，好好地感受一下这夜色才更好。于人生，只有懂得停下来，才能体悟和收获更多的东西。

雨一直下，下在灯光里，弯曲了，变成毛茸茸的冰凌花。西栅的夜本是一个迷宫，而雨塑造了一个个多情的肉身。这样坐着，时间的边界模糊了，九点还是十点，不用管。

西栅的夜一场雨，孤独的旅人一把伞。乌镇，一个古味浓厚的乌托邦，西栅的夜是她的精魂，是画在"乌"字头上的那一点，让乌镇成了夜间飞翔的青鸟。

深秋的西栅，江南第一夜景地！

# 土楼，又一朵华夏文化的奇葩

在闽粤赣三省连片的红黄壤组成的山沟沟里，镶嵌着一座座圆形的房子，状如天上降的飞碟、地里长的蘑菇，那就是土楼。这片红黄色的土地虽也长些作物，却是斑斑锈迹，贫瘠而荒凉，略带几分不安，是土楼使这里的人们获得安顿，居贫而甘。

关于土楼，有一个美谈。相传某国的卫星拍到深山中的土楼，以为是导弹发射井，于是以旅游为名派了很多间谍，最后带回去的是一本影集。

关于土楼，之前认知浅薄。以为客家是一个人数很少的族群，土楼是他们独特而又带有神秘色彩的住所，加上近年大量的宣传和之前卫星图片的讹传，土楼渐渐幽居于心之一隅。深秋之时，车子在曲里拐弯的山路上走了几个小时，终于在夜幕降临时到达福建永定县。到了之后，才知道客家是一个人数很多的族群，除分布于东南沿海各省外，还有东南亚和中国台湾等地，总人口有一亿多。客家名人廊里文天祥、洪秀全、朱德、叶剑英等名字一个个振聋发聩。其实，客家是中原向东南颠沛迁徙而来的汉人。秦末、两晋南北朝各有迁入，五代十国时有一次迁徙高峰。他们是东迁的汉人，共同的语言、生活习俗和精神指向使他们又相互认同，连绵起伏的大山把他们串在一起，形成了一个新的族群——客家。这个称呼包含着当地人的一份疏离。土楼是客家人在这片荒凉的土地上坚韧生长和超凡智慧的结晶。这片土地上共有两万多座土楼，其中完好的有三千多座，被列入世界文化遗产。

永定县洪坑村的土楼是其中精华。早晨八点钟我们就到了。青涩的阳光照在山峦上，在稀稀疏疏的清凉中掺进丝丝暖意，火红的柿子挂在两边的山坡上，小溪穿村，缓缓流淌。村庄在慢慢地醒来，作为游客的我们也在慢慢地醒来，人群不知不觉就散了，这里两个，那边三个。清丽的客家妹子许是缺少导游经验，急了——"你们，这怎么讲解啊。"在早晨山村的清新中走着，前面是一座破了一半的土楼，大家纷涌而入，东张西望不出来。妹子又急了，都出来，还没到呢。向前走着，横跨着的一垛"水尾桥"把道路从村的西边甩向了东边。好一条水尾巴。前面不远处就是洪坑土楼中最有名的振成楼，被称为土楼王子。我脑子里回荡着那首凄迷的越人歌："今日何日兮，得与王子同舟"。借在这里，就是"今夕何夕兮，得与王子同住。"振成楼建于民国元年，占地5000平方米，圆筒形，黄墙黑瓦，由内外两环同心组合而成，恰似一个戴着箬帽的神秘仙翁。建造者林鸿超为晚清秀才，精研易经，整幢楼充分体现了八卦的观念，俗称八卦楼，用料省，空间大，采光好，里面有戏台、议事厅、客厅，生活功能齐全。大厅里有时任总统黎元洪写给楼主人的"里党观型"、"义声载道"等题匾。1995年它的建筑模型与北京天坛的建筑模型作为中国南北圆形建筑代表参加了美国洛杉矶世界建筑展览会，引起轰动。我无法讲述它的精美，只从它的圆润、适中、通达，举族聚居，以及楼主人的唯读书行善为上等之事的理念上看出，振成楼包含了中国传统的哲学、生活观念和审美情趣。从振成楼出来，我们还看了依山而建的宫殿式土楼，府第式土楼和很小的如升楼，有圆有方，各依不同的地形和需要而建。

土楼集汉文化建筑精髓于一身，有着典型的北方四合院的建筑特色，又有江南苏州园林那份闲适惬意，还有希腊人那份乐天享世的智慧，是汉文明在东南这片新的土壤上开出的又一朵奇葩。它实是一种文化自保和精神指归的自觉需要，是苦厄中开出的一朵智慧之花。在这里，我们看到了民族迁徙中的那份艰辛和心酸，看到了客家人长期对生活的隐忍而获得了一份内心的安顿。今天，土楼依然是客家人恬静的居所，他们乐天安命，并没有想要搬走的意思，反而有许多外来人，想来此住一住。

# 山中畲乡

　　早春三月，来到景宁。这里是全国唯一的畲族自治县，大山里生活着五万多畲族人。畲族人自称"山哈"，意为山中客人（先到为主，后到为客，反映了他们的一种谦卑情怀）。他们的先祖居住在广东潮州的凤凰山下，大约千年之前，辗转迁徙到闽浙交界的大山里生活。畲族《起源歌》里述说了迁徙的缘由："田差难种吃，田好官来争；官多难生养，思量再搬迁。"他们在闽、浙、赣一带山区里频繁地迁徙，采取大分散、小集中的聚居方式，在森林中搭寮居住，从事狩猎、种山，生活艰辛、困顿。"山洞作住房，蓑衣作衣裳，烤火代棉袄，野菜作粮草，辣椒作油炒"是当年山哈人艰苦生活的写照。

　　这是一个浙闽交界处的深山世界。群山连绵，跌宕起伏，冈冈弯弯，原始古朴。高山、溪流、竹林、古木，阳光、山色都与别处不一样，清新的空气里充满了一种又温又凉的无所事事的恬静，带着淡淡的人情味。走在这里你再也没有身体和心灵的负担，自由而安宁。这是畲族人的主要居住地，他们为什么要常年住在深山里，我想他们的先人一定是受歧视而不精明的人，无奈之下只能到深山老林中求生存。大山里的生活又让他们多了一份谦卑亲和的性格。

　　鹤溪本是个山里小镇，现在成了景宁的县城。在这样的小城，我有一种找到了自己的那份兴奋，而不是每到了大城市总是很无奈地被裹挟的感觉。我东张西望，旁若无人地走着，看街上的建筑、商店、行人、车辆等，根据自己的判断，基本就能看出哪个是畲族人，哪个是汉族人。

找一个畲族妹子，上去打听某个地方。她竟未问先笑了，在你说话的时候，她静静地听着，脸上就荡开了迷人的微笑。回答你的问话时，很真诚地就跟自己的事似的，那样耐心细致，你绝看不到那种敷衍冷漠的职业化的表情，带给你一种亲人般的温暖。一旦她的回答不能使我们满意，便一脸内疚，好像是她做得不够好一样。路问完了，那个微笑却留在了你的心里，让你久久回味。我甚至都想无事找事再去问一下路，只为看看她脸上的微笑。看着她的微笑，我痴痴地发呆，原来我们也曾有过那样的微笑，就在我们父辈那里，如今它渐渐失落在岁月的深处了。

畲族人还有一种表达情感的美妙方式就是唱山歌，男男女女在山里唱着山歌种田打猎。女的还会织出各种图案精妙的彩带，送给中意的男子，寄托情思。

弯弯的山路串连着一个个村庄，那是畲族人居住的古老的村庄。依山脚或山坡而建，村口每有参天古树、小桥流水。村民在路边三个二个地站着，有提着火笼、就着火堆取暖的，也有坐在门口打扑克的。村里的道路由石条和石头铺就，坚硬结实。房子有长排的，有一个院子一个院子的，也有阁楼式的单体建筑。大多是二层结构，有黄泥墙和石头墙，屋顶上的瓦片黄黑相间，不知是没有烧熟的原因，还是这里的土质就是这样。主屋与附加的建筑之间瓦片相连，不留空隙。斗拱的图案略为不同，粗犷简单，有凤凰、芭蕉扇等（凤凰是他们的图腾）。在二楼上隔出一个阳台，用木板封闭，里面可以放东西或当凳子坐。前面是一个院子，后面水井、菜园等。你随意走进去，房子里都不太有人，偶尔碰到一个，就会非常礼貌地对你笑笑。一个老人透过楼上的窗口一直好奇地看着我。

待在冷僻的畲乡，为何我能如此地心安呢？我想，这里或许就是我也是无数人心中寻找的原乡。

我非常担忧，随着社会的发展，那份淳朴、那张笑脸是否会消失了呢？面对保护与发展的两难命题，畲乡人怎样做到既能融入时代的发展又能保留自身独特的精神风貌呢？现在当地也在保护畲族文化，有"千年山哈""印象畲族"等宣传片，但仅仅这些躺在光盘和录像里的东西，就能让畲族文化得以传承吗？问了一些畲族老人，他们很担忧，不要多少年，现在的畲族小孩就不会讲畲语了。（畲族没有文字，但有自己的语言，现在有的畲族学校据说每周有半天的畲语课）

　　我在村庄里走着，又碰到了一个山哈女子，她是一个下村的畲族女干部，但在我的眼里她就是一个畲族妹子，一个多情的人。她温温婉婉地回答了我很多问题，也表达了她的困惑。她说，现在的畲乡基本只成一个符号了，生活方式与汉人相差无几，也没有了那份独特的精神理念。她的话让我在隐隐作痛中带着丝丝悲凉，那片让人留恋的深山，是否能建成一个永久而美丽的畲乡保留地。

# 岛的诉说

微红的夜里，一家人为一个奄奄一息的老人赶做棺材，放在他的床前，好让他死前自己滚进去。又是一个迁徙的故事。迁徙历来就是人类的宏大叙事之一，《旧约》里犹太人就有先成巴比伦之囚，后又出埃及寻故土的记载。

此刻，这里正在经历一次拔根迁徙，一万七千多岛民要在一夜之间全部迁出。那是1954年的元宵节，大陈岛被悲情笼罩，全体岛民"吻土离别"。是夜，全世界的离情都聚集在这座五平方公里的小岛上，有人带着祖宗的牌位，有人在口袋里装着故土，有人在屋前屋后来回绕圈，有人独自饮酒，也有人直接跳了海。因那口棺材的打造，离情别绪达到高峰。

那湾清浅的海水，从此寄托了无限的乡愁和不可触摸的痛。这座小岛也因此而被历史铭记，今年被评为中国一百个宝岛之一，位列第十二。

历史总是两条腿走路，一边大开大合，恢弘冷酷，车轮碾过，从来就不会顾及小人物的存在；一边由于它的筛眼过粗，漏下一些温软细情，填补一个个粗砺的窟窿，在荒凉中长出一抹绿色，抚慰那些太过尖锐的疼痛。大陈岛荒芜了一年后，青年垦荒队来了，在被炸毁的码头和被烧得面目全非的荒岛上开始了新的生活。半个多世纪来，大陈岛的人民带着钝感的痛，把生活过成了本来应该有的样子。

在一个阴风冷雨、最易产生离情别绪的早晨，我去了大陈岛。不为寻找那份历史的疼痛感，只为避免让自己死于一种习惯中。

在椒江六号码头坐上庆达号轮船，经两个小时的航行到了。上岸的码头石阶上结满一种外壳坚硬的海生生物。它提醒我，这是一个离大陆很远的海岛，一个海洋深处纯粹的岛。

小岛像一瓣巨大的荷叶，环抱着叶柄处一个小小的渔港，极像母亲的子宫，温暖安详，是岛上生活的聚集地。渔民们每天从这里出去，又从这里回家。港岸是一条弯弯的路，说是街，实际是渔民们回家的路。家在静静的山坡上，这一处五户，那一处七户，山路边又有一家。

一个人环岛行走，路是弯曲的，不管站在哪里看到的似乎都是一条通往无限的路，可是，岛是圆的，一直走下去，终点就是起点。

碧海山庄下，有蒋经国旧居。门关着，能看见里面一座曲尺状的房子环抱着一棵大樟树，一个戏台。十分幽静的一个地方。门口的那条小路边有一棵巨大的包心菜，菜心被摘走了，老叶下伏着一只小狗，小狗后面是一间矮房的门。

山顶上的 104 高地上，植物繁茂，桑树和野梧桐上结满了鲜嫩的果，路边开满了野花。就在这样绿色铺盖的山中，布满了战壕和暗洞。我钻进漆黑一团的暗洞里，手机的亮光立刻被吸收，这是一处可以让你感受到黑暗到底有多黑的地方。我一个人在坚实的黑暗中摸索前行，不知能否突围，甚至都不知道它有没有可供突围的出口。算了，就让我藏在这深不可测的黑暗里吧，这里原本是最安全的，干嘛要费心劳神左冲右突地去突围。

东南面的甲午岩，是岛上最美丽的风景。有三块薄薄的山峰，像航帆。上面两块高高耸立，似长剑刺天，下面一块稍小，三块帆布组装了一艘完整的帆船。甲午岩是大陈岛的旗帜，保持着战斗的姿势，远航，是它千年不变的梦想。当年解放军就是从这里登陆的。那两个并立的山峰上，各有一块石头相对伸出，似一对比翼鸟，相互引颈交欢。日日相向鸣，夜夜诉衷肠。不知是否经历了那次拔根迁徙后才长出来的。西面一个蓝色的海湾，似大宝礁。再过去是一处别墅群，也称海景房，可看海景。

甲午岩东边的飞虎崖气势磅礴，崖壁上有观日亭和观海楼。我走到这里时，天色渐暗，已经没有别的人。我独自坐到观海楼前面的石墙边，我要在这里等黄昏。雾里，天空中不断洒下一些液体的元素，为黄昏的到来作着铺垫。疲倦的海鸥站在礁石上，啾啾地叫着，不知在求偶还是忘了归路。黄昏在慢慢来临，它在清空我的大脑，使我走向宁静，一种可以在等待中安详赴死的宁静。忽然右前方的海面上，一闪一闪地亮着红光。哦，那是一处小岛上的灯塔。灯塔亮了！好久没有见过灯塔的灯亮起来了，或者一辈子就没有真正见到过灯塔的灯亮起来。那是人类智慧的亮光，微弱而执拗，在宇宙的深处坚定地指引着人的方向。岛悬于海洋，正像人类悬于宇宙中。与身边的海鸥一起坐到黄昏降临。然后转身回到环岛的路上，夜幕很轻很朦胧，似乎就要挂上了，却被远处偶然的灯光刺破了。灯光收回时，夜忽然就落下来了。我像一片树叶走在夜里，深深浅浅地飘零着。突然身下的海浪亮起来了，像闪闪发亮的鱼的背脊，它总是游在我的前面，指引我要去的路。

一路走到东边的浪通门，巨浪的白色雕像隐约可见，对面屏风山也有一个大致的模样。过了浪通门的遗址，就是另一片天地了。这是一片依靠屏风山的海上深水网箱养殖区。建在海上的小屋在清浅的夜里发着柔和的灯光，还有温柔的海浪，微微的风，都给人一种温馨轻漫的感觉。这边的路本来就显静，加上山脚下一二处老房里发出的幽蓝的光，让人感觉好柔软。找一个小亭子，说一声此处甚好，坐下，不管夜有多深了。

前面是一处有名的渔师庙，为大陈岛十景之一，被称为"危庙涛声"。"危岩峭壁映翠微，古庙无声画掩扉。独立斜阳人寂静，波涛声里乐忘机。"蒋介石曾在此住过，他的住所旁连着暗道，里面四通八达，找不到出口。有小孩赌气就藏到这暗道里，吓得家长半天找不到，总要求助于庙里九十三岁的老尼。

岛上人有着自己的信仰。山巅上一座天后宫，道士们整天打打太极拳，过着道法自然的生活。北面的鱼师庙纪念的是当年的鱼师大臣，庙里供着两艘船，一艘护佑船，一艘远洋船。庙里九十三岁的阿婆，无儿无女，独自在此坚守了三十三年。我说你现在生活得很好啊。她说一个人好不算好，大家好才是好。她又说不要有战争，战争来了，天下广阔，逃乱狭窄。南面的山坡上，有一座基督教堂，提示人们耶稣受难的姿势。山脚下还有讲究忠义的关帝庙。

所谓信仰对岛上的人来说只是一种习惯和寄托，没有精深的奥义，传达的是一种生活态度，一种相似的生活态度。小屋前、礁石边，有人在不停地结着渔网，结了拆，拆了结。鱼师庙里那个阿婆在街上有一处住所，在她楼下住着一个老头，天天播放着战争题材的录像片。有人站在山坡上自家的围墙边看着海，一看就是几小时。午后三点多的时候，几家小饭店门口陆陆续续坐着两三个人一条狗，看一眼前面子宫一样的港湾，听两声海浪，偶尔说上一句话，更多的时候就是默默地坐在时光里。就这样坐着，不经意看一眼天边，忽然就起身走了。也有人成天在钓鱼，不管有没有钓到。最寻常的是打牌。开饭店旅馆的打牌，开小超市的打牌，渔民打牌，垂钓的人打牌，闲人也打牌。人们孜孜地打牌，在红中自摸、白板放冲里，体会一种绵延不绝的快乐和惆怅。旅馆老板娘拿了我的钱回头就去打牌了，进进出出也不爱理我。

这是一种很闲很淡很散很慢的岛上生活，看上去总是在海上漂着，其实它深深地扎根在红尘中。即便甲午岩作出一种远航的姿势，那个子宫一样的港湾总是让人留恋烟火生活而不忍离去。

这座岛经历了拔根迁徙的悲欢离合和尖锐的疼痛后，抛弃了雄心壮志，选择过平常人的生活。它变得安详散淡、博纳乐天，对我这么一个外乡人熟视无睹，即便我在此独行千年也无人理会。这是一个适合哲学家生活的地方，你可以把自己随便扔在岩礁乱石中，看一片蓝色中远处的天和近处的浪；也可以在细雨中绕岛走一段很长的路，体验一种来自生命深处的闲散和没有缘由的喜悦。

# 渚上江南可安家

太多的风景留在了路上，唯有你留在我的心里；不是因为你太惊艳，而是你在满世界的喧嚣中守住了江南的静美。

在如画的江南，有那么一个地方，宽阔的桃江上，十三块渚，渚上稻花飞雨，桔香浮动，绿树点点，芳草鲜美。舟楫往返穿梭，渔民撒网其间，农人锄草浇水，怡然自乐。早年遍植桃花而称为桃渚。

渚为水上陆地，因绿水环绕、小雨隐约，而成为中国文人心头的梦幻之地。《诗经》里诗人日夜思念的情人"宛在水中沚"，隔岸相思一千年，孟浩然才"移舟泊烟渚"……

桃江上最大的渚有 80 多亩，小的才半亩。有的像几何图形，有圆有方；有的像动物的图案，探头展翅，栩栩如生；有的像开放的花朵，在夕阳下，盈盈的江水中，凄婉动人。十三渚的图案造型奇特优美，既像随意而为，又仿佛蕴含着某种内在的联系，又或者对应了天上的某个星宿，实为一个待解之谜。据说船在其中游，是很难绕出来的。或许这是上帝觉得清碧的桃江水过于单调，一时兴起，在千里江面上作的水彩画。

依江拔地而起的是武坑峰林，它起源于距今八千万年的白垩纪时代的一次火山喷发，群峰耸立，气势昂扬，让人震撼。《临海县志》载："武坑有二山八洞十二峰三十六奇岩。"这里的山和峰相得益彰，有两种观赏法。一种是上山，身处其中；一种是绕着山下的路，远距离看山看峰。

上得山来，山山相连，弯弯曲曲连成一个整体。峰峰奇特，每一座山峰都能让人想象出一座空中的宫殿，它的美感来自于怪石和危崖组合起来的一种原始力量。山峰之间跌宕起伏，开合有致，既高高在上，又充满人情味。它那亿万年的沧桑绝对不容人侵犯，然而又亲近任何尊重它的人。站在山顶上我匪夷所思，久久不能忘情。

在山下绕行看山。身边是碧凝的桃江水，开着白花的芝麻、细叶的番薯藤和青葱的稻苗。仰头你会看到将军岩、孔雀屏、夫子岩、母子岩、夫人望海、回头看月、老妇拜佛等各种造型千奇百怪的山峰。大小山峰与岩石之间仿佛在俯仰问答，又像在配合着完成某种仪式或做着某种运动。一座座峰林有着意想不到的魔力，它能激活你体内各种神奇的感觉和冲动。

这一片武坑峰林让我着迷，我未曾见过，却又有一种似曾相识的感觉。忽然想到了奥林匹斯，是啊，奥林匹斯山！古希腊宙斯建立的神统家族居住的神山。对了，这是中国江南的奥林匹斯山。

奥林匹斯山耸立在希腊群山之巅。冬天，白雪皑皑，夏天，绿树成荫。当太阳下山时，辉煌的奥林匹斯山顶洒满了夕阳的光辉。有时，乌云飘来，山谷昏暗，狂风大作，大雨倾盆。然而，他们建造的宫殿坚如磐石，狂风从来刮不倒这个乐园，山顶上总是风和日丽，长着奇花异草，芳香扑鼻。奥林匹斯山上的大神和小神们就这样过着他们的日子，并在那里治理世界，维护着人间的公平正义。

古希腊的众神并不高高在上，他们也享受人间烟火，常常在黄昏或雨后的清新里来到人间找美少年美少女谈情说爱。看着那片蔷薇色的桃江水，我又想，一定是宙斯应众神的要求，挥动大笔，在武坑山下绘出了一条江，建了十三渚，分给十三位天神。制造出一个"桃江渡边野草花，武坑峰林夕阳斜"的美景。

生活在这里的人、畜、作物和野草都是那样的平静、安详，似乎无欲无求，又似乎甜蜜幸福，一种来自内心的宁静和幸福。他们在共筑一个江南的美梦。是什么给了他们力量，或许武坑峰林上真住着众神，保佑着这一方的风调雨顺。

桃江的东边有龙湾海滨沙滩浴场，我曾沿着长长的沙滩，赤着脚从南走到北，又从北走到南，在海边的亭子上吃着一毛钱一盅的香辣海蛳、把酒临风，躺在山路边的草丛中仰望蓝天，闲看游人。那里有比爱琴海上更美的日出。

桃江的北面是一座建于明朝初年的抗倭古城。是东南沿海四十一个抗倭古城中保存最完好的一座。城外流水小桥，二三农妇浣洗桥边，苦楝古樟的树叶在风中婆娑，布影人上。城墙不高，褐色的墙头上爬满了见证岁月的扶芳藤，城墙向内有三层，分别长着桃树、野荨麻，种着南瓜和豆苗，还有一些杂草野花。人可以在中间的小路穿行，一直走到北面的后所山上。山上有"眺远"崖、烽火台。城内街道四通八达，还有许多斑驳的古井，留着荷梗的池塘，十分古朴和宁静，不见了当年的金戈铁马、刀光剑影。城里居民已不多，偶尔在城墙拐角处站着一个、矮墙头坐着一个、台门口立着一个，更多的坐在弄堂口，吹着夏天里最安静的风。

桃江柔碧的水，十三渚飘飞的稻花，武坑峰林那神山般的魔力，龙湾海滨的日出，古城吹了千年的风。这如梦如幻的组合，让我内心波澜起伏——江南真有如此奇异的风光吗？

都说风景与人是有缘的。一相见，"桃渚"就成了我心头的那块柔软之地，也一直梦想有一天在桃江渡边偶遇希腊女神那样美丽的女子。

拗不过心中的那份念想，终于又来见你了。这一天，我一个人，不做别的，就在你的乡间小道上独行。江中烟渚，怪石峰林，流水和风，野草蔷薇，千年古城，寻常巷陌……一路心痛神伤，好想安居其中，无奈日暮须走，唯有心作痛。

这一走，就远离了最惬意的江南生活——渚上安家。